漫才ギャング

品 川 ヒ ロ シ

幻冬舎よしもと文庫

漫才ギャング

黒沢飛夫《くろさわとびお》は席に着くなり、メニューも開かずに、

「俺は芋焼酎《いもじょうちゅう》の水割り、お前は？」と正面に座った石井保《いしいたもつ》に向かって言った。

「俺はカシスウーロンでいいや」保もメニューを開かずにそう答えた。

二人は全国チェーンの安い居酒屋に来ていた。週末とあって大学生が合コンで盛り上がっている。飛夫は大学生の一気コールに負けないように大きな声で店員を呼んだ。

「すいません！」

「ちょっと待ってください」鈴木という名札を付けた店員が、両手いっぱいにビアジョッキを持って無愛想に答える。

「でっ、何？　話したいことって」保がパーカーを脱ぎながら聞いた。

「とりあえず飲み物が来てからにしようぜ」飛夫はポケットから赤のマルボロを出すと一本くわえて火をつける。

「なんだよ、気持ち悪《わり》ぃな。急に話があるから飲みに行こうとか言ってさ」保もつられて

マルボロライトに火をつけて、抗議するような目を向けたが、飛夫はニヤニヤしているだけで何も答えなかった。

「お待たせしました」鈴木という名札を付けた店員が伝票とボールペンを持って、飛夫たちの傍《かたわ》らに立っていた。

「芋焼酎とカシスウーロン」と飛夫が言うと、鈴木は「かしこまりました」と言って素早く伝票に注文を書き込み、その場から離れていこうとした。

「ちょっと待った」飛夫が呼び止めると、鈴木は眉間《みけん》に皺《しわ》を寄せて振り返る。

「食べ物も頼んでいいかな」飛夫は鈴木が不機嫌なのにはかまわずにメニューを開く。

「はい」と答えながら鈴木が面倒臭そうに伝票とボールペンを構え直した。

「えーっと、ポテトピザとジャガバターとフライドポテトとポテトサラダ」飛夫が早口で一気に注文すると、

「どんだけ芋好きなんだよ」と、すかさず保がツッコミを入れた。

「すいません。やっぱ、いまの全部ナシで」

「ナシなのかよ」

「軟骨の唐揚げとホッケとバターコーンください」

「そんで結局、芋は頼まねえのかよ」

二人は手を叩いて笑ったが、鈴木は笑う気配もなく、むしろ先程よりさらに不機嫌な様子で注文を書き殴ると、厨房の方に消えていった。

保は鈴木がいなくなるのを確認してから、「全然笑ってねえじゃん」と言って煙草を思いきり吸い込んだ。

「文化の違いってやつだろ。あいつよ、ネームプレートに鈴木って書いてあったけどよ、思いっきり中国人じゃねえかよ」

二人は煙草の煙を吐き出しながら笑った。

ドン、ドン！

「お待たせしました」中国人の鈴木が芋焼酎の水割りとカシスウーロンを雑にテーブルに置いて、再び厨房の方に消えていった。

「あいつ、どんだけ態度悪いんだよ」飛夫は芋焼酎の水割りを自分の方に引き寄せた。

「まあ、いいじゃん」保もカシスウーロンを自分の方に引き寄せる。

「じゃあ、お疲れ」

「お疲れ」

二人はそう言うとグラスを軽く当てて乾杯した。

「でっ、話って何？」待ちきれない様子で保が話を切り出す。

「おう」飛夫はモジモジしながら芋焼酎の水割りをチビリと一口飲み込んだ。

「なんだよ、気になるな。早く言ってよ」

「あのさ」

「何？」

覚悟を決めたように、飛夫は煙草を灰皿で揉《も》み消し、

「俺とコンビ組まない？」と一気に言って、保の目をじっと見つめると返事を待った。

「なんだよ、そんな話かよ」自分が呼び出された理由がわかると、保はスッキリとした表情で笑って言った。

「どうなんだよ。もう相方いるの？」

「いや、いないよ」

「じゃあ、俺と組もうぜ」

「いいよ」

「マジで？」飛夫も満面の笑みを浮かべる。

「みんなコンビ組んでるし、俺もそろそろ本格的に相方探さないとって思ってたからさ」

「じゃあ、俺、もうネタ作ってあるからさ、明日とか早速ネタ合わせしようぜ」

「もうネタできてんだ。すげえな」

飛夫と保は大手芸能事務所、吉木興業の養成所であるＪＳＣ（ジャパン・スター・クリエーション）に通う、いわゆる芸人の卵だった。

養成所の生徒の中は、すでにコンビを組んでいて二人組で入ってくるタイプと、養成所で相方を探すタイプの二つに分かれていた。中には三人組の「トリオ」や、一人でやる「ピン芸人」を目指す者もいたが、大多数がコンビで売れることを目指していた。養成所に入って三カ月も過ぎると、生徒のほとんどはコンビを組んでいて、ネタ見せの授業で自分たちのネタを他の生徒や講師の前で披露していた。そんな中でコンビを組まず、ただ人のネタを見ているだけの飛夫と保は、完全に出遅れていた。

「でっ、そのネタなんだけど、俺がボケで書いちゃってんだよね」

「いいよ。俺、ツッコミやりたくて入ったから」

「マジで⁉」さらに飛夫の顔がほころぶ。

「でもさ、なんで俺と組もうと思ったの？」保は足を組み直し前傾姿勢になった。

「俺が思うにさ……」飛夫は人差し指で軽く鼻をかいた。「これからは芸人も面白いだけじゃダメで、ルックスが大事だと思うんだよね。だから、養成所で一番格好いい奴探してたんだよ」

「それが俺ってこと？」保は喜びを隠しきれないようにニヤけた。

「いや違う」

「違うのかよ」保は真顔に戻った。

「菅井っているじゃん」

「ああ、確かにあいつ格好いいな」

「あいつとネタ合わせしてみたんだけど、あいつ練習嫌いなんだよ。俺さ、努力しない奴って嫌いだからさ、ネタ見せする前に解散だよ」

「あいつ、ＪＳＣやめるらしいからな。初めからそんなにやる気なかったんだろ」

「やっぱりな。でっ、二番目に格好いい奴探したんだよ」

「それが俺ってこと？」保は再びニヤけてしまった。

「違う」

「違うのかよ」真顔に戻る。

「佐藤にしようかなって思ったんだけど、声が低いんだよな」

「それ関係ねえだろ」

「いや俺が思うにさ、ツッコミの奴はある程度声が高い方が客席に通りやすいし、ツッコんでるときに必死感が出ていいと思うんだよな」

「そうかな」

「そうなんだよ」

「それで三番目が俺ってこと？」

「違う」

「違うのかよ」保は呆《あき》れて笑った。「じゃあ、俺は何番目に格好いいって思ったんだよ」

「まあ、そんな感じで条件に合う奴探して、なんだかんだで七番目」

「微妙だな。七番目って微妙だろ」

「だって、お前微妙だぜ」

保は、ひと昔前の台湾の売れないアイドルのような顔をしていて、お笑いとしては「まあまあ格好いいかな」というレベルだったのでインパクトに欠けていた。

「お前が言うなよ」

飛夫は台湾の売れないお笑い芸人のような顔をしていた。

「まあ、何よりも俺とこうやって飲みに行ったり、遊んだりすんのお前ぐらいだからな」

お笑いに関する話以外の会話を無駄と思っている飛夫には、どうでもいいような話題で盛り上がっている奴を見下すようなところがあった。そういう気配はＪＳＣの他の生徒にも伝わり、だんだん飛夫に近づく者は減っていった。そんな中、保だけは積極的に喋《しゃべ》りかけてきて、二人はお笑いの話で盛り上がることがあった。

「お前って、みんなに嫌われてんもんな」

「ハッキリ言いすぎだろ」飛夫は笑いながら芋焼酎を口に運ぶ。「まあ、そうやって人が気ぃ遣って言わないようなことを面と向かって俺に言うのもお前ぐらいだしな」

「でも、そういうストイックな感じって、大事だと思うけどな」保はカシスウーロンを飲みながら言った。

「そうやって気恥ずかしいことを平気で言うのもお前ぐらいだしな」

二人はお互いに照れ臭そうに笑った。

「でっ、コンビ名はどうする？」と保が尋ねると、ニヤリとして飛夫は答えた。

「それも考えてあるんだよ」

「準備いいな」

「黒沢の黒と石井の石でブラックストーンってどうよ」

「格好いいじゃん」

「ブラストとか略されたりしてよ」

「ブラストは格好悪《わり》ぃな」

「確かに、ブラストってブラジャーとストッキングみたいだもんな」

「それもネタになりそうだね」

「そうだな」

グラスに残ったカシスウーロンを飲み干し、空のグラスをテーブルの上にドンと置いて、

「なんか俺ら、売れそうだな」と保が笑顔で言うと、

「売れそうじゃなくて、売れるんだよ」と真剣な表情で飛夫が答えた。

「うん」保の顔からも笑顔が消えて真剣な顔になった。二人のあいだに希望に満ちた空気が流れた。とそのとき、
ドン！

「鳥の軟骨の唐揚げです」中国人の鈴木が、料理が載った皿を無愛想にテーブルの上に置いた。


十年後――。

二人はコンビを組んだときと同じ全国チェーンの居酒屋に来ていた。

「泡盛ロックで」

「俺、生ビール」

二人が言うと、「かしこまりました」と店員が無愛想に答えた。

二人は二十八歳になっていた。飛夫が飲むのは芋焼酎の水割りから泡盛のロックになり、保はカシスウーロンから生ビールになり、中国人の鈴木ではなく日本人の鈴木が働いていた。

「でっ、話ってなんだよ」飛夫はメニューを開きながら保の顔をチラリと見た。

話があると言って呼び出したのは、十年前とは逆で保の方だった。

「とりあえず飲み物待とうよ」

「おう」

二人のあいだに沈黙が続く。

ここ数年、ネタ合わせや仕事の話以外、二人はまともに口をきいていなかった。仲が悪いとまではいかないが、毎日顔を突き合わせているうちに、お互い相手の些細《ささい》なしぐさや行動に腹が立つようになり、徐々に会話は減っていき、ついに挨拶も交わさなくなってい
た。最初の数年は若さゆえに喧嘩をすることも度々あったが、それもいつしかなくなった。なるべく腹を立てないためには、仕事上だけの付き合いに徹してプライベートなことには関わらない方がいいという結論に達したのだ。話し合ったわけではないが、気づくと互いにそうしていた。そんな保から急に誘われ、飛夫は少し嫌な予感がして、落ち着かなかった。

ドン、ドン！

「泡盛のロックと生ビールです」

沈黙を破ったのは鈴木だった。鈴木は、中国人の鈴木同様ぶっきらぼうにグラスを置いた。

「軟骨の唐揚げと、ホッケと餃子《ギョーザ》ください」飛夫がメニューを閉じながら注文すると、鈴木は注文を機械に打ち込み、席から離れた。

二人は同時にグラスを持ち上げると無言で口をつけた。

「なんか二人きりって気持ち悪《わり》ぃな」飛夫はそう言うとグラスをテーブルの上に置いてから続けた。

「で、話ってなんだよ」

「うん」

「何？」

「あのさ……」

「なんだよ？」

「俺らさ……解散しよう」

「はあ？」飛夫は眉間に皺を寄せて保をジッと見たが、保は飛夫の顔を見ようともせず、

「もう限界だよ、解散しよう」と一気に言った。

「限界ってなんだよ！」飛夫は思わず大きな声を出した。すぐ近くにいた大学生の団体は、合コンの相手に夢中で見向きもしない。しかし保は、

「大きな声出すなよ」と咎《とが》めるような口調で言った。

「限界ってなんだって言ってんだよ」保の言葉を無視して飛夫がさらに言うと、保は大きな溜息をついた。

「俺さ、借金が三〇〇万以上あるんだぜ。最近じゃヤクザみたいな奴が取り立てに来るんだよ」

「そんなの俺だって借金なんてあるし、ヤクザみたいな奴が来るのも時間の問題だよ。でも、そんなもんは売れりゃ一発で返せんだろ」

「いつになったら売れるんだよ」保のその一言で、飛夫は言葉に詰まった。「なあ、教えてくれよ。いつになったら売れんだよ」

　ライブシーンでは実力派との呼び声も高いブラックストーンは、演芸大賞では新人賞を受賞し、吉木興業の若手で競うライブ形式のネタグランプリでは何度も優勝していた。

　しかし、二年前に始まったお笑いブームの波には乗れていなかった。ブームの火つけ役にもなったネタ番組のオーディションに何度となく足を運んだが、その番組はキャラクタ

ー重視で、特徴のない正統派漫才のブラックストーンが、そういう番組に受かることはなかった。

保は何度か、特徴的なネタスタイルや衣装を考えようと提案したが、飛夫は、「くだらねえ」と言って聞く耳を持とうとしなかった。

「あとちょっとだよ」飛夫は保の強い口調に怯《ひる》みながらも虚勢を張った。

「どこがあとちょっとなんだよ」

「十年だぞ十年。十年頑張ってやってきて、借金がつらいから解散ってベタすぎるだろ」

売れない芸人が食うために借金を重ねて返せなくなった挙句にやめていく話は、お笑いの世界にはいくらでも転がっていた。「あそこのコンビが解散した」「あいつがやめた」という話は劇場に出ていると年中耳に入ってきた。

「もう無理なんだよ。俺たちが売れるのなんて」保は飛夫の目を見ず、情けない声で言った。

「ふざけんじゃねえぞ！」飛夫が再び大きな声を出す。

大学生の団体は女性陣からブラジャーのカップのサイズを聞き出すのに夢中で見向きもしなかったが、保はまわりを見まわし、「大きな声出すなって」と言った。

「簡単に決めてんじゃねえよ」

「簡単にじゃねえよ。ずっと考えてたんだよ」

「そんなこと考えながらネタやってっから噛《か》むんだろうが、一人で勝手に諦《あきら》めて一人で勝手に決めてんじゃねえよ」

「今まで、お前が一人でなんでも決めてきたじゃないか。最後ぐらいは自分一人で勝手に決めさせてもらったよ」

飛夫は一瞬返す言葉を失った。確かにブラックストーンのことはすべて飛夫が一人で決めていた。ライブをいつやるか、新しいネタをいつおろすか——。もちろん、ネタも飛夫一人で書いていた。だがそれも、その方が二人にとって良い方法だと思ってのことだった。まさか保がそれを不満に思っているとは思わなかった。

「お前がネタ考えねえからだろ」

「俺は考えたかったたよ。二人で考えながらネタ作りたかったよ。でも、いつもお前が一人でネタ作って持ってきてたからだろ」

「二人でダラダラ考えるより、一人で考えた方が早いからじゃねえかよ」

保は溜息《ためいき》をつき下を向くと、「お前はそうやってなんでもツッパリすぎなんだよ」と言った。諦めるような言い方だった。

「何がだよ」

「お前、他の芸人に嫌われてんだよ」

「テメエ……」


芸人は二つのタイプに分かれる。楽屋にいるときに皆でワイワイ騒ぐネアカ派と、漫画や小説を読んだりテレビを見たりして孤立しているネクラ派だ。ツッコミにはネアカ派が多く、ボケにはネクラ派が多かった。飛夫の場合はモロにネクラ派な上に、その憮然《ぶぜん》とした態度を先輩からは「イタイ」と言われ、後輩からは「ウザイ」と言われていた。

だが、飛夫自身はそれでいいと思っていた。売れていない芸人に対しては「ぬるま湯に浸って仲良くやっててもしょうがない。自分だけはいつかこの中から這《は》い上がってやるんだ」と思い、売れている芸人に対しては「俺の方が面白いということをいつか認めさせてやる」と思っていた。

そう思って今日までやってきたつもりだったが、それでも保の言葉は胸を突いた。ショックだった。

「芸人だけじゃねえよ。前説に呼ばれてテレビ局に行ってもディレクターに挨拶もしないじゃん」と保が重ねて言う。

テレビ収録の直前に、観覧のお客さんを盛り上げる前説の仕事はブラックストーンの数少ない収入源の一つだった。

「客さえ笑わせれば関係ねえだろ」飛夫はまたも虚勢を張った。

「ディレクターだって人間なんだよ。同じぐらい笑いとれる奴がいたら、愛想のいい奴の方を次も使おうって思うだろ。だから一回きりで仕事が来なくなったりするんだよ」

「テレビは出るもんなんだよ。前説なんていくら増えてもしょうがねえだろ」

「前説で気に入られてテレビに出られることもあるだろ」

「頭下げて、媚《こ》び売ってまで仕事なんかほしくねえんだよ」

「古いんだよ」

「プライドに新しいも古いもねえだろ」

「そんなくだらない意地張ってツッパって孤立して、売れるわけないだろ」

「〝そういうストイックさも大事だと思う〟って言ったじゃねえかよ」

「覚えてねえよ……」

「言っただろ。この店で、この席で」

「覚えてねえって」

「お前……」

飛夫はいま、保の本音を初めて聞いた。最近では会話こそなくなったが、唯一の理解者は保だけだと思っていた。自分の笑いに対する姿勢も、保さえわかっていればそれでいいと思っていた。しかし、十年のあいだにそうではなくなっていたのだ。まさか保が他の奴らと同じことを言いだすとは——ただただショックだった。

「もう限界だって」投げ捨てるように保が言う。

「頼む、考え直してくれ」飛夫はテーブルの上に両手を置いて、頭を下げた。

「無理だよ」

「直すよ。挨拶もするし、エラそうにもしないよ」

「無理だって」

「二人でネタ作ればいいんだろ」

「無理だって言ってんだろ」

「直すって言ってんだろ」

「十年そうだった奴が、簡単に変われるわけないだろ」

「ふざけんじゃねえよ！」飛夫は手を振り上げて思いきりテーブルに叩きつけた。

しかし保は驚きもせず、かまわず喋り続けた。「会社には俺から言っとくから、今決まってるスケジュールこなしたら解散しよう」

「ずっと漫才やってきたんだよ。漫才しかできねえし、漫才以外やる気もねえ」

「誰か他の相方見つけてくれよ」

「今まで誰ともツルまないできたのに、誰が今さら俺とコンビなんて組むんだよ」

「芸人以外で探せばいいじゃねえかよ」

「芸人以外の知り合いなんて、もう何年もいねえよ」

もともと無口だった飛夫はほとんど友人を作らずに中学時代を過ごした。高校に入ってもやりたいことは見つからず、楽しみも見出《みいだ》せず、二年で中退した。高校中退が元で両親と喧嘩をして実家を飛び出し肉体労働を始めたが、相変わらずコミュニケーションがヘタで、仕事場でも仲間を作らずに孤立した。仕事が終わるとすぐにアパートに帰って、コンビニの弁当を胃の中に詰め込み、テレビ画面を睨《にら》みつけ、眠くなるとそのまま眠った。そんな毎日を繰り返すうち、飛夫はいつしか、生きていてもしょうがないと思うようになっていった。生きている意味がわからなかった。

そんなとき、深夜のテレビ番組でダークスーツという若手の漫才を見たのだった。それは物凄い衝撃だった。何年も笑うことのなかった飛夫が死ぬほど笑ったのだ。それ以来、飛夫は漫才の魅力に取りつかれ、十八歳でＪＳＣに入学した。

飛夫にとっては漫才がすべてだった。大袈裟《おおげさ》ではなく、漫才に命を救われた。今、その漫才という唯一の生きがいがなくなろうとしていた。

「お願いだから、俺から漫才を取らないでくれよ」

「ごめん」

「考え直してくれ」

「ごめん」保は立ち上がると、財布から千円札を二枚出してテーブルに置いた。「本当、ごめん」出口に向かって歩きだそうとする保の前に、飛夫は立ちはだかった。

「待ってくれよ」飛夫の目に涙が滲《にじ》んだ。

「帰るよ」飛夫をよけるように体を横にして、保は飛夫の前に進んだ。

「なあ、俺たち本当にこれで終わりなのかよ」

二人は背中合わせのまま、まっすぐ前を向いていた。

「おさっ、終わりだよ」保はそう言うと、そのまま振り返らずに居酒屋から出て行った。

「最後の最後に嚙んでんじゃねえよ」飛夫は力なく椅子に座り込み、呟《つぶや》いた。

ドン！

「鳥の軟骨の唐揚げです」店員の鈴木が、無愛想に皿をテーブルの上に置く。

近くの席の大学生たちは、どちらかと言えばSなのかMなのかを女性陣から聞き出すのに夢中だった。

「おい、生きてるか」鬼塚龍平《おにづかりゅうへい》はセブンスターをくわえると、クロムハーツのごついジッポライターで火をつけた。

「龍ちゃん。なんで来ちゃうんだよ」

「テメエが捕まってっからだろ。バーカ」龍平はティアドロップのサングラスを外してクロムハーツのネックレスに引っかけると、ジーンズからヘアバンドを取り出し、ドレッドヘアーを後ろに束ねた。赤いタンクトップから生えている腕は、大木の根っこのように筋肉が盛り上がり、右腕には肩口から手首まで鬼の刺青《いれずみ》、左腕にも龍の刺青が彫られていた。

「ごめん。龍ちゃん」ベッドに手錠でつながれている太った男が泣きだした。

「泣いてんじゃねえよ。デブタク」

　手錠でつながれた男は太っているのに、昔のキムタクのような髪形をしているので龍平からデブタクと呼ばれていた。デブタクの顔には殴られた跡があり、口には血が滲んでいた。

「テメエらよ、勝手に喋っててんじゃねえよ」トカゲのような顔をした男が、龍平とデブタクのあいだに割って入った。

「城川よ、俺のことやりてえなら、まわりくでえことしてねえで端《はな》っから俺のこと狙ってこいよ」龍平はトカゲ顔の男、城川を睨みつけながら答えた。

龍平は二十一歳にして不良を卒業できない渋谷のチンピラだ。性感マッサージで受付のバイトをしながら、いろいろなヤバイことをして小遣いを稼いでいた。渋谷に生息するタチの悪いグループには属さず、そのくせデブタクと二人でタチの悪いことをしていたため、たびたびその手のグループと揉《も》めていた。特にトカゲ顔の城川がいるスカルキッズとは何度も激しくやり合っていた。

「イキがってんじゃねえぞ。鬼塚」城川がトカゲのような顔をニヤつかせる。

「テメエは爬虫類みたいな顔しやがって、器用に人間の言葉喋ってんじゃねえぞ。トカゲはトカゲらしく、所ジョージに飼われてろよ」

「お前、状況わかってんのか？　人質、捕られてんだぞ」と言って城川は鉄パイプの先をデブタクの顔に押しつけた。

城川とその仲間にデブタクが拉致されて、龍平はここに呼び出されたのだ。

「言っとくけどよ、ここは警察なんか来ねえからよ」

　城川がデブタクを拉致して龍平をおびき出すのに選んだのは、郊外にある病院跡地にスカルキッズの面々が勝手に机やソファーを持ち込み、溜まり場として使っている場所だった。

「何が大声だ、バーカ。警察に助けてほしかったら、大声なんか出さなくても、お前に呼び出された時点で通報するっつうんだよ。警察とか気にするぐらいだったらな、拉致なんかしてんじゃねえよ。バーカ」

「テメエ……」

「どうした、トカゲ人間。もう言い返すボキャブラリーがねえってか」

「目障りなんだよ。テメエはどこにも属さねえで勝手なことばっかしやがって。そんなことやられちゃ俺らスカルキッズの面子《メンツ》が立たねえんだよ！」城川は語尾に力を込めて凄味《すごみ》を利かせた。

「えっ、ウンコ食わねえとチンコが勃《た》たねえって？」龍平がとぼけた顔で聞き返す。

「なんだそれ」

「だってウンコ食べるのが好きな子供たちなんだろ、スカトロキッズって」

「誰がスカトロキッズだ」

「おい、ウンコ臭《くせ》え口で喋ってんじゃねえぞ」

城川は鉄パイプを地面に叩きつけ、「テメエ、ちゃんとまわり見て喋れよ！」と怒鳴った。

十人ほどの城川の仲間が龍平を取り囲んでいた。

「ちゃんとまわり見て喋ってるよ。俺のウンコ食いたいって行列できちゃってんじゃん」

龍平はまわりを見渡しながら唾を吐き捨てた。

「あ〜あ、完全になめられちゃってんじゃないっすか」城川の後ろから坊主頭に不精髭で浅黒い肌の男が現れ、首をまわしながら龍平に近づいてきた。

「岩崎、テメエは黙ってろよ」城川が坊主頭の男の背中に声をぶつける。

「なんだよ、岩崎。テメエからやられてえのかよ」龍平は岩崎を睨みつけた。

「またまた怖い顔しちゃって。あんまイキがんなよ、鬼塚君」と城川とは対照的にへらへらと岩崎が言うと、それに答えず龍平が聞いた。

「佐山はどうした？」

「佐山さんなら、今、ムショだよ」

「それで急に俺らにちょっかい出してきてんのかよ」

「そうみたいよ。ね、城川さん」

「テメエは引っ込んでろ。佐山からスカルキッズを預かってんのは俺なんだよ！」城川が怒鳴る。

「は〜い」岩崎は気持ちのこもっていない返事をすると、龍平から離れて元いた場所に戻った。

「テメエ、全然慕われてねえじゃん」龍平が笑いながら言った。

「黙れ！」と言って城川がデブタクの横顔に思いきり蹴《け》りを入れると、デブタクは頰の贅肉を揺らしながら、地面に倒れ込んだ。

「おーい。デブタク我慢しろよ。今から俺も殴られると思うからよ」

「オッケー、龍ちゃん。俺、限界っぽいから、あとよろしく」デブタクが笑うと、それと同時に鼻血が流れ出し、その歯を赤く染めた。

「お前ら、余裕かましてんじゃねえぞ」イラついて城川が言う。

「お前さ、やけに頑張っちゃってるけど、佐山がいないあいだにリーダーの座でも狙ってんの？」龍平がへらへらしながら返す。

「うるせえ」城川の額に血管が浮き上がった。

「あれ、図星っぽいね」

「うるせえ」

「そんなわけないっすよね、城川さん」岩崎はソファーに座り、足を組み替えながら城川に言った。

「うるせえんだよ、テメエらは。俺は、テメエが気に入らねえだけだよ」城川が龍平を指差す。

「佐山なら、こんなやり方しねえで、一人で喧嘩売ってくるだろうけどな」龍平は城川の足元に唾を吐き捨てた。

「佐山佐山佐山ってうるせえんだよ！」

「もういいから始めようぜ、城川。もしかして俺一人にビビってんじゃねえのか？」

「テメエに謝らせてからぶっ飛ばそうと思ってたんだけどよ。ぶっ飛ばしてから謝らせてやるよ」

「どっちが先でも、お前なんかに死んでも謝らねえよ。バーカ」

城川は手を高く上げると、力を込めて振り下ろし、「やれえっ」と叫んだ。その声を合図にスカルキッズの連中が龍平に襲いかかる。

「お前らは時代劇か」と言いながら、龍平は近くにあった背の高い椅子の脚を持ち、プロレス技のジャイアントスイングのように振りまわした。スカルキッズの面々が逃げると、龍平はその背に向かって椅子を投げつける。

「ぐわっ」椅子が当たったスカルキッズの一人が倒れた。

「オラアアアッ」

スカルキッズのメンバーが面喰らっている隙《すき》に龍平は城川との距離を一気に詰め、鼻にめがけて拳《こぶし》を放つ。メキッ――拳に、城川の鼻がつぶれる感触が伝わった。

「よっしゃー」そのまま城川の髪を摑むと、顔面に膝蹴りを連打していく。

「テメエ」スカルキッズの一人が龍平の後頭部を鉄パイプで殴った。龍平はよろけながらも、城川の髪を離さずに膝蹴りを入れる。

「やめろ、コラッ」今度は三人がかりで龍平に蹴りやパンチを入れたが、龍平はそれでも城川の髪を離さず膝蹴りを入れ続けた。

「離れろ、コラッ」さらに二人加わり五人がかりで龍平に蹴りやパンチを入れ、ようやく龍平は崩れ落ちた。倒れた龍平を、五人は一斉に蹴りはじめた。

「やめろー、お前ら！」デブタクは口から血しぶきを飛ばしながら叫んだ。

「この野郎」鼻血を垂らした城川が、倒れている龍平によろけながら近づいていく。「どけ！」

龍平に群がっていた五人が離れると、龍平は待っていたかのように飛び起きて、近づいてくる城川の髪を摑《つか》み、体を弓のように反らせ、鼻めがけて頭突きを放った。

「があああ」城川は呻《うめ》き声を上げると膝から崩れ落ちた。鼻は真っ赤に腫《は》れ上がり、オレンジの果汁を絞り出したようにジョボジョボと鼻血が滴り落ちる。

「何してんだ、テメエ」スカルキッズの面々が再び龍平を襲い、倒れたところに蹴りを連打する。

「動かねえように押さえとけよ」城川は血まみれになった鼻を押さえながら、今度は慎重に龍平に近づいた。

「またやられないように気をつけてくださいよ」ソファーに座ったままの岩崎が言った。

「テメエは黙ってろ」そう言いながらスカルキッズの面々がしっかりと押さえつけているのを確認すると、思いきり龍平の額を踏みつけた。「土下座しろ」

「笑わせんじゃねえ」龍平は額に乗せられた足を腫れ上がった顔面で押し返す。「なんで俺がテメエみたいな、一人じゃウンコも食えねえようなスカトロ軍団の大将代理に頭下げなきゃなんねえんだよ」

「だとっコラッ」城川はさらに強く龍平の額を踏みつけた。

「そうだ、バーカ。龍ちゃんの顔から、そのウンコ臭い足をどけろ！」デブタクが叫ぶ。

「お前ら、いい加減にしとけよ」城川はジーンズの尻のポケットからジャックナイフを出してみせた。

「ナイフはやめた方がいいんじゃないっすかね。喧嘩にナイフとかそういうのって佐山さん嫌いっすよ」煙草を吸いながら岩崎が言った。

「黙ってろっつってんだろ。今は佐山、関係ねえだろ」と言うと城川はナイフを龍平に近づけ、残忍な笑みを浮べた。

「テメエ」デブタクはベッドの脚につながれた手を必死に引っ張った。「やめろ、城川」

手錠が擦れ手首に血が滲む。

「おいおい、心配とかしてんじゃねえよ。こんな糞野郎に人なんか刺せるわけねえだ——ぐわっ」

ジャックナイフが龍平の太腿《ふともも》に突き刺さった。

「誰が刺せねえだ、コラッ」そう言うと城川は龍平の足からジャックナイフを引き抜いた。

その瞬間、湧水が溢れ出すように、傷口から血が噴き出した。

「何してんだ！」デブタクが暴れて手錠とベッドの脚が擦《こす》れ合いガチャガチャと悲鳴を上げた。

「あ〜あ、本当にやっちゃった。俺は知らないっすからね」岩崎は煙草の煙を吐き出しながら言った。

「どいつもこいつも佐山佐山言いやがって、俺は佐山なんかいなくてもテメエなんかに負けねえんだよ」と言いながら城川が龍平の傷口を踏みつけた。

「あああああああああああああっ」龍平は苦悶の表情で叫び声を上げた。

城川はさらに体重をかけて傷口を踏むと、再び「土下座しろ」と言った。

「やめろおおおお！」デブタクが叫ぶ。

「どうしたああっ、その顔はぁっ、デブタクううっ、俺がリアクションしてんのは痛《いて》ぇからじゃなくてえええっ、こいつの足がかなり臭《くせ》ぇえええからだああっ」

龍平が痛みに耐えながら言うと、城川は無言でさらに体重を乗せた。

「だああああっ」

「いつまでもイキがってねえで素直に、痛いですから、どうかその足をどけてくださいって言ってみろ、コラッ」城川は面白そうに龍平を見下ろしていた。

「どうかその足を……」

「あん？　よく聞こえねえぞ」

「どうかその足を……」

「どうした、ほらっ。痛いですからどけてくださいだろ」トカゲ顔に堪《こら》えきれない笑みが広がる。

「臭いですからどけてください」

「テメエえええ」城川の顔色が瞬時に変わり、足で煙草を揉み消すように龍平の傷口を踏みにじった。「もう一回刺すぞ、コラッ」

「何回でも刺せよ、コラッ」龍平は城川を睨みつけながら言った。

「上等だよ」城川は龍平の顔にナイフを近づけ、龍平はそのナイフ越しに城川を睨みつけた。

「おい、城川、やるなら今日ここでキッチリとどめ刺しとけよ。じゃねえと、明日にでもオメエのこと探し出して、何回も殺すぞ」

「わかんねえ奴だな」城川は足の方に向き直ると、さっき刺した足の傷口の下にもう一度ナイフを突き刺した。

「ぐあああああ！」龍平の叫び声がこだまする。

「龍ちゃーん」デブタクが泣きながら叫ぶ。

「意地張ってねえで、さっさと謝れよ」城川は振り返って、もう一度龍平の顔にナイフを突きつけた。

「ああ痛っ、また足かよおおっ。ワンパターンな奴だなあああっ。別んとこ刺してみろっ」

「くそがっ」城川は立ち上がると顔面を蹴り上げて、ようやく龍平から離れた。「こいつらどっか捨ててこい」

「おいコラッ、城川」龍平はガムを吐き捨てるように、折れた奥歯を吐き出した。口元からボタボタと血が流れ落ちる。「これ以上刺したらヤバイってビビっちゃったってか？」

「付き合ってらんねえんだよ」城川が唾を吐く。「おい、早く目障りだから連れてけよ」

城川がそう言ってソファーに座ると、メンバーの三人が龍平を立たせ、別の三人がデブタクの手錠を外して立たせた。龍平のジーンズにはナイフでできた穴が二つ開いていて、穴を中心にアフリカ大陸の地図のように血が広がっていた。

「こっち来い」

二人は出口に向かって引きずられて行く。

「おい、城川。ここで俺らのこと帰して後悔すんじゃねえぞ」龍平は抵抗しようとしたが力が入らず、ズルズルと出口に引きずられながら叫んだ。

「テメエみてえなしょうもない奴殺して、ムショに行きたくねえんだよ」城川は面倒臭そうに答えた。

「俺はムショぐれえ屁とも思ってねえからよ」龍平は血だらけの顔で目を見開き睨みつける。

「早く連れて行け」城川は龍平の気迫に押されたかのように、顔を青くさせて目をそらした。

「オラッ、歩け」スカルキッズのメンバーが龍平に言うと、

「おい、どっかで車から降ろすなら、レンタルビデオ屋の近くにしてくれよ。痴女モノのＡＶ借りて帰るからよ」龍平はそう言って自分の股間に視線を落とし、自分を摑んでいる男に向かってニターっと笑顔を作ってみせた。口からは血がダラダラと滴り落ち、歯は赤く光っていた。

「そんな怪我でオナニーするつもりかよ」デブタクがボコボコの顔で笑うと、

「中学一年の夏から、一日も欠かしたことねえのに、足刺されたぐらいじゃ休めねえだろ」と言って龍平も笑った。

「すげえな」

「楽勝だよ」と言って龍平は親指を立てて突き出した。

「来い」

二人は車に乗せられて、しばらくして人気《ひとけ》のない路地裏に捨てられた。

「やめたい」と保がマネージャーに告げると、吉木興業はそれをすんなりと受け入れた。

たくさんの売れっ子芸人を抱えた吉木興業にとっては、売れていない芸人がやめようが残ろうが、大した問題ではないのだ。

それでも飛夫は劇場での出番を終えるたびに考え直すように説得したが、保の意志は固く、聞く耳を持とうとはしなかった。保が飛夫に解散しようと告げてから五回目の出番が、ブラックストーンにとって最後の漫才となった。

「ふざけんじゃねえっつうんだよ」

ブラックストーンの最後の出番を終えた夜、飛夫は自分の部屋でベロベロに酔っ払っていた。

四畳半の汚い部屋には、十年以上のネタ番組を録画したビデオが十年以上使っているテレビデオの横に積まれている。壁と壁のあいだに突っ張り棒をかませている窓際には、洗濯物とステージ衣装の黒いスーツと黒いシャツと赤いネクタイがかけられている。部屋の真ん中には丸裸のコタツが置かれていて、その上には焼酎の五〇〇ミリリットル瓶とコップと灰皿がある。コタツ板の表面にはコップを置いた丸い跡と煙草の焦げ跡がいくつもついていた。

飛夫はコーラの大きなシミのついた、元は真っ白だったクッションに座って、煙草をつまみに焼酎をロックで飲み続けていた。

「もう、何もねえよ」酒で呂律《ろれつ》のまわらなくなった口で一人呟いた。

飛夫の部屋には思い出の品がほとんどなかった。子供の頃の写真や学生時代の卒業アルバム、卒業証書、それらはすべて実家に置いてきた。その実家とも音信不通だ。

工事現場で働いていた頃は、そもそも友達ができなかったので写真など一枚も撮らなかった。六年間付き合っていた彼女との写真も、先月別れたときに彼女がすべて持って行った。

この部屋で思い出の品は唯一、劇場の専属カメラマンが撮ったブラックストーンの舞台や楽屋での写真だけだった。

青くて丸いクッキーの缶をこじ開けると、中から一枚ずつ写真を取り出し、破っては床に落とした。保が飛夫にツッコミを入れている写真、肩を組んでガッツポーズをキメている写真、初舞台を終えて二人が満面に笑みをたたえている写真、センターマイクを挟んでいきいきと漫才をしている写真——床は思い出のかけらでいっぱいになっていった。破れた写真の上に飛夫の涙がこぼれ落ちる。写真をすべて破り捨てると、ゲップをしながらリモコンの再生ボタンを押した。テレビデオの中には漫才をするブラックストーンをハンディカムで撮ったビデオが入っていた。

真っ暗な舞台にザ・ブルーハーツの「リンダ リンダ」が大音量で流れる。照明がつくと舞台の袖からセンターマイクに向かって二人が勢いよく飛び出してくる。

「ブラックストーンです。よろしくお願いします」

二人が同時に頭を下げると、客席から拍手が起こる。

「今日は、ちょっと保君に言いたいことがあるんですよ」

漫才の喋りだしはいつも飛夫からだった。

「なんですか？　突然」保がキョトンとした顔で問いかける。

「ちょっと言いにくいんですけど……」

「気になるな」

「保君は才能が乏しいから、お笑いやめた方がいいと思う」

クスクスと会場から笑い声が起こる。

「才能が乏しいって、相方がそんなこと言ったらダメでしょ」

「相方っていうのは誰のことですか？」飛夫が保とは反対の方を探すように見ると、

「お前だよ」と言って保が飛夫の後頭部を叩く。

「僕がですか？」驚いた顔で保の方を振り返る飛夫。

「お前以外いないだろっ」

「ハハハッ」

「愛想笑いしてんじゃねえよ」保が飛夫の額をピシャリと叩くと、会場から大爆笑が巻き起こる。

「相方じゃねえかよ」重ねて保が言う。

「保君とは、ただのお友達です」

「アイドルの熱愛報道のときみたいに言ってんじゃねえよ」

「最初は軽い気持ちで彼と漫才やってみたんですけど、漫才やってる写真撮られて脅されて、それから二回三回と漫才を重ねました」飛夫は顔の前に両手を持っていき、モザイクに見立てて指を高速で動かしながら甲高い声で言った。

「被害者の告白みたいに言ってんじゃねえよ」

「まあ、そんな才能のない保君は漫才なんかやめちゃって、タクシーの運転手になればいいんですよ」

「いや、もうちょっと漫才で頑張らせてくれよ」

「いいから、何があるかわからないんだから、一応タクシーの運転手の練習しとけって」

「ええ、まあ、やるだけはやりますけどね」

「タクシー、タクシー」

飛夫がそう言って手を挙げると、タクシーコントが始まった。

テレビデオの中の漫才を見つめながら、飛夫はコップに酒を注《つ》ぎ足す。手元が定まらず左手にかかったが、気にせずに飲んだ。

「本当にやめてどうすんだよ」コタツの上にコップをドンと置くと、ゲップをしながらリモコンの停止ボタンを押した。「……畜生」

飛夫は充電器のコードを手繰《たぐ》りよせ、古くて塗装の剝《は》げてきた携帯電話を手に取ると、登録された数少ないメモリーの中から保の電話番号を表示させる。

「くっそー」発信のボタンを押す勇気が出ず、停止のボタンを力任せに押すと、待受画面にしているどこかの国の城の写真が映し出された。コップを荒々しく持ち上げ、半分ほど残った焼酎を飲み干すと、もう一度保の番号を表示させた。そのまま携帯電話を床に置くと酒を注ぎ、一気に飲んだ。

「かけるぞ。かけてやるぞ畜生」目をつぶって発信ボタンを押す。

留守番電話サービスに接続します。

「くっっっそー」

コールはなく、すぐに女性のアナウンスが流れた。聞きなれたはずの音声が、今日は酷く冷たく感じられた。

発信音のあとに、お名前とご用件を録音してください。

ピーというカン高い音が耳障りだった。

「もしもし、俺だけど、留守電聞いたら電話くれ」飛夫は停止ボタンを押した。

「なんなんだよ、畜生！」携帯電話を壁に投げつけると、携帯電話の本体からバッテリーが外れた。しばらくバラバラになった携帯電話を見つめていたが、もしかしたら保から電話があるかもしれないと思い、急いでバッテリーを元に戻そうとした。しかし酔っ払っていて手がうまく動かず、なかなかはまらない。「くそー」

イライラしながらなんとかバッテリーを携帯電話に戻すと、「ああああ」と言って大の字に寝転がった。天井を見ていると涙が溢れてきた。

芸人になってからの十年間、飛夫はほとんど泣くことがなかった。泣いている余裕などなかったのだ。お笑いで売れることがすべてで、それ以外のことは二の次、ただひたすら感情を殺していた。泣くことだけじゃなく、心から笑うこともほとんどなかった。あるのはいつも、売れないことに対しての怒りばかりだった。

そんな飛夫が、保に解散を告げられてからは毎日、一人部屋で酒を飲んでは涙を流した。この十年間の生きがいは漫才だけだった。十年間大学ノートに書き続けたネタが飛夫の人生のすべてだった。お笑いで売れることが人生の目標であり、飛夫にとって漫才を失うことは生きている意味を失うということと同じだった。

「冗談じゃねえぞ」と言って酒で重たくなった上半身を無理矢理起こすと、脱ぎ捨ててあったジーンズを手繰りよせ、座ったまま穿《は》いた。「何が解散だよ。俺は認めねえぞ」

立ち上がり、ふらふらとドアに向かう。踵《かかと》がすり減って穴の開いた革のコンバースを履き、外に出た。雨が降っていたがかまわず、保のアパートに向かって歩きだした。

保のアパートまでは徒歩十分、ネタ合わせがしやすいようにと、コンビを組んだばかりの頃に飛夫が保の近所に引っ越したのだ。雨は容赦なく飛夫を打ちつけ、家を出てすぐに体中がびしょ濡れになった。踵の穴から水が入り、歩くたびに靴の中でぐちゃぐちゃと音を立てた。それが飛夫の千鳥足をさらに重たくさせていた。いつもは十分で着く保のアパートまで二十分ほどかかった。

飛夫は保の部屋を睨みつけると、「何が解散だよ。俺は認めねえぞ」と、家を出るときと同じ台詞《せりふ》を呪文のように吐き捨てる。

保の家は、今どきの都心では珍しいボロボロのアパートで、木製のドアは強く蹴れば壊せるような代物《しろもの》だった。ブザーもインターフォンもないので、飛夫はドアをノックした。

トントン。

勢いよく訪ねて来たものの、一方的に解散を告げた上、電話を無視し続ける元相方にどんな顔をして会ったらいいのかわからず弱々しいノックになった。返事はない。

トントントン。

さらに強く叩いたが返事はない。留守なのかもしれない。そう思うと無性に腹が立ってくる。自分だけが自暴自棄になって酒を飲み、勇気を振り絞って電話をすれば留守電で、雨の中びしょびしょになって訪ねて来たらこれまた留守。そんなすべての怒りを込めて、ドアを叩く拳の勢いはますます強くなっていった。

ドンドンドン！

ノックしながら飛夫は怒りのテンションを上げていった。叩くという行為そのものが闘争本能を刺激する。

ドンドンドンドンドン！

「おい、保！　出て来い」

ドンドンドンドンドンドンドン！

いないことには気がついていた。わかっているからこそ出て来いと強気で言えた。

ドンドンドンドンドンドンドンドンドン！

「出て来い。解散なんかしねえぞ」

ドンドンドンドンドンドンドンドンドンドン！

「ほらっ、ネタ合わせするぞ」

ドンドンドンドンドンドンドンドンドンドンドン！

「静かにしてもらえませんかね」

勢いよく隣の部屋のドアが開き、赤いTシャツを着て、一目でカツラだとわかる金髪に眼鏡をかけた太った男が、こちらを見て立っていた。

「なんだ……お前……」飛夫はその男の異様なルックスに度肝を抜かれた。

「私はここの住人なんですけどね」太った男は下がった眼鏡を人差し指で直しながら言った。

「何か用かよ」

「ドンドンドンドンうるさいんですよ。私はね、今ね、ガンダムのショートコントを撮ってるんですよ。それをね、おたくがドンドンやるから音が入っちゃうじゃないですか」赤いデブは汗まみれの顔で何度も眼鏡を上げながらまくし立てた。

「ショートコント？　芸人かよ。どっか事務所入ってんのかよ」

「入ってませんよ。好きでやってるだけですから」

「なんだよ、素人かよ」

「何が素人ですか。私はね、YouTubeに動画をアップして注目されて、ブログのアクセス数でナンバーワンになって、事務所なんかの力を使わずにスターになるんですよ」

「無理だよ無理。そんな簡単なもんじゃねえんだよ」

「あなたにお笑いの何がわかるっていうんですか」

「お前の百倍わかってるよ。気持ち悪《わり》ぃ格好しやがって、糞デブがっ」

飛夫は、自分は人生に関わることで腹を立てているのに、目の前の芸人気取りの素人がしょうもない理由で同じ時間に同じように腹を立てていることに対して無性に腹が立った。

「ちょっと、失礼じゃないですか。初対面の人間に向かって気持ち悪いとかって」太った男は目を吊り上げて挑んでくる。

「気持ち悪《わり》ぃから気持ち悪《わり》ぃって言ってんだよ。なんだその格好は」

「シャア・アズナブルですよ」

「お前のどこがシャア・アズナブルなんだよ。ただの豚じゃねえか」

「豚じゃない。赤い彗星シャア・アズナブルですよ」

「何が赤い彗星だよ。お前は紅の豚だ」

「豚じゃありません、人です。人間です。れっきとした人間です。言葉も喋りますしPCも使いますし、チャットもブログもやりますし、親から仕送りももらってませんし、どちらかと言えば人間の中でも優秀な部類です」

　一気にまくし立てる太った男の顔は、Tシャツと同じような赤色に染まっていった。

「うるせえ、デブデブデブ。百貫デブ、百式デブ、シャア専用デブ！」

「そんなモビルスーツは存在しません。シャア専用はザクとズゴックとゲルググとジオングだけです。まあ正確に言えばジオングもシャア専用ではありませんけどね」

　太った男のTシャツの脇が汗で濡れて、どんどん赤が濃くなっていく。

「どっちでもいいんだよ。ジオングがシャア専用だろうがそうじゃなかろうが。お前はメイド喫茶でもメイドヘルスでもメイド性感マッサージでも、とにかくメイドがいるところに行って、萌えええとかほざいてろ！」

「今日はもう行きません」赤いデブは自慢げに言った。

「今日はもうってことは、すでに行ってんじゃねえか」飛夫がそう言って、赤いデブを威嚇するように保の部屋のドアを蹴飛ばすと、ボロボロだった蝶番《ちょうつがい》の一つが壊れた。

　赤いデブは怯まずに、「おたくには関係ないことじゃないですか。なんでアカの他人にそんなこと言われないといけないんですか。私はね、自分のお金を払って正当なお客さんとしてメイドカフェに行ってるんですよ。私とお店のあいだには需要と供給が成り立ってるんですよ。第三者のあなたにとやかく言われる筋合いありませんよ」と怒って言った。

「何がメイドカフェだよ、気取りやがって。メイド喫茶って言えよ」

「それが大きなお世話だっていうんですよ。カフェと喫茶の違いは、お酒を置いている店がカフェで置いてない店は喫茶って言うんです。今日、私が行った店はビールを置いてましたから正確にはカフェです。だからメイドカフェと言ったまでです。私はね、総称としてメイド喫茶と呼ぶ人を否定するつもりはありませんけど、私がメイドカフェと呼ぶことを否定されたくもありませんね」

「お前、いちいち面倒臭《くせ》ぇんだよ」飛夫はもう一度ドアを蹴り飛ばした。

ドアの下の蝶番だけがかろうじて侵入者を防ぐ役割をしていた。そのときデブが「ああっ」と小さな声を上げて自分の部屋に姿を消した。

「なんだ？」

急に口論の相手がいなくなり、肩すかしを食らった飛夫は何気なく後ろを振り返った。すると向こうから、黒いボンタンジャージにパンチパーマの男が歩いて来るのが見えた。酔いで焦点の合わない目に映るシルエットだけでも、その男はモロにヤクザだった。男は飛夫の目の前に立つと言った。

「おい、兄ちゃん。お前は石井君の家の前で何してんだ。もしかしてお友達か？」

「はい、石井君とは知り合いですが……」

どんなに酔っ払っていてもヤクザは怖い。酔いでまわりにくくなった舌を全力で動かし、丁寧に喋るよう心がけた。

「そりゃあ家の前にいるんだから、なんらかの知り合いに決まってんだろ。俺はお前が石井君とどういう知り合いかって聞いてんだよ」パンチパーマの男が凄んでみせる。

「すいません」とりあえず謝っとけば間違いないだろうと思い、飛夫は頭を下げた。

「すいませんじゃなくてよ。どういう知り合いだって聞いてんだよ」

「相方です」

「相方ってなんだよ」

「漫才の」

「ああ、確か石井君、漫才やってるって言ってたな」

「はい」飛夫はパンチパーマの男と目が合わないように、これまでの人生で一番と思えるくらい俯《うつむ》いた姿勢をとった。

「相方ね」パンチパーマの男はしゃがみ込むと、ウンコ座りの姿勢で飛夫の顔を見上げる。

「はい」パンチパーマの男から視線を外したいと思うのだが、視線を外させないぞという勢いで思いっきり下から覗《のぞ》き込まれているので、飛夫は目も体も動かせない。

「じゃあ俺が誰だか、石井君から聞いてないかな？」

パンチパーマの男が微笑《ほほえ》みかけてきたが、まったく穏やかさが感じられない。

「もしかして借金の取り立ての方ですか」恐る恐る言ってみる。解散を告げた日に保は、ヤクザみたいな奴が取り立てに来ると言っていた。

「正解です。立花金融会社の金井です」

金井と名乗る男はさらに笑顔を作るが、その笑顔が逆に怖い。

「黒沢です」飛夫も思わず名乗ってしまったが、声が震えていた。

「借金取りって言っても、優しい借金取りと、優しくない借金取りがいるじゃない？」

「はい」

今のところ飛夫に対する取り立ては電話ぐらいで済んでいるので、前者だった。

「ちなみに俺は優しくない方の借金取りね」

「ですよね」媚びるように笑顔を作ってみせたが、自分でも顔がひきつっているのがよくわかる。

「いやさ、困っちゃってんだよね。俺がいつ来ても石井君、留守みたいでさ。もう一カ月も利息もらえてないんだよね」

「そうなんですか」

「いやいやいや、そうなんですかじゃなくてさ。相方なんでしょ。どこにいるのか知らないかな?」

「僕もちょっとわからないんですよ」

「そんなはずないでしょ。漫才の相方なんでしょ?」

「いや、解散したんですよ」

「あっそう、解散したんだ。それは大変だったね。それで石井君はどこにいるのかな」

「いや、ですから、解散して連絡がつかなくなっちゃって、それで、訪ねて来たんですけど留守でして……」

「嘘ついてんじゃないの?」

「いや嘘じゃないですよ。もしも僕が連絡取れてたら、僕は家の中にいるはずじゃないですか。家を訪ねて来てるのに外にいるってことが連絡を取れてないっていう証拠になると思うんですけど」飛夫は、まるでさっきの赤いデブのように一気に言った。緊張がピークに達していた。

「そういう正論が、俺みたいなルックスの奴に通用するわけないじゃん」

「すいません」

金井は首を勢いよく左右に曲げてボキボキと骨を鳴らすと、また飛夫を見上げて、「よっしゃ、じゃあ、電話かけてみようか」と明るく言った。余計に怖さが増した気がした。

「誰にですか？」

「石井君に決まってんじゃん。俺は毎日百回ぐらい鳴らしてんだけど、全然出てくれないんだよね。君の携帯番号からだったら出てくれるかもしれないじゃん」

「いや、僕もさっきかけたんですけど出てくれなくて」

「百回かけたの？」

「いや」

「じゃあ、次は出てくれるかもしれないじゃん」

「すいません」

「あとさ、俺が言ったことに反論するのやめてくれるかな。次に反論したらムカついて殴っちゃうかもしれないからさ」

「すいません」

「じゃあ、携帯出してみようか」

「はい」飛夫は言われるがままに携帯電話をポケットから取り出した。

「じゃあ、石井君の番号出して」

「はい」携帯電話を操作して保の番号を表示させる。

「できた？」

「はい」

「じゃ、貸して」

金井はウンコ座りのまま手を伸ばして飛夫から携帯電話をむしり取ると、ディスプレーを確認してから発信ボタンを押した。さっきあれほど保に電話に出てほしいと思ったのに、今は絶対に出てほしくなかった。今つながれば、自分が借金取りに保を売ったことになる。もしかしたら自分を人質に保をおびき出すようなこともあるかもしれない。とにかく、ありとあらゆる最悪なシチュエーションが頭をよぎった。すると、酒と嫌な緊張感のせいで気持ち悪くなってきた。

「ダメだ、出ないや」

金井が停止ボタンを押す。とりあえずホッとしたが、気持ち悪さは収まらなかった。

「おい、これどうやってリダイヤルすんだよ」

「いや、あの、さっき僕がかけたときに、あいつの電話に留守電聞いたらかけ直してくれってメッセージ残したんで、かけ直してこないってことは、僕の――うっ」

金井は座ったままの姿勢で飛夫のミゾオチにパンチを突き出した。

「うぐぐ」殴られてゲロが込み上げ、口の中いっぱいに広がった。

「口ごたえするなって言ったじゃん。早くリダイヤルの仕方教えろよ」

口の中がゲロで満たされているので、答えることができない。

「早くしろよ」携帯を見ていて、飛夫の異変に気づいていない金井が、もう一度飛夫の腹を殴る。

「うえええええええ」飛夫の口からゲロが飛び出し、真下でウンコ座りをしていた金井の頭に降り注いだ。金井のパンチパーマはあんかけ焼ソバのようになり、ドアの前は焼酎を酸っぱくした臭いが広がっていた。

「テメエ何してんだ！」慌てて立ち上がった金井は、必死で頭から顔面に滴り落ちるゲロを拭《ぬぐ》おうとする。

「すいませうえええええ」謝りながらも、一度出はじめたゲロの勢いは止まらない。びちゃびちゃびちゃ。

口から飛び出したゲロが、今度は金井の靴にかかった。

「テメエ、コラッ」

次の瞬間、金井の強烈な右アッパーが飛夫の顎《あご》を捉《とら》える。飛夫の顔面が跳ね上がり、火山が噴火したようにゲロをまき散らしながら体勢を崩して、保の部屋のドアに背中がついた。

「汚《きたね》ぇんだよ、テメエは！」金井は一歩下がって勢いをつけると、飛夫の腹に前蹴りを入れた。

飛夫はまるでゲロの噴射の力で飛ばされたように、壊れかけていたドアごと保の部屋の中に倒れ込んだ。

「ひっ」

小動物の鳴き声のような悲鳴がして、金井が声の方に顔を向けた。いつの間にか隣の部屋のドアの隙間から顔を出し、赤いデブがこちらを見ていた。

「何見てんだ！」金井が怒鳴ると、

「すいません」赤いデブは勢いよくドアを閉めた。

「くっそ……」金井は体を無理矢理洗われた犬のように頭を振って、ゲロを飛ばしている。

「おい、人にゲロひっかけといて、ただで済むと思うなよコラッ。お前もきっちり型にはめてやるからな！」金井はそう言うと、飛夫の汚れた携帯電話を飛夫の腹の上に投げ捨て、ボロアパートをあとにした。

「うううううっ」真っ暗な保の部屋で、飛夫は意識を失っていった。

「私ね、お笑いやってるんですけど、まあ、お笑いって言ってもね、べつに事務所に所属してるわけじゃないんですよ。自分でコントを撮ってYouTubeにアップしてるんですよ。事務所に入れないってわけじゃないんですよ。事務所に入っちゃうと逆にやれることの幅が決まっちゃうっていうか。逆にYouTubeって世界に配信してるじゃないですか、だから逆にチャンスっていうか可能性っていうか、逆に無限に広がってるっていうかね。まあそれで、ちょうどシャア・アズナブルの一人コントを部屋で撮影していたんですよ。そしたら、そこで倒れている男がドンドンドンドンってドア叩くんですよ。だから、もううるさいって言ってやったんですけどね。そしたらその男が失敬な男で、たぶん酔ってたと思うんですけど、私に失礼なことばっか言ってくるもんですからね、口論になっちゃいましてね。そしたらそこにパンチパーマのいかにもヤクザって男が現れて、まあそのいかにもヤクザって男は最近じゃあ毎日隣の部屋に来てたんですけどね。〝いるのはわかってるんだぞー〟なんて言って、まあ、たぶん借金の取り立てだと思うんですけどね。もうそのたびにドンドンやるもんだから、そのたびにショートコントの撮影が中断しちゃうんで迷惑してたんですよ。でね、その迷惑なヤクザって感じの男に、そこで倒れている迷惑な男がお腹を殴られて、頭めがけてゲロ吐いちゃったんですよ。そしたらいかにもヤクザって男がキレちゃって、迷惑な男を蹴り飛ばして、ドアを破って今の状態になっちゃったんですよ。だからね、これはね、さすがにね、通報をね、した方がいいんじゃないかって思って電話したんですよ。本当はね、無視してね、ショートコントの撮影してればよかったんでしょうけどね、一応ね、あとからね、なんで通報しなかったんだなんてことになっちゃったら余計にいろいろ聞かれて逆にショートコントの撮影が遅れちゃうって思ったんですよね。だからね、逆にね、通報したんですよ、逆にね。あのもうこれぐらいで失礼してもいいですかね。こうやって話してるあいだにもショートコントの撮影を再開したいんですから」

赤いTシャツのデブは一気に喋ると、これ見よがしに大きな溜息をついてみせた。額には脂っぽい汗が光っている。

「小淵川さん、ご協力ありがとうございました」

若いスーツ姿の男は赤いTシャツを着たデブ、小淵川の話を聞き、必死に警察手帳にメモを取りながら頭を下げた。

「じゃあ、もういいですかね」小淵川は自分の熱気で曇った眼鏡を外して赤いTシャツの腹の部分で拭《ふ》いた。

「またお伺いしたいことがありましたら、お尋ねするかもしれませんが、そのときはご協力お願いします」若い刑事はメモを取っていたペンを胸ポケットにしまいながら言った。

「ちょっと待ってくださいよ。今話したことで私の知ってることは全部ですよ。これ以上私に何を聞くっていうんですか。また訪ねて来られたら、またショートコントの撮影が中断するじゃないですか。なんの権利があって私のショートコントの制作の邪魔をするんですか。警察の横暴ですよ。これが噂の職権濫用《しょっけんらんよう》ってやつですか。初めてナマで職権濫用を見ましたよ」小淵川は拭いたばかりの眼鏡をすぐに曇らせた。

「すいません」若い刑事は苦笑いをすると、内ポケットから名刺入れを取り出し、一枚を小淵川に渡した。「池上です」

小淵川は名刺をひったくるように受け取ると、「許したくないものだな、自分自身の若さゆえの過ちというやつを」と言いながら、自分の部屋のドアをバタンと勢いよく閉じた。

「シャア・アズナブルね……」池上は小淵川の部屋の閉ざされたドアを見つめて溜息をつくと、ゲロまみれの男が倒れている石井保という男の部屋に足を向けた。「門倉さん、どうやらこの部屋の住人の借金取りとモメたみたいですね」

池上はメモを取った警察手帳を見ながら、大の字になって倒れている男の横にしゃがみ込んでいる門倉に、小淵川から聞いた情報を報告した。

「二十時二十分頃、隣の住人がシャア・アズナブルのショートコントを撮影していると、隣の部屋からドアを叩く音が聞こえ――」

「全部聞こえてたよ」門倉は立ち上がると池上の警察手帳を覗く。池上は携帯電話を覗き込まれた女の子のように「ちょっと」と言って警察手帳を胸ポケットにしまった。

「調書には、そのなんとかのショートムービーってのは書かなくていいからな」

「はい」池上は恥ずかしそうな顔で警察手帳の入った胸ポケットのあたりを触った。

「さてと……」門倉が腰に手をやって倒れている男を見下ろす。

「どうします。起こしますか？」

「ダメだ、完全に酔っ払ってて意識がない」

「救急車呼びますか？」

「寝てるだけだ」

「じゃあ、どうしましょう」

「とりあえず署まで運んで、朝まで留置所に入れとくか」

「でも、この部屋はどうしますか。ドア開きっぱなしですけど」

「もうすぐパトカーが到着すんだろ」

「大丈夫ですかね」

「大丈夫だよ」と言うと門倉はしゃがみ込み、倒れている男の足を持ち上げた。「ほら、頭持て」

「はい」池上は男の頭にまわり込みしゃがんだ。「うわっ、ゲロがすごいですね」

「いいから持て」

「はい」池上は渋々返事をすると男の両脇に手を差し込み、ゲロの臭いを避けるように顔を背けた。

「よいしょ」男の体がくの字に曲がって持ち上がった。男は雨に降られたのか全身ビッショリ濡れていて服が水分で重くなっていた。「結構重たいですね」

「しっかり持てよ」

二人は男を持って、たどたどしい足取りで階段に向かって歩きだした。足を持っている門倉に比べて、重くてゲロまみれの頭を持つ池上の方がかなり臭くてつらかった。池上は必死で重さと臭いに耐えて男の上半身を支えてはいたが、徐々に脇に差し込んだ手が滑ってくる。濡れているせいで物凄く持ちづらかった。

「大丈夫か」門倉が声をかけたその瞬間、

「はい、あっ、ああ」

ドスン。

男の体は池上の手からすり抜け、汚いアパートの床に落ちた。

「おいおい、何してんだ」

「すいません」池上は門倉に謝りながら、すぐ男の顔を覗き込んだが、男は何事もなかったように口を半開きにしたまま眠っていた。「すいません」池上は意識のない男にも謝った。

「ちょっと、いい加減静かにしてもらっていいですかね」小淵川がドアから顔を出して言った。「今、アムロ・レイのショートコントを撮ってるんですから」

小淵川の赤いTシャツは、青と白のTシャツに変わっていた。

「すいません」池上は床に打ちつけた男の頭の様子を心配しながらも、一応謝った。

「謝って済むなら、あなたたち刑事はいりませんよ」

「いや、それはですね、罪の重さを決めるのは検事や判事ですから、我々刑事はあくまでも、検挙して、そして――」真面目に答えようとする池上の言葉を、

「理屈はいいんですよ」小淵川が遮《さえぎ》った。

「すいません」

「すいません、すいませんって謝るばかりで一向に静かにならないじゃないですか。私はねガンダムの――」

「その格好はガンダムっていうんですか」門倉は持ち上げていた男の足から手を離すと、立ち上がって小淵川に近づいた。

「これはアムロ・レイですよ」

「そうですか。すいません、勉強不足で」

「アムロ・レイも知らないでよく刑事になれましたね。アムロはガンダムの主人公ですよ」

「主人公！　どうりで格好いいわけですね」

「そんなおだてには乗りませんよ」小淵川は完全におだてに乗って、嬉しそうな顔になった。「べつに格好いいと思って、アムロ・レイの格好してるわけじゃないんですよ。あくまでもショートコントですから。お笑いですよ、お笑い」

「そうですか、お笑いですか。でもきっとそっくりなんでしょうね」

「ちょっとやめてくださいよ。似てるわけないじゃないですか。アムロはアニメーションですよ。刑事さん面白すぎですよ」小淵川は真っ赤な顔をして喜んでいた。

「本当ですよ。門倉さん似てるわけないじゃないですか」池上が会話に割って入る。「アムロはスレンダーな少年兵士ですよ」池上が無邪気に笑いながらそう言うと、門倉は振り返り声を出さずに「馬鹿」と口だけを動かした。

「ちょっと、それは私が太ってるって言いたいんですか」

「すいません。そういうつもりはなかったんですけど、すいません」池上は自分のミスに気がつき、慌てて謝った。

「こいつも悪気があるわけじゃないんですけど」門倉もすぐにフォローを入れた。

「冗談じゃないですよ。これじゃあ全然ショートコント作りが進まないじゃないですか」

振り出しに戻った。

「あとはこいつを運び出すだけですから、勘弁してください」

「まったくもう」小淵川は鼻の穴をふくらませて二人を睨み、力強くドアを閉めた。

「ふう」門倉が溜息をつくと、

「すいませんでした」と池上が謝る。

「お前は不器用すぎるんだよ。ああいう奴が一番危ないんだぞ」

「危ない？」

「子供のときにいたろ。イジメられっ子で突然泣きながら殴りかかっていくタイプ」

「あ〜」

「ああいうのがキレると何するかわからないんだよ」

「なるほど」と言って池上は手帳を出そうとしたが、

「メモらなくていいぞ」と門倉に止められた。

「すいません」

「でもまあ、部屋に戻ってくれたんだから結果オーライだな」

「はい」

「ったく。あんなデブのどこがアムロなんだよ」

「あれ、ガンダム知ってるんですか？」

「ガンダムぐらいは知ってるよ」

「そうなんですか」

「なまじ知ってると、ああいう奴はあれこれ蘊蓄《うんちく》語りだして長くなるだろ。テキトーに知らないふりして、おだてとけばいいんだよ」

「勉強になります」池上が胸ポケットに手をかけようとすると、

「メモらなくていいぞ」と門倉は言った。

「すいません」

「よし、じゃあ運ぶぞ」門倉はまるで引っ越し屋の先輩のようにそう言うと、男の足を持ち上げた。

「はい」池上はゲロまみれの男から顔を背けながら上半身を抱え上げた。二人はなんとか車まで運ぶと、ゴミ袋を後部シートに敷いて男をそこに押し込んだ。

「行くか」門倉が言うと、池上の運転で車が走りだし、男は留置所に運ばれた。

　龍平とデブタクは傷だらけの体を引きずって、なんとか大通りまで出ると、タクシーを拾って中学時代の同級生の父親が開業している診療所に向かった。龍平とデブタクは昔から喧嘩で怪我をしたときはこの診療所で診てもらっていた。

　二人とも紫色の打撲の跡が体のあちこちにできており、龍平は刺された傷を三針ずつ縫った。同級生の父親である医者に警察には届けないように頼むと、二人はそれぞれの家に帰って眠った。


　次の日の深夜一時をまわった頃、龍平はデブタクを電話で呼び出した。

「どうしたの龍ちゃん」龍平が家のドアを開けると、白いビッグスクーターに跨《またが》ったままのデブタクが聞いた。

「おい、すげえな、その顔。誰かわかんねえよ」

　デブタクの顔は一晩寝てさらに腫れ上がっていた。

「太ったんじゃねえのか？」龍平が言うと、

「腫れたんだよ」デブタクは笑いながら答えた。龍平も笑いながらデブタクのビッグスクーターの後部シートに跨る。

「どこ行くの？」デブタクが首を後ろにひねって尋ねた。

「城川がよく行くっていう雀荘があるからよ。俺、足がねえから乗っけてってくれよ」

「もう行くのかよ」

「雨もやんだし、十六時間ぐらい寝たからよ。復活だよ」

「そんなもんで回復するか？　足刺されてんだろ」

「あいつビビって一センチくらいしか刺してねえんだってよ」

「でも、二箇所も刺されてんじゃん」

「これぐらいの傷、大したことねえよ、余裕でオナニーしてやったぜ」

「本当にオナニーしたのかよ」

「したよ。寝る前に二回」

「二回もかよ」

「起きて一回」

「三回してんじゃん」

「で、今さっき一回」

「どんだけすんだよ」

「ナイフで刺された傷なんかより、オナニーしすぎでチンコ痛《いて》ぇよ」

「すげえな。俺なんか一回しかしてねえよ」

「してんじゃねえかよ」

龍平は、痛いときに一錠飲んでくださいと書かれた袋から、痛み止めの薬を三錠取り出すと、オロナミンCで飲み込んだ。「じゃあ行くか」と言って赤いタンクトップの上から、手に持っていたシングルのライダースジャケットを羽織った。

雀荘《ジャンそう》の前でデブタクがビッグスクーターのエンジンを切る。

「ありがとな。もう帰っていいぜ」龍平は後部シートから降りると、セブンスターをくわえ、クロムハーツのジッポライターで火をつけた。

「何言ってんだよ。俺も一緒に行くよ」デブタクはフリスクを三粒手のひらに出すと口の中に放り込んだ。

「俺一人で十分なんだよ」龍平は白い半帽タイプのヘルメットをデブタクに押しつけると、クロムハーツの指輪を右手の中指から外してジーンズの左側のポケットに押し込み、右のポケットから鉄製のナックルを出して右手にはめた。

「クロムハーツのナックルがあればいいのによ」と龍平が言うと、

「どんだけクロムハーツが好きなんだよ」デブタクが呆れて笑った。

「じゃあな」

「俺も行くって」デブタクはビッグスクーターから急いで降りると、ヘルメットを脱いで長髪を風になびかせ、スタンドを立てた。

「そんなボロボロの体でついて来られても足手まといなんだよ」

「龍ちゃんの方が酷《ひど》いじゃねえかよ、足三針も縫ってんじゃん」

「こんなの楽勝だよ」と言って親指を立てて突き出した。

「俺も楽勝だよ」

「いいから待ってろよ」

いきなり龍平はナックルをしていない左の拳をデブタクのミゾオチに打ち込んだ。デブタクは、

「うっ」と息を詰まらせ、その場に崩れ落ちる。

「じゃあ行ってくるわっ」

「待てって……」

デブタクが腹を押さえて動けないうちに、「すぐに帰ってくるからよ」と言うと雀荘の看板を軽く殴って、煙草を足元に投げ捨てた。

ビルに入ると、刺された方の足をかばいながら階段を上がる。上がりきるとそこに緑色の文字で雀荘と書かれたガラス戸があった。その向こう側には煙草の煙で真っ白になった汚くて小さな部屋がある。

龍平がガラス越しに中の様子を探ると、部屋の隅に申し訳程度のカウンターがあり、その前でパイプ椅子に座った皺だらけの老婆が居眠りをしていた。もともと白かったであろう壁紙は煙草の脂《やに》で変色していた。見まわすと四つある機械式の麻雀卓《マージャンたく》のうち、一番窓際の一つだけが使われていて、そこでトカゲのような顔の真ん中にガーゼを貼った城川がくわえ煙草で麻雀を打っていた。

「糞野郎が」龍平は城川をガラス越しに睨みつけたまま、人差し指から一本ずつ指を鳴らした。

城川は龍平には気づかず、「リーチ」と言って点棒を麻雀卓の上に放り投げた。そこで龍平は勢いよくガラスのドアを開ける。

「リーチじゃねえぞ、この野郎!」

「テメエ」

龍平は振り返って叫んだ城川に、右足を引きずりながら駆け寄り、ナックルをつけた右拳をガーゼをつけた鼻めがけて振り下ろした。

グッシャ。

鼻血がしぶきとなって麻雀卓の上に勢いよく飛び散り、城川は椅子ごとひっくり返った。

「なんだ、テメエ」

城川の隣にいた男が立ち上がろうとするのを見ると、龍平は城川を殴った拳を今度はそのまま裏拳で男の顔面に叩き込んだ。

「ぐがえ」男は城川同様、椅子ごとひっくり返った。

「シャアオラッ」龍平は倒れている城川を跨《また》ぐと、立ち上がって身構えている正面の男の顔面めがけてナックルを打ち込む。男は咄嗟《とっさ》に顔をガードしたが、ナックルをつけた拳はガードをすり抜け、男の口に当たり、仰向けに倒れた男の口から大量の血が吐き出された。

残る一人の男は悲鳴を上げ、走って逃げて行った。店の老婆は目を覚まし、口を大きく開けたまま、呆然《ぼうぜん》と目の前の惨劇を見ているだけだった。

「城川、約束通り殺しに来たぞ」龍平は血だらけの鼻を押さえてうずくまっている城川に近づいた。

「ぐるな……」城川はジーンズの尻のポケットからジャックナイフを取り出して、龍平に向けて突き出した。

「また得意のナイフかよ。医者が言ってたぞ。ナイフで刺されたにしては傷が浅いってよ。お前よ、グッサリ刺す根性もねえくせに、そんなもん振りまわしてんじゃねえよ」

城川はナイフを突き出し、尻もちをついた状態のままズルズルと後退した。

「オラッ」龍平は城川めがけてナックルを投げつけると、城川が両手で顔をかばった隙に、一気に間合いを詰め、ガードしている腕の上からエンジニアブーツで蹴りを入れる。

「ぐあっ」城川はガードしたまま吹き飛ばされた。

「痛《いて》ぇえええ」縫ったばかりの傷跡が痛む。しかし「オッシャアー」と龍平は気合を入れ直し、ジャックナイフを握った城川の右腕を痛めた足で蹴り上げた。

カランカラン。

ジャックナイフは乾いた音を立てて床に落ちた。城川は必死でナイフを拾おうとしたが、それよりも早く龍平がサッカーでパスを出すようなサイドキックでナイフを蹴った。ナイフは回転しながら床を滑っていき、壁に当たって止まった。

「んんん痛たたた」足を押さえて龍平は呻いた。

その隙に四つん這いになった城川がナイフに近づこうとする。

「テメエはナイフなしじゃ何もできねえのかよ」龍平は城川の髪を摑んで自分の方に引き

寄せた。

「もういいだろ」城川が情けない顔で龍平を見上げる。

「いいわけねえだろ。人の足二回も刺しやがって」

「勘弁してくれ」城川の口に鼻血が流れ込み、喋るたびに血しぶきが飛んだ。

「無理無理無理無理、勘弁なんてできるわけねえだろ」龍平は城川の髪を摑んだまま引きずっていき、麻雀卓の角に額を打ちつけた。

「ぐがあああー」城川の額が割れ、トカゲのような顔が真っ赤に染まる。

「オラッ」今度は口を麻雀卓の角にぶつける。「テメエは二、三回死ねよ。オイッ」そう言うと龍平は椅子を持ってきて、城川の背中に打ちつけた。そしてさっき裏拳で倒した男が立ち上がってきたので、その男めがけて椅子を投げつけた。男は椅子ごと壁に激突し倒れ込む。

「おい、まだこんなもんじゃ済まさねえぞ」

髪を再び摑むと城川の顔は血だらけで、涙腺が切れたのか、目からは涙がボロボロこぼれ落ちていた。

「ばんべんじでぐだざい」口の中が切れていて上手く喋れていなかった。

「だから、あのときに殺しておけつったろ」床に落ちている麻雀牌《マージャンパイ》を四つ摑み、城川の口の中に無理矢理詰め込むと、「オラッ」その口を思いきり殴った。城川の口から血で真っ赤になった牌と折れた歯が三本吐き出された。唇はイチゴを握りつぶしたようになっていた。

そのときガラスのドアが開いた。

「龍ちゃん」

振り返ると慌てた様子のデブタクが入り口から駆けて来ていた。

「逃げるぞ！　龍ちゃん」

「なんだよ、待っとけっつったろ」

「やりすぎだよ、龍ちゃん。警察来るぞ」

龍平に駆け寄ったデブタクの目の先を追うと、携帯を持って震えている老婆の姿があった。知らないあいだに老婆は警察に通報していたようだった。

「何してんだよ」デブタクが老婆に駆け寄る。「電話貸せよ」デブタクは老婆から携帯電話を無理矢理取り上げると、「ちょっと、何すんだよ」と言う老婆を無視して停止ボタンを押し、放り投げた。

「行くぞ、龍ちゃん」

「しょうがねえな。じゃあラスイチな」と言うと龍平は城川の額の割れたところをめがけ強烈なデコピンを喰らわせた。

「があああ」城川は額を押さえて倒れ込んだ。

「じゃあ行くか」

二人はガラス戸を開けて階段を駆け降りる。看板の横には逃げようとしてデブタクにやられた男が倒れていた。

「寝とけっつったろ」

その男が立ち上がろうとしたのでデブタクは顔面に思いきり蹴りを入れた。

「なんだよ、密かに活躍してんじゃねえかよ」

「だから俺もいけるっつったじゃんよ」デブタクが拗《す》ねたような顔になって言った。

「悪かったよ」

龍平がデブタクの肩を叩くのと同時にパトカーが現れた。

「ヤベエ」デブタクが舌打ちをした。

「サイレン鳴らさずに来やがった」

「龍ちゃん、バイクに――」

「いや、バイクだとナンバー取られるぞ」

「じゃあ、バイク置いて逃げよう」

「いや、俺この足じゃ無理っぽいな」龍平が笑顔を作って傷口のあたりを指差す。

「じゃあ、どうすんだよ」

「お前一人で逃げていいよ」

「何言ってんだよ」

「そこの路地裏から金網越えて商店街に紛れ込んじゃえ」

パトカーから警官が二人と、パトカーの後ろに停まった白いカローラからスーツ姿で迫力たっぷりの中年男が降りてきた。

「行け！　二人して捕まることねえよ。お前、こいつ殴っただけだし」

「龍ちゃん、ごめん」顔の前で手を合わせてデブタクが言う。

「おう」

「本当にごめん」

「早く行けって」龍平が追い払うように手を振ると、デブタクは何度も振り返りながら路地裏に消えていった。

「待て！」警官のうちの一人がデブタクを追いかけて路地裏に入ろうとしたところに、

「どうも、犯人です」と言って龍平は行く手を阻《はば》んだ。

「また、お前か」警官の後ろから現れた中年の刑事が龍平の胸倉を摑んで言った。

「どうも、門倉さん」

龍平が子供の頃から何度も迷惑をかけている馴染みの刑事だった。

「どうもじゃねえぞ」門倉は龍平に思いきりビンタを喰らわせた。

「車に乗せろ」門倉はそう言うと雀荘の階段を上がっていった。

「また捕まっちゃったよ」警官に連れられてパトカーに詰め込まれた龍平は、一人で呟いた。

「あの野郎、やっと帰って来やがったな」金井は黒くて古いベンツのＳＬから飛び降りると、アパートに入ろうとする保に走って近づいて後ろから飛びつき、そのままヘッドロックをキメた。「捕まえたぞ、この野郎」
「すいません」保は相手が誰だかわからないままとりあえず謝った。
「すいませんじゃねえぞ、この野郎。長いこと待たせやがって、オイッ、コラッ」
「すいません、すいません、すいません」

　保は声と無茶っぷりと、ヘッドロックをキメられている状態から見えるボンタンジャージで、自分の頭を押さえつけているのが借金取りの金井だと気がついた。

「テメエ、逃げられるとでも思ったのかよ、この野郎！」

「いや違います。逃げようなんて思ってないです」

「連絡せずに一週間も家を空けてたら借金取りは逃げたって判断するようになってんだよ。この野郎」

「本当に逃げるつもりなんてなかったんです」

「じゃあ、なんで一週間も家空けてたんだ。オイッ」金井は腕に力を込めて保の頭を締め上げる。

「友達の家に泊めてもらってたんですよ」

「お前よ、借金しといて呑気《のんき》に人の家に泊まってんじゃねえぞ馬鹿野郎。お前の自由はな、借金の担保で押さえられてんだよ」

「すいません。今日電話しようと思ってたんです」

「逃げようとして捕まった奴は一二〇パーセント、今日電話しようと思ってたって言うんだよ。一週間電話をしなかった奴が、なんで今日になって突然、あっ電話しようって思うんだ。言ってみろ」

保には返す言葉もなかった。

「とりあえず事務所に来い」そう言いながら、金井はヘッドロックしている腕にさらに力を込めた。

「いや、それは勘弁してください」

一般人にとって、ヤクザ風の男が「来い」と言う事務所は絶対に避けたい場所だ。保は押さえつけられている頭を必死で振った。

「いいから来い」金井は嫌がる保をヘッドロックをキメたまま車に連れて行く。

「勘弁してください。本当にすいませんでした」

金井は聞く耳を持たず、右腕で保をヘッドロックしたままベンツの助手席のドアを開け、中に押し込もうとする。

「遅れてる分、今日中に返しますから、勘弁してください」保は車のドアとボディを掴み、必死で抵抗した。

「いいから乗れ、馬鹿野郎!」金井は保の腰を助手席に押し込むように蹴り飛ばす。「オラッ、オラッ、オラッ」三発目の蹴りで保の手は車から外れ、「オラッ」四発目の蹴りで助手席に納まった。

バスン!

金井が助手席のドアを勢いよく閉め、すばやく車の逆側にまわり込む。その隙に逃げようと保はドアのレバーを探すが、なかなか見つけることができない。

ガチャ。

ようやくレバーを見つけ、保がドアを開けたのと同時に運転席のドアも開いた。保は急いで車を降りようとした。

「コラッ」運転席から伸ばされた金井の手が、保の髪を摑んで引き戻した。「テメエ、逃げられると思ってんじゃねえぞ」

「僕の部屋で話させてください」

「そういう段階じゃねえんだよ。ドア閉めろ、コラッ」

「本当に返しますから」我慢しきれなくなって、保の目から涙がこぼれた。

「埋めるぞ、コラッ」

「ひっ、すいません」泣きながら急いでドアを閉める。

「手間取らせんじゃねえぞ」そう言って金井はキーを差し込みエンジンをかけると車を走らせた。

「本当に逃げるつもりじゃなかったんです」金井の顔をチラチラと見ながら、様子をうかがうように保が言った。

「あのな、一カ月以上、利息も払ってない状態で一週間も連絡取れなかったらな、笑って見逃すわけにはいかねえんだよ」

「今月中に利息分払いますから」

「そんなもんじゃ上のもんが納得しねえんだよ」

「じゃあ、どうすれば許してもらえるんですか」

「死んでみる？」

「えっ」保の顔からみるみる血の気が引いて、真っ青になった。

「お前は、うちで借りるときに生命保険に入ってんだよ。お前が死ぬとうちに保険が入るようになってっから――」

「生命保険なんて入った覚えないですよ」

「最初に契約書だなんだってサインしただろ。そん中に生命保険の契約書も入ってたんだよ」

「そんなの僕知らないですよ」

「お前が知らなくても、お前の命は借金の担保になってんだよ」

「殺さないでください」

保は震えだした左手を震えだした右手で押さえようとしたが、余計に震えただけだった。

まさか自分が、「殺さないでください」なんてテレビでしか聞かないような台詞を現実に言うとは夢にも思っていなかった。

「人聞きの悪いこと言うんじゃねえよ。俺が殺すんじゃねえよ。お前は酒飲んで自動車事故で勝手に死ぬんだからよ」

「待ってくださいよ」保は涙を流しながら必死に訴えた。

「嘘だよ、バーカ。冗談だよ冗談。お前ビビリすぎだよ。泣きそうな顔してんじゃねえかよ」金井はハンドルを叩きながら大笑いしている。

「嘘ですか……」保はホッとしたがとても笑う気にはなれない。

「そんなことしたら犯罪じゃねえかよ。今どきそんな借金取りいねえよ」

「そうなんですか？　じゃあ保険に入ってるとかも全部嘘ですか？」

「それは本当だよ」金井が笑ったまま答える。

「えっ、それは本当って……」

「一応だよ」

「一応って……なんのために保険に入ってんですか」

「だから一応だって」

保はすがるように金井のボンタンジャージを摑んで揺さぶった。

「離せよ、事故ったらどうすんだよ。俺は保険に入ってねえんだからよ」

「なんで僕が保険に入ってるか教えてくださいよ」

「そんなもん、お前が病気とか事故で勝手に死んじゃうことがあんだろ。そんときに取りっぱぐれがないようにだよ」

「じゃあ、僕は殺されないんですね」保は安心してシートに寄りかかった。

「そんなことしねえって言ってんだろ」

「じゃあ、僕はどうすれば……」

「うちの会社で用意した仕事するか?」

「仕事ってマグロ漁船とかですか?」

借金を働いて返すといえばマグロ漁船と相場が決まっている。どこで知ったか記憶はないが、子供の頃から自然と刷り込まれていた。

「バーカ、そんなもん都市伝説だろ。マグロ漁船なんてマグロの漁獲量が減らされて人が余ってんだよ」

「臓器ですか?」

借金の形《かた》イコール臓器売買というのは、Vシネマでお馴染みのパターンだった。

「僕、煙草吸いますし、酒飲みますし、夜更かししますし、両親二人とも内臓やられてますから、遺伝というか、内臓の弱い家系なんですよ」必死で内臓が悪いであろうことをアピールする。

「バーカ、今どき臓器売買なんて一番マークされてんじゃねえかよ。お前よ、ちゃんとニュースとか見ろよ」

「そうなんですか……」パンチパーマにジャージ姿のヤクザ風の男には言われたくなかったが、とりあえずは安心した。

「うちの会社で用意した寮に住み込みで、普通に工事現場で働いてもらうだけだよ」

「工事現場ですか」

マグロ漁船や臓器売買に比べるとずいぶんと平和な気がした。

「家賃もメシ代も電気、ガス、水道、全部、うちの会社で出してやるっつう夢のような話だよ」

「そうなんですか」

その条件の良さに、さらに平和な気分は増した。

「まあ、二年も働けば自由の身だ」

「二年もですか⁉」

その長さに平和な気分がぶっ飛んだ。

「馬鹿野郎、三五〇万だぞ。返してるあいだも利息がつくんだからよ。それぐらい当たり前だろうが」

「でも、工事現場で働くってことは大体、給料五〇万ぐらいですよね。月四〇万ずつ返したとして、一年で四八〇万払う計算になりますよ。いくら利息がつくって言っても……」

「毎月そんなに稼げるかよ。それに、そっから家賃とメシ代とガス、水道、電気って給料から引いていくだろ」

「結局、僕が払うんじゃないですか」

「当たり前だろ」

「だったら、自分で工事現場で働いて自分で毎回返済していきますよ」

「あのな、お前みたいな奴は金があったらあっただけ使うんだよ。それで、借金で首がまわらなくなってんだろ。だから、うちの会社で管理して借金減らしてやろうっていう親心じゃねえかよ」

「でも……」親心には納得がいかなかったが、言っていることは図星だったので、言い返すことができなかった。

「でもなんだ？　言ってみろよ。夢だなんだって言って、ちゃんと働きもせずに酒飲んで、テキトーに今までやってきたんだろ」

金井の言う通りだった。芸人だけでは食っていけないくせに、ろくにバイトもせず、ギャンブルに明け暮れていた。ネタ作りは飛夫に任せっきり、そのくせ売れない責任もすべて飛夫に押しつけた挙句、ブラックジャックのゲーム機にはまって借金を抱え、最終的には飛夫を裏切った。飛夫に合わせる顔がないので電話にも出ず、家にも帰らず、高校時代からの友人に借りた一万円で漫画喫茶に寝泊まりしていた。自分でも嫌になるぐらいの最低っぷりだった。

「いいか、お前もお笑いだかなんだか知らねえけどな、そんな現実味のねえ夢見てねえで、ちゃんと働いて、借金のないきれいな体になりてえと思わねえのか」

パアーン！

「やめました」

金井がドン臭い車線変更で目の前に入ってきた年配の女性が運転する車にクラクションを鳴らす。

「お笑いを？」

「はい」

パア――――ン！

さらにこれでもかというぐらいに長いクラクションを鳴らす。

「いつ？」

　金井が車線変更をして、年配の女性が乗った車を荒々しく追い抜く。

「一週間ぐらい前に」

「それでか、お前の相方とかいう奴が酔っ払ってお前の家の前に来てたのは」

「えっ」保は目を見開いて金井の方を見た。「うちに来たんですか」

「あんな糞野郎と解散してよかったじゃねえか」

「はい」保は唇を軽く噛んだ。

「どうせ大して面白くねえから売れねえんだろ」

　保は何も答えない。

「俺は、夢がどうのこうのとかって言ってる奴が一番気に入らねえんだよ。金も稼げねえくせに言うことだけは一人前でよ。挙句の果てが借金だよ。どうせあいつだってどっかで借金してんだろ。借りるときはプライドも糞もなく平気で頭下げてよ。返す段階になったら打って変わって、鬼だ悪魔だって言ってよ。そんな奴らに夢を語る資格なんてねえっつうんだよ」

「すいません。確かに俺はそういう奴でした」保は、俺はを強調して言った。

「お前も、相方もだよ」

「すいません」

「おい、お前よ、お笑い芸人なんだろ。いや、元お笑い芸人か。芸人だったら芸人らしく、ただ謝ってねえで気の利いたこと言えねえのかよ」

「もうやめたんで勘弁してください」

「ほら見ろ、お前らはその程度なんだよ」

「俺はその程度です」

「お前も相方もだよ」

信号が赤に変わったのを見て、金井はブレーキを踏んだ。

「すいません」

「すいませんすいませんって辛気《しんき》臭《くせ》ぇなテメエはよ」

「すいません」

「しつけえぞ」

「すいません」

パチン！

金井は保の太腿に平手を落とした。

「痛っ」

「しつけえって言ってんだろ」

「すい……」金井に睨まれ、保は「ません」を呑み込んだ。

「それと事務所に着いたら、相方の連絡先教えろ」

「えっ……なんで？」

「あの糞野郎、俺の頭にゲロ吐きかけやがってよ」

「頭にゲロ？」

「お前の家の前でかけられたんだよ。ちゃんと慰謝料もらわねえとな」

「そんな……」

「洋服のクリーニング代と精神的苦痛による慰謝料で一〇〇万だな」

「ちょっと待ってくださいよ。それだけのことで一〇〇万も……」保は驚いて金井の顔を見た。

「それだけのことって、頭にゲロだぞ。ショックでしばらく出歩けねえよ」

「今……出歩いてますよね？」

「無理して出歩いてんだよ」

「そんな風には見えないですけど」

「お前にどういう風に見えてるかなんて関係ねえだろ」

「あいつは俺に解散告げられて、それで自暴自棄になって酒飲んだんだと思います。だから勘弁してやってください」

「酔った理由なんか知ったこっちゃねえよ」

「でも……」

「でもじゃねえんだよ。こっちは仕事でお前の借金の取り立てに行ったんだよ。真面目に働いて顔にゲロ吐きかけられて泣き寝入り？　冗談じゃねえっつうんだよ。善良な一市民として立ち上がるときはバシっとキメねえとよ」

「お願いします。俺のせいなんです」

　これ以上、飛夫につらい思いをさせたくなかった。自分が飛夫の夢を奪った。その上、自分のせいで飛夫の借金を増やすようなことはできない。

「誰のせいかなんて関係ねえんだよ。お前は黙ってあいつの連絡先と住所を教えりゃいいんだよ」

「お願いです。あいつ――」

「しつけえな。べつにお前に聞かなくてもな、お前と同じ吉木興業なんだろ。会社に乗り込むなり、劇場に乗り込むなり、とにかくどこかに乗り込みゃどうにかなんだぞ」

「それだけは……」

売れてない芸人に金井のようなルックスの男が取り立てになどやって来たら、クビになりかねない。自分はやめてしまったが、飛夫までやっかいごとに巻き込みたくなかった。

「じゃあ、素直に連絡先教えろ」

「僕が払います」

保は決心した。飛夫の夢をぶち壊した代償に、自分が慰謝料を肩代わりしようと思った。それに今さら借金がいくら増えようとどうでもいいような、ヤケクソな気持ちもあった。

「借金まみれのお前が何言ってんだ」

「二年間働いてチャラなんですよね。だったらあと何カ月か頑張って、もう一〇〇万返します」

「なんだと……」金井が保を睨みつける。保も目をそらさずに、

「だから、あいつを、飛夫を許してやってください」と言った。

金井はハンドルに向き直ると、「べつによ、金が入るなら、それでいいけどよ」と答えた。

「お願いします」

「わかったよ」

「ありがとうございます」

「着いたぞ」ベンツが雑居ビルの前で止まる。「本当にいいんだな」

「はい」保は拳を握り締め、自分の決心を固めるように頷《うなず》いた。

金井はサイドブレーキを引き上げて、エンジンを切った。

「なんでそこまでするんだ」

「なんでって……」

「そこまでしてやるあいつは、お前にとってなんなんだ」

保は息を大きく吸い込むと、「……元相方です」と答えた。

「そうか」

金井のガサツを絵に描いたような顔が、一瞬だけ優しくなったような気がした。


飛夫は目を覚ますと、胃のむかつきと頭痛で、昨晩飲みすぎたことを思い出した。

最悪の二日酔いだ。普段から寝起きが悪い上に、酒が残っていて意識はあるが目が開かない。両手で顔を擦り、なんとか目を開くとグレーの天井が見えた。いつもと違う天井の色になんとなく違和感を覚えるが、二日酔いの頭はまだ正常に機能しておらず、坊主頭をかきむしりながら寝返りをうった。

「痛っ」腹部と顎に痛みが走る。しかし、まだ頭がぼんやりとしていて、飛夫は状況を把握できないでいた。

——ん？

今度は自分が寝ている床が硬いことに気がついた。もう一度寝返りをうって布団を見ると、これでもかというぐらい薄い布団の上に横になっていた。

——んん？

さらに毛布を見ると、驚くほど使い古されていて、臭いが漂ってきそうだった。やっと、今寝ている場所が自分のアパートでないことに気がついた。

——なんだ？

毛布に向けていた視線を少し上げてみると、グレーの壁があった。

——どこだ？

触ってみると、ひんやりとしている。そのまま視線を横にスライドしていくと鉄格子が目に入った。

――えっ、牢屋？

否応なしに飛夫の頭はフル回転を始めた。

――なんでだ！

昨夜の記憶を必死に引き出す。

――部屋で一人で飲んでて、保の家に行ったよな。でっ、そのあと、どうしたんだっけ？

二日酔いでダルい体を無理矢理起こしてあぐらをかくと、とりあえず部屋の中を見渡した。そこはテレビドラマなどで見る留置所そのものだった。四畳ほどの空間に鉄格子がついた小さな窓。外は明るいようだが、今が何時なのかはわからない。部屋の隅には高さ四〇センチほどの板が壁になっていて、どうやらそこが和式のトイレのようだった。その高さでは目隠しの役割を果たせず、トイレはほぼ剝《む》き出し状態だ。

そしてこの部屋には、自分以外にもう一人宿泊者がいた。自分とは反対側の壁際で、毛布を頭までかけて、まだ眠っている。できることならこのままずっと眠ったままでいてほしかった。

――なんだよ、俺だけじゃねえのかよ。何やって捕まった奴なんだよ。怖《こえ》ぇーな。

飛夫はもう一人の宿泊客の存在にビビリながらも、もう一度昨日のことを思い出そうと必死になった。

――デブだ。芸人気取りのガンダムデブと揉めたんだ。

赤いTシャツが脳裏に浮かび、ハッキリとその光景を思い出した瞬間、もう一人の宿泊者の体が動いた。

「うわっ」飛夫は驚いて思わず声を漏らし、急いで口を手で覆った。今の声で起きなかったか様子をうかがう。しかし、その男が目を覚ました気配はなかった。

――なんだよ、ビビらせやがってよ。単なる寝返りかよ。つうかなんなんだよこいつ、殺人犯とかヤクザとかじゃねえだろうな。ん？　ヤクザ？

そこで飛夫の記憶が完全に甦った。

――そうだよ、ヤクザだよ。ヤクザに殴られてゲロをひっかけちゃって、顎殴られて腹蹴られたんだ。

そういえば、さっきから自分の体からゲロの臭いが立ち込めていた。腹をさするとまだ痛みが走る。着ていたTシャツをめくり上げてみると、腹に青く痣《あざ》ができていた。

――くっそっ、あのヤクザ。あのヤクザの取り立てが厳しいから保は芸人やめたんだ。

保のことを思い出すと胸が締めつけられた。

――にしても、蹴られたのは俺なのになんで留置所にいるんだ？

「うっ」また腹が痛む。しかし、さっきまでのとは明らかに質の違う痛みだ。キュルルルと腹が音を鳴らす。飛夫には馴染《なじ》み深い、飲みすぎた次の日には必ず起こる下痢の痛みだった。

このお馴染みの奴は、お腹《なか》が痛いと思った直後には、肛門付近までウンコが迫ってくるというタチの悪いタイプの下痢で、どうにもこうにもウンコがしたくて我慢できないのだ。

飛夫はあらためてトイレの方を見た。

——あれがトイレって言えるかよ。あんなもん上半身丸見えでウンコしなくちゃいけねえじゃねえかよ。しかも音も臭いも解放し放題じゃねえか。

飛夫は鉄格子に近づいて廊下を見た。そこは半円状になっていて、飛夫たちがいる部屋と同じような部屋が五つほど並んでいる。その真ん中に机と椅子があり、そこには警官が座っていた。

「すいません。トイレに行きたいんですけど」

飛夫は、自分がなぜ今ここにいるか、という疑問も忘れて、とにかくウンコがしたかった。

「そこにあるだろ」警官はまるでロールプレイングゲームの町の住人のように感情なく答えた。

「あれですか？」飛夫がトイレらしきものを指差す。

「そうだ」警官の表情は変わらない。

「他にはないんですか？」

「それがトイレだ。終わったら、排便が終了したことを私に伝えなさい。こっちで水を流すようになってるから」

「えっ」

トイレを囲った板の向こう側を覗き見ると、確かに水を流すレバーやボタンが存在しない。水を流す装置は警官が座っている机の向こう側にあるようだ。

――マジかよ。留置所って、ウンコを自分で流す自由すらないのかよ。

「すう～」息を思いきり吸い込む。お尻の筋肉を思いきり締めているがそろそろ限界も近い。飛夫は小さい声で「よし」と言うと、意を決してゆっくりと立ち上がりトイレに足を向けた。

そのとき、もう一人の宿泊者がガバっと起き上がった。飛夫は思わずウンコが飛び出るほどビックリした。

「はあああ」ドレッドヘアーのその男は、あくびをしながら伸びをしている。赤いタンクトップから出ている筋肉質の右腕には鬼の刺青が、そして左腕には龍の刺青が彫られていた。

——最悪だ。こんな怖いルックスの奴の前でウンコなんかできるわけがねえよ。

飛夫は腹を押さえ、お尻をモジモジさせて「どうも」と愛想笑いしながら会釈をしてみた。

「なんだ、お前？」

男は、ケツをモジモジさせながら愛想笑いをする飛夫を怪訝《けげん》そうに見つめた。

飛夫はもう限界だった。鬼と龍の刺青をした男に、もう一度愛想笑いすると、トイレに向かって一歩一歩ゆっくりと歩きだした。急いで駆け寄りたかったが、この男に「こいつ限界ぎりぎりまでウンコ我慢してやがったな」と見透かされるのが嫌だったのと、今、急激に動いたら一気にウンコが噴き出しそうで、できなかった。

やっとの思いでたどり着くと、和式トイレの上に跨る。いつもの飛夫なら、ズボンとパンツを同時に勢いよく脱いでからしゃがむところだが、このトイレの場合、立った状態でズボンとパンツを脱いでしまうとフルチン状態が丸見えになってしまう。

飛夫は芸人なので、一般人よりはフルチンに対する抵抗感が少ない方だが、それは笑いを取れる状況下にある場合だけで、留置所の中でアカの他人の刺青男を相手に、フルチン姿を見せることはできない。そうでなくともこのあと、ウンコをする姿をライブでお届けすることになるのだ。

それはいくらなんでも耐えられなかったので、しゃがんでからモゾモゾと尻を出した。しゃがむとより一層、ウンコは肛門を刺激して今にも自由を求めて飛び出しそうだったが、焦って発射させると物凄い音を奏《かな》でそうだったので、慎重にゆっくりと肛門を緩めた。

バビュッ！

無駄だった。飛夫の配慮は徒労に終わり、ウンコは物凄い音を立てて飛び出した。それは水分をたくさん含んだ泥で作った団子を、地面に思いきり叩きつけたように、豪快に便器を汚した。

今のは完全に刺青男の耳にも届いたはずだった。いや、刺青男の耳だけではなく留置所中に響き渡るほどの音だった。刺青男がどんな表情になっているのか確認したい。が、しかし、恥ずかしくて顔を見ることができない。ただひたすら正面の壁を睨みつけるしかなかった。

バビュッ！

無情にも二発目が、散弾銃を撃ったように便器に飛び散った。そして部屋中にウンコの臭いが広がっていく、この臭いを誰かに嗅《か》がれるぐらいなら、全部自分で吸い込んでしまいたい。ウンコの臭いを吸い込んで、代わりにきれいな空気を口から出したい。なんだったら、マイナスイオンを出して癒してあげたい。そんなフィルターを口の中に付けたい。

「臭っ」刺青男が口を開いた。今、飛夫が言ってほしくないキーワード・ナンバーワンの言葉を口にした。

顔がどんどん熱くなった。飛夫自身、顔が赤くなったのがわかるだけに余計に恥ずかしさが増し、その分、顔の赤みも増した。

「すいません……」飛夫は刺青男の方は見ずに相変わらず正面の壁を睨みつけ、蚊の鳴くような声で謝った。

しかし、腹の痛みとウンコの勢いは全く治まらない。飛夫の意思とは関係なく、腸の奥に控えていたビッチャビッチャのウンコが蛇口をひねったようにジュビジュビジュビイイイと、とめどなく飛び出す。

「あああぁ」思わず、肛門に指を入れられたオカマのような声まで漏れた。

やっとウンコが止まり、飛夫が大きく溜息をついたそのときだった。

ぷう〜。

屁が出た。それはまるでドリフのコントのような、モロにオナラの音だった。

このまま死んでしまいたい——と飛夫は思った。このままオナラの風圧で、どこか争いのない平和な町に飛んでいきたい。穴があったら入りたい、いや、お尻の穴を塞《ふさ》ぎたい。

今、オナラをした瞬間に人生の底辺を見たような気がした。漫才のコンビを解消され、チンピラに蹴られ、留置所に入れられた。そして刺青を入れた男にウンコの臭いを嗅がれ、おまけにオナラの音まで聞かれてしまった。飛夫は自分の運命をこれでもかというほど恨んだ。

そんな気持ちにはお構いなく、二発目のオナラが肛門の内側に装塡《そうてん》された。飛夫は思った。

もう、してしまおう。してしまえばいいさ。ここまで恥をかいて、今さら一発我慢したところで何が変わるっていうんだ。そう何も変わらないさ。だったら腸の中に残ったガスをすべて吐き出してスッキリしてしまえばいい。

覚悟を決めた飛夫は、大きく息を吸い込み目をつぶった。

ぷう〜〜〜〜っぷっ、ぷう〜〜〜〜。

オナラは最初に高いキーを出して、次に短く力強い音を出すと、最後に一オクターブ高い音を出した。バイクのギアチェンジみたいな屁だと飛夫は思った。

「バイクのギアチェンみたいな屁だな」

飛夫は一瞬耳を疑った。今、自分の思ったことがハッキリと音声になって耳に届いた。刺青男の方を見ると、こちらに向かって必死に毛布の端で煽《あお》いでいる。

この刺青男が、俺と同じ喩《たと》えを思いついたっていうのか——信じられない、と言うよう

な顔で飛夫が刺青男を見ると、

「ちょっとさ、マジで勘弁してくれよ。スッゲエ臭《くせ》ぇんだけど」と鋭い目で睨まれた。

「すいません」と言った直後に、ぷう〜と、もう一発オナラが出た。

「どんだけ屁ぇこくんだよ」刺青男が毛布を投げながら高い声で言う。

「ツッコミ……」飛夫は呟いた。

それはまぎれもないツッコミだった。謝っておきながらもすぐに屁をこく飛夫に対する、正しいツッコミだった。しかもその声は飛夫好みの高くてよく通る「ツッコミ声」だった。

よく見ると、青痣《あおあざ》だらけだが、顔立ちも整っている。

同じセンス、高い声、整った顔立ち。飛夫は恥ずかしいのも忘れてドキドキしていた。

とにかく、この男と話をしてみたいという気持ちでいっぱいになった。飛夫は籠《かご》に入れられたちり紙で急いで尻を拭くと警官に向かって、

「あの、終わったんです……けど」と言った。

警官が頷くと水が流れ出し、飛夫を苦しめたウンコたちが消えていく。

「お騒がせしました」と愛想笑いを浮かべると、刺青男の前に腰を下ろした。すると入れ替わるように刺青男が立ち上がった。

まさかウンコごときで殴られることはないと思ったが、飛夫は反射的に顔をガードした。

そんな飛夫には見向きもしないでトイレに向かうと、刺青男は和式トイレに跨りズボンとパンツを勢いよく下ろしてからしゃがんだ。

――自分もしたかったんかい！

飛夫は心の中でツッコミを入れた。四〇センチの壁の向こう側から鬼の刺青がすごい形相でこちらを睨みつけている。それはまるで鬼がウンコをするために気張っているようだった。

バビュッ！

物凄い音が響き、まだ飛夫のウンコの臭いの残る部屋に新たなウンコの臭いが混ざり合っていった。

「臭っ」飛夫は思わず呟いた。

「排便終わりました」刺青男は慣れた口調でそう言うとパンツとズボンを穿いて立ち上がり自分の座っていた場所に戻った。

「あの……」飛夫は意を決して刺青男に話しかけてみた。今の今まで目の前でウンコをしていたので、刺青に対する恐怖心は多少薄れていた。

「何？」刺青男は右足をかばうように足を投げ出し、グレーの壁に寄りかかった。まるで自分の家のようにくつろいでいる。

「名前なんていうんですか？」

「鬼塚龍平だけど」

思いがけずあっさりと質問に答えたので、飛夫はここが攻め時とばかりに喋りだした。もともと人見知りではあるものの、芸人として舞台の上では話をすることができるので、頭を本番用に切り替えてしまえば話を合わすことはできた。

「鬼と龍って名前、格好良すぎじゃないですか」

龍平と名乗った男は名前を褒められたので、悪い気はしないといった表情になった。相手が褒めてほしいと思っているところをピンポイントで突いていくのは芸人になってから身につけたテクニックだった。このテクニックを私生活で使えばもっと上手く生きていけるとわかってはいたが、芸人は本番だけ面白ければいいというおかしなプライドが邪魔をして、そうすることができなかった。その結果、飛夫はどんどん孤立していったのだ。

「でっ、年はいくつなんですか？」変な間が空くのが嫌だったので、飛夫は矢継ぎ早に質問を繰り出した。

「二十一だけど」

「えーっ、二十一！」

敬語を使っていたのに七つも年下だった。ここで飛夫の選択肢は三つだ。一つ目は敬語を貫き通す。二つ目はシレっとタメ口《ぐち》に切り替える。三つ目は開き直って「なんだ、俺の方が年上だったんだ。敬語使っちゃってたよ」と言ってしまう。

「そうなんですか。俺は二十八なんですよ。全然年下に見えないね。敬語使っちゃってたよ」一つ目から三つ目までの合わせ技で言ってみた。

「あっそう」

龍平は飛夫が年上だからといって敬語に変えるつもりはないらしい。

「何年生まれ？　俺は五六年の四月だから、今年で二十八ね。龍平君は何年生まれなの？」

飛夫は質問と質問のあいだに自分の情報を織り交ぜて、自分が年上だということを強調してみせた。

「六三年だけど」

やはり年上に対して敬語を使うという考えがないらしい。

「じゃあ、やっぱ七つ下だ。俺よりも七つも下なのに刺青入れてんだね」七つ下と刺青は関係ないが、次の会話につなげるためにテキトーに言ってみた。

「年と刺青関係ねえじゃん」

「えっ」飛夫はビックリして思わず龍平の顔を見た。目の前にいる、どう見ても芸人には見えない不良男が、刺青と年齢が関係のないことに対して的確なツッコミを入れたのだ。わかりやすくボケたのなら、素人でもツッコミを入れる人はいるだろう。飛夫が謝った直後にオナラをしたときのように、わかりやすいことであれば、気がつくこともあるだろう。あとは勢いとタイミングさえよければツッコミとして成立する。

しかし、今のはわかりにくく、芸人でなければほとんどの人が会話の中で自然に受け流していくところだ。もし気がついたとしても、的確な言葉が素早く出てこないのが普通だろう。そういう人が気がつきにくいところを見つけて的確にツッコミを入れることができるのが、プロのツッコミなのだ。それを龍平はやってのけた。それも極々自然に。

飛夫は今のがまぐれなのか、それとも天性の素質を持っているのか試してみたくなった。

「えっ、だいたい刺青入れるのって三十二歳ぐらいじゃない？」

「そんなことねえだろ」

速い――飛夫は思った。荒削りではあるが、反応速度が速い。ツッコミに大事なのはそのスピードである。ボケの人間が放った言葉の矛盾に第三者が気がつくよりも、コンマ何秒か速く気がつき、状況に合わせて、指摘・注意・訂正のいずれかをするのが、ツッコミの人間の大事な役割の一つなのだ。ここに第三者はいないが、常人よりも間違いなくコンマ何秒か速かった。飛夫の龍平に対する好奇心は止まらなくなった。

「その鬼と龍の刺青って、名前が鬼塚龍平だから、鬼と龍なの？」

「えっ」

今度は龍平が驚く番だった。一回だけしか名前を言っていないのに、鬼と龍の刺青の由来に飛夫は気がついた。おそらく龍平にしたら、ここはいつも「鬼塚の鬼と、龍平の龍で、鬼と龍の刺青なんだよ」と胸を張って発表するところだろう。飛夫はこういうことに気がつくのが速かった。これは多くの芸人が持っている洞察力と推察力だ。芸人は人を観察して特徴を摑み、ツッコミを入れたり、イジったり、モノマネをしたり、パロディにしたり、エピソードトークにしたりする。そういう作業を常にしているので、洞察力と推察力が自然と鍛えられているのだろう。

「そういう刺青とかって誰に入れてもらうの？」

「普通に原宿の彫師だけど」

「お母さんじゃないんだ」

「わけねえだろ」

やっぱり速い——飛夫は確信した。龍平のツッコミの反応速度は、まぐれなどではなく本物だ。飛夫は保に解散を突きつけられて以来、こんなに快い気分になったことはなかった。いや、保と漫才を始めたばかりのときのような楽しさを味わっていた。そして龍平もまた、目の前にいるふざけた男との会話を楽しみはじめているようだった。

「へえ、お母さんじゃないんだ」

「お母さんなわけねえじゃん」

「お金もったいないからって言って、新聞ひいて、お風呂場で——」

「散髪じゃねえかよ。小学校のときに息子の散髪代ケチるオフクロじゃねえかよ」

速い、しかも上手い。飛夫がまだ言いきる前に絶妙のタイミングでツッコんできた。しかも最初に「散髪じゃねえかよ」とわかりやすいキーワードで勢いよくツッコんだあとに補足として細かい情報を付け足す、これは完全にプロの芸人だけが使いこなせるテクニックだ。

「名前、なんつうの?」

「え?」

龍平からの初めての質問だった。飛夫の心臓が興奮で跳ね上がる。

「名前だよ」

「黒沢飛夫！」思わず大きな声で答えてしまった。

「声、デカイな」龍平の口元が緩む。「トビオって変じゃねえ？」

「べつに変じゃないでしょ」

「どんな字書くんだよ」

「飛ぶに夫のおだよ」

「でっ、飛夫？」

「そうだよ」

「やっぱ変だろ」

「それ言ったら、鬼塚龍平だってすごいぜ」

「いやいや、めちゃくちゃ渋いだろ」

「いや、どんだけ厳《いか》つい名前なんだよってことじゃん。普通、苗字が鬼塚だったら、親も空気読んでもっとソフトな名前つけるでしょ」

「ソフトな名前ってどんな名前だよ」

「鬼塚ふにゃお」

「おかしいだろ。藤子不二雄の漫画に出てくる漫画家のふにゃこふにゃおみたいじゃねえかよ」

「鬼塚龍平は怖すぎでしょ」

「べつに怖くねえだろ」

龍平のようなタイプは「怖い」と言われると「そんなことない」と否定はするが、内心悪い気はしないものだ。龍平は明らかに機嫌が良くなっていた。飛夫はそういう人の心理をついて、相手が喜ぶことを強い口調で言うことによって距離を縮めていくのも上手かった。これも芸人になってから身についたテクニックだった。しかし、これも舞台の上でしか発揮されず、普段、私生活で生かされることはなかった。

「俺も刺青入れちゃおうかな」

「お～入れちゃえよ。彫師紹介してやるよ」

「マジで？　入れちゃおうかな」

「どんなの入れんだよ」

「鬼塚龍平で鬼と龍の刺青でしょ」

「おう」

「その方式でいくと、飛夫だからトビウオだな」

「ダサイな、トビウオの刺青はダサすぎんだろ」

「じゃあ、黒沢だから黒くてサワサワしてるもの」

「どんなのだよ。黒くてサワサワした刺青って」

「まっくろくろすけみたいなの」

「ダサイよ。刺青でまっくろくろすけ入れても、よく意味わかんねえだろ、痣にしか見えねえよ」

「じゃあ、どんなの入れればいいんだよ」

「普通は虎とか龍とかだろ」

「動物入れればいいの？」

「そうだよ」

「じゃあ、ワニ」

「ワニはあんまり入れないだろ」

「胸のところにワンポイントで」

「ラコステじゃねえかよ」

「じゃあ、豹」

「プーマじゃねえか」

「じゃあ、シュッって」

「ナイキじゃねえか」

「ごめん。いろいろ考えたけど、やっぱワニにする」

「なんで考えた末にラコステなんだよ」

「わかった。じゃあ四文字熟語は？」

「ああ、たまに風林火山とか入れてる奴いるけどな」

「風林会館」

「ビルじゃねえかよ。新宿にあるビルじゃねえか」

「じゃあ、当て字は？」

「当て字？」

「あるじゃん。愛情の愛に、羅生門の羅に、武士の武に、勇気の勇で、愛羅武勇《アイラブユー》みたいなのだよ」

「いや、それ刺青で入れるの、ちょっとダサイぞ」

「羅生門の羅に、孤独の孤に、素早いの素に、天井の天」

「ラコステじゃねえかよ」

「いや、最後が天だから、ラコステンだよ」

「ラコステンってなんだよ。聞いたことねえよ」

「じゃあ、屁をこくの屁に……」

「屁って時点でダサイだろ。一生、屁って漢字が体にあるんだぞ」

「悪魔の魔」

「屁と魔で、ヘマってなんだよ」

「違うよ。屁だから、プーマだよ」

「くだらねえよ」

「じゃあ、やっぱワニだ」

「なんでラコステ気に入ってんだよ」

「ラコステじゃねえよ。ラコステンだよ」

「どっちでもいいよ」

「ちょっと待った――」飛夫は突然龍平の前に手のひらを出した。

「どうしたんだよ」

「しっ」飛夫は人差し指を口の前で立てて、壁に耳を当てる。

「なんなんだよ」龍平が小さな声で聞く。

「隣の部屋から笑い声が聞こえたんだよ」飛夫が小さな声で答える。

「えっ」龍平も飛夫にならって壁に耳を当てる。

「何も聞こえねえじゃん」

「さっきは聞こえたんだよ」

「なんで？」

「俺たちの会話を聞いて笑ったんだよ」

「刺青の話を？」

「そうだよ。ウケたんだよ」

「ウケるって、俺たちの話が？」

飛夫は龍平の目を笑顔で見つめて、もう一度「ウケたんだよ」と言った。

「気持ち悪《わり》ぃな」龍平は飛夫から目をそらして鼻で笑った。

——もしかしてこいつとなら……。

いつしか飛夫は、龍平とならもっと多くの人を笑わせられるかもしれないと思いはじめていた。

「でっ？　お姉さんの仕事は？」門倉はテーブルの上の調書をボールペンでコツコツと叩

きながら龍平の顔を見た。

「美容師」龍平は腕を組んで目をつぶったまま面倒臭そうに答える。

取調室には暖かな日差しが差し込んでいた。

「お兄さんの仕事は？」

「車の整備工」と答えながら龍平は目を開いて門倉を睨みつけた。「――っていうか、調書に書いてあるでしょ。なんなんっすか、さっきから同じ質問ばっかして」

「確認だよ、確認」

「だったら、同じ刑事に取り調べさせればいいじゃねえかよ。入れ替わり立ち替わり別の奴が入ってきて同じ質問ばっかりしやがって」

生い立ちから現在に至るまで同じ話を何回もさせられるのだ。何人もの刑事が話を聞いて矛盾はないか、嘘はないかと調べていくとともに、精神的に疲労し根負けした容疑者からの自供を引き出すための常套《じょうとう》手段だった。

「あのな、お前は逮捕されてんだよ。逮捕された奴がエラそうな口をきくな」

「だから、俺の場合は警察に連行されんの初めてじゃねえんだし、門倉さんの取り調べも初めてじゃないんだから、生い立ちとかはカットしてくれればいいじゃん」と言って龍平が机に肘《ひじ》をつく。

「調子に乗ってんじゃねえぞ」門倉はその肘を机の上から払い落すと、龍平はバランスを崩して肩を机にぶつけた。

「痛《いて》ぇな、この野郎！」

「いい加減にしろよ、龍平！」門倉は勢いよく起き上がろうとする龍平の頭を抑えて、顔を机に押しつけた。「お前な、もう二十一だろ。捕まったら鑑別所や少年院じゃ済まねえんだぞ。刑務所行きだぞ」

「少年院と刑務所の違いがよくわかんねえんだけど」龍平は門倉の手を払いのけて、椅子の背にもたれる。

「刑期の長さも変わってくるし、規則も作業も刑務所の方が断然厳しいぞ」

「なんかピンと来ねえ答えだな」

「前科がつくんだぞ」

「前科ついたらなんかあるんすか？」

「就職しにくいぞ」

「俺が就職すると思う？」

「海外旅行も行けないぞ」

「一生？」

「少なくとも執行猶予中は行けないな」

「執行猶予が解けたら行けるんだ」

「行けるよ」

「じゃあいいじゃん」

「じゃあいいじゃんじゃないだろ！」門倉は机を叩いた。「いつまで、そうやってツッパってるつもりだ」

「イケるとこまで」

「ふざけんじゃねえぞ！」もう一度机を叩いた。

龍平は無視して小指で耳の穴をほじくりながら、「でっ、城川は？」と聞いた。

「ったく」門倉はスーツのポケットから手帳を取り出すとペラペラと雑にめくる。「目の上に二針、前歯三本、鼻骨折、全治三週間だ」

「結構いきましたね」龍平が笑う。

「笑いごとじゃ済まされないんだよ」門倉がショートホープをくわえた。

「俺にも一本ちょうだいよ」

門倉は「ったく」と言いながらも、渋々一本渡した。龍平は「あざーす」と言うと門倉のライターを取って火をつけた。

「でっ、城川は被害届出すって言ってんですか？　あいつが出すなら俺もあいつにやられた被害届出しますよ」

「被害届出すなら、なんで最初にやられたときに出さないいんだ」

「あいつが警察に捕まったぐらいじゃ俺の怒りは収まらねえから」

「だから仕返しするのか。そんな風に仕返しを繰り返してたらな、いつかお前が死ぬか、相手を殺しちまうぞ」

「とりあえず順番的には、次回はあいつが仕返しに来る番だから、せいぜい死なないように気をつけるよ」

「屁理屈ばっかり言いやがって」と言って門倉は煙草の灰を灰皿に落した。

「でっ、城川は被害届出すの？」

「城川もその仲間も出さないそうだ」門倉は煙草の煙とともに溜息をついた。

「じゃあ、終わりだ」

龍平は最初からわかっていたのだ。城川は自分が先に龍平を刺しているので被害届が出せない。被害届が出なければ事件にはならない。不良同士の喧嘩は訴えがない限り、またはどちらかが死ぬか、死にかけるかでもしない限り、事件にはならないのだ。

「あのな、店のばあちゃんから器物破損と営業妨害で被害届取ることもできるんだぞ。お前を刑務所に送ろうと思えばいくらでもできるんだからな」

「まった～、そんな怖いこと言って」

　門倉は父親のような目で龍平を見つめた。

「俺はわかってんだ。お前は根っからの悪い奴じゃない。昔っから、弱い奴には手は出さないし、カツアゲやひったくりみたいなこともしない。だから大目に見てやってきたんだ。でもな、俺ももう少年課の刑事じゃないし、お前ももう成人してんだぞ」

「わかってるよ」

　門倉とは龍平が中学生で不良をしていた頃からの付き合いだった。少年課の刑事だった門倉は時に厳しく時に優しく龍平を叱りつけてくれた。門倉は龍平にとって良き理解者でもあった。

「警察ではお前のことを最長で留置所に二十三日間拘留することができるんだ」

「ちょっと待ってくれよ。これ以上調べることなんかねえじゃん」

「十日ぐらい、頭冷やしていけ」

「なんだよそれ」

「おい、連れてけ」

　警官が二人取調室の中に入ってくる。

「ちょっと待ってくれって！」龍平は警官に両脇を摑まれ立たされると再び留置所に連れて行かれた。

「十日間の勾留だってよ」龍平は腰を下ろすと、グレーの壁に寄りかかり、両膝を立ててその上に両肘を乗せた。

「マジで？　そんなに？」

　飛夫は龍平が何をして捕まったのか、まだ聞いていなかった——というよりも、まだ何も聞いていなかった。隣の部屋から漏れた笑い声を聞いてからすぐに、飛夫は警官に連れて行かれて、取り調べを受けていた。留置所に戻ると入れ替わりで龍平が取調室に連れて行かれた。

　飛夫は取調室で自分が保の部屋のドアの上で眠っていたことを門倉に知らされた。酔って忘れていたことも、あらためて人に聞かされると思い出すもので、飛夫は昨夜の記憶を完全に取り戻していた。

証言をしたのは、あの芸人に憧れるオタクデブに間違いなかったし、気を失う直前に見たのはあのヤクザ風の男の蹴りだった。門倉が言うには、飛夫が留置所を出してもらう条件は、保から話を聞いて、飛夫と保が知り合いだと証明すること。そしてもう一つは、身元引受人を呼ぶことだった。飛夫は取調室から保の携帯電話に電話をかけさせられた。八回ほどコールが鳴ってお馴染みの留守番電話サービスセンターの女につながった。

「もしもし飛夫です。代々幡警察署にいます。留守電聞いたら代々幡警察署の門倉さん宛に電話ください。番号は〇三―×××―××××です」

電話を切ると門倉が、「こっちからも電話かけとくから、電話番号教えといて」と言って、飛夫に電話番号を書かせた。「それで、身元引受人はどうする。その石井君っていう友人に頼むか？」

「いや……」

ただでさえドアをぶち壊し、警察に捕まって、知り合いだということを証明してもらうっていうのに、その上身元引受人までやらせたら、どんな顔で別れた相方に会っていいのかわからない。

「両親とかは？」

「いや、田舎なんで」

「じゃあ、その吉木興業の会社の人は？」

「いや……」飛夫は慌てて首を横に振った。自分のような売れていない芸人が警察沙汰なんて起こしたらクビになりかねないと思った。「……彼女とかでもいいですか？」

実際は元彼女だった。

「まあ、便宜上のもんだしサインしてもらうだけだから、べつに彼女でもいいよ」

「じゃあ、彼女で」

飛夫は三カ月ぶりに宮崎由美子の連絡先を携帯の画面に映し出した。八回ほどコールが鳴り、かけた番号は違うのに保にかけたときと同じ留守番電話サービスセンターの女の声が聞こえた。

「もしもし飛夫です。久しぶりに突然電話して、こんなこと頼むのもあれなんだけど、ちょっとしたトラブルに巻き込まれて警察に連れて来られちゃって、身元引受人が必要なんだよね。留守電聞いたら電話くれるかな」

別れた彼女に警察まで迎えに来てもらう。結局は気まずい相手を二人に増やしただけだった。

「じゃあ、とりあえず二人からの連絡を待ってみるか」と言われて飛夫は留置所に戻された。それから飛夫は留置所で漫画を読んで一時間ほど過ごし、白飯とタクワンと白湯だけの昼食を食べ、さらに一時間漫画を読んで過ごしたところに龍平が帰ってきたのだ。

「あのさ、なんで捕まったの？」

飛夫は、このツッコミの才能のある男が、どうか人殺しや泥棒やレイプなど本格的な犯罪者ではありませんように、と心から願った。

「喧嘩だよ」

喧嘩は微妙だった。喧嘩の激しさによってだいぶ違ってくる。

「どんな感じの？」

「どんな感じって言われても――」

「組織絡みとか？」

「組織とかはべつに絡んでねえよ」

「正当防衛？」

「正当防衛っていうか、仲間がさらわれてよ、助けに行ったら大人数だしよ。足刺されるしよ。ボコボコにされたんだよ。だから麻雀やってるとこに乗り込んでボコボコにしてやったんだよ」

「足刺されたの？」

「おう」龍平は傷口をさすって見せた。

「刺したんじゃないよね、刺されたんだよね？」

喧嘩にナイフが出てくるとなると、だいぶ本格的な不良の部類に入ってくる。しかし刺したのと刺されたのでは大違いであった。

「俺はナイフなんか使わねえよ」

「そもそも、仲間をさらわれたから喧嘩になったんだよね？」

「おい、取り調べじゃねえんだからよ。質問が連続的すぎるだろ」

「セーフだな」

「セーフってなんだよ？」

「って言うか、ハッキリ聞くけどヤクザじゃないよね？」

「違うよ」

「セーフだな」

「だから、セーフってなんだよ」

飛夫は満足そうに腕を組んで頷く。

「なんだよ、気持ち悪《わり》ぃな」

飛夫は笑顔のままでもう一度頷いた。

「気持ち悪ぃっつうの」

「セーフだな」

「だから、セーフってなんなんだよ。っていうか、お前は何者なんだよ」

「吉木興業って知ってる？」

「お笑いのだろ」

「そう、そこで漫才やってんだよね」

「えっ、マジで！　お前お笑い芸人かよ、超渋いじゃん」

お笑い芸人が渋いかどうかは別として、とりあえず龍平はお笑い芸人という職業に興味を持っているようだった。そして飛夫は、お笑い芸人が渋いかどうかは別として、渋いと言われて悪い気はしなかった。

「だからか。なんかお前と話してると面白《おもしれ》ぇなって思ったんだよな」

「そうかな」

飛夫にとって「面白い」という一言は、言われて嬉しい一言ランキング一位のワードだった。しかし、それを悟られるのは恥ずかしいので喜びを噛み殺した。

「なんで芸人になろうと思ったんだよ」

「ダークスーツっていう人たちの漫才をテレビで見て、憧れて入ったんだよね」

「俺、結構お笑い番組見るけど、ダークスーツって聞いたことねえな」

「十年も前だし、その人たち、あんま売れないでやめちゃったからな」

「そんな、あんま売れないでやめちゃった奴に憧れたのかよ」

「めちゃくちゃ面白かったし、売れそうなとこまではいったんだけど、ボケの河原さんって人が、超短気で、七年ぐらい前に暴力事件起こしてクビになっちゃったんだよ」

「じゃあよ、お前も留置所とか入っちゃってヤベエんじゃねえの？」

「会社にバレたらヤバイかもね」

「週刊誌とかに載ってバレんじゃねえの？」

「俺なんか記事にならないよ」

「そっか、有名じゃねえもんな」

「ハッキリ言いすぎだろ」

「悪《わり》ぃ」

言葉とは反対に龍平にはまったく悪気がなさそうだ。

「でっ、なんで捕まったんだよ」

龍平も、留置所の中にいるお笑い芸人に対して興味が湧いてきたらしい。

「相方と連絡がつかなくてさ」

「なんで？　相方なんだろ、連絡つかねえっておかしくねえ？」

「いや、借金取りに追われててさ、電話とか出られないみたいなんだよね」

飛夫は小さな嘘をついた。保が電話をシカトしているのは借金取りだけではなく、飛夫もだったがそうは言えなかった。それは飛夫の小さな見栄だった。

「やっぱ芸人って借金するんだな」

「食えない時期が長いからな」

「よく芸人がテレビとかで言ってんのってマジなんだな」

「そんで相方の家に直接行ったらさ、たまたまパンチパーマの借金取りが取り立てに来てさ」

「うわっ、面倒臭《めんどくせ》え」

言葉と反対に龍平は嬉しそうだった。面倒な話が龍平は好きだったからだ。飛夫もまた、龍平のルックスや今までの会話から面倒な話が好きそうだということを感じ取っていた。

「でっ、俺、その日飲み会があってベロベロに酔ってて――」

二つ目の嘘だ。実際は解散を告げられてやけ酒を飲んで酔っ払っていたのだ。

「そしたらさ、そのパンチパーマが酔ってる俺の目の前でウンコ座りして思いっきり下から俺のことを睨み上げて、相方どこ行ったんだって聞いてくるんだよ。そんなこと言われても、俺も相方と連絡取れないから部屋まで行ったわけだから、絶対知らないじゃん。だからそのまま知らないって答えたら、いきなりドンって腹殴ってきて——」

「すげえな」龍平が身を乗り出す。

「で、そしたら、酔っ払ってるもんだから、口の中にゲロがぐわって出てきて——」

「マジかよ」龍平が期待に胸を膨らませた表情でニヤニヤしている。

「でっ、さらに、パンチパーマが相方どこだって聞いてくるんだけど、口ん中ゲロでいっぱいだから答えれないじゃん。だから首を横に振ったら、もう一発腹にドン」

「うわっ」

「ゲロゲロゲロゲロって、パンチパーマの上に思いっきりゲロかけちゃって——」

「マジで⁉　アッハッハッハッハッハッ」龍平が腹を抱えて笑う。

「パンチパーマにゲロが載っかって、あんかけ焼ソバみたいになってちゃってさ」

「アッハッハッハッハッ」

飛夫は自分のエピソードが龍平にウケたことに大満足して、一緒になって笑った。

「そんで、あんかけ焼ソバが立ち上がって、俺の腹をドーンって蹴っ飛ばして、俺は相方の部屋のドアごと吹っ飛ばされて気絶したんだって」

「それで警察にってわけか」龍平はまだ笑いの余韻を残しながら言った。

「でっ、その相方と連絡が取れれば帰れるんだけどさ」

「まだ連絡つかねえんだ」

「そういうこと……」飛夫は肩を落とした。連絡がつかないというよりも避けられているのだが、それは言えなかった。

「しかし、その相方もいい加減な奴だな。借金するわ、勝手にいなくなるわでよ」

「しかも、勝手に解散決められたよ」

「マジかよ。解散って、芸人やめんのかよ」

「いや、芸人はやめないよ」

「じゃあ、一人でやんのかよ」

「いや……」

「じゃあどうすんだよ。新しい相方でも探すの？」

龍平が熱心に聞いてくる。飛夫の胸が跳ね上がった。気持ちはすでに決まっている。

「あのさ……」

龍平は続きをなかなか切り出さない飛夫に、我慢しきれないように「なんだよ」と聞き返した。

「あのさ……」

飛夫は、女の子に告白したいのになかなか勇気の出ない中学生男子のようだった。

「だから、なんだよ」龍平が貧乏ゆすりをしながら聞き返す。

「あの……俺とコンビ組まない？」

「えっ」

飛夫は返答を聞くのが怖くなって一気に喋りだした。

「いや、こういうのって才能だからさ。その才能が龍平にはあると思うんだよね。最初に俺がウンコしながら屁こいたときにバイクのギアチェンかよって言ったじゃん。実はあれ、俺も同じこと思ったんだよね。そしたら龍平が同じこと言ったからビックリしてさ。つまり感性が一緒ってことなんだよね。やっぱ、お笑いのコンビって一緒の感覚っていうか、面白いって思うことが一緒な方がいいんだよね」

龍平は黙って飛夫の話を聞いていた。急に何も言わなくなった龍平を見て、飛夫の中で断られたら格好悪いという気持ちが働いた。

「まあでも、今日会ったばっかでこんなこと言われてもどうしていいかわかんないよね。しかも、たまたま留置所で同じ部屋になっただけだしね。無理だよね、っていうか、答えはすぐじゃなくていいから」

今、断られてしまったら、すべてが終わってしまう。今日のところは答えを先延ばしにさせて、まずは知り合いになってゆっくり時間をかけて口説いていく作戦に切り替えた。

そう自分を納得させた途端、

「いいよ」龍平があっさりと答えていた。

「へっ？」

「へっ？」

「だからコンビ組むんだろ。いいよ」

飛夫は面食らった。自分で誘っておきながら、今日知り合ったアカの他人に、コンビを組もうと言って、こうもすんなりオッケーをもらえるとは思ってもみなかった。まずは知り合いになるために次は何を言うべきか、必死にひねりだそうとしていたところだったのだ。

「俺、お笑いとか結構好きだし、っていうか暇だし、いいよ」

飛夫はその言葉を聞いて嬉しい反面、あまりにもお笑い芸人という職業を軽く考えている龍平に対して一言釘を刺しておこうという気持ちになった。

「結構好きだしとか暇だしとか、軽い気持ちならやらない方がいいよ。そんなにお笑いの世界で売れるのって簡単じゃないから」

「じゃあ、やめとくわ」

「ちょっと待って」飛夫は焦って前のめりになった。

「なんだよ」

「やるとかやめるとか、そんなにコロコロ変わっちゃうわけ？」

「俺、面倒《めんど》臭《くせ》ぇの嫌いだから、やるならやるで、ごちゃごちゃ説教《せっきょう》臭《くせ》ぇこと言わねえでくれるかな」

「わかった、そうかもね。それぐらいの感じの方が逆に力入ってなくていいかもしれないね。よし、じゃあコンビ組もう」

　龍平にまだやる気があるうちに飛夫はこの話を決めてしまおうと思った。

「最初からそう言えばいいじゃん」龍平は満足そうにあぐらをかいた。

「じゃあ、どうしようか」飛夫は正座をして前のめりで龍平に顔を寄せた。

「何が？」龍平が聞き返す。

「連絡先だよ。だって今携帯ないからさ」

　携帯は警察に没収されていた。メモを取る紙もペンもない。

「じゃあ、俺の番号暗記してくれよ」龍平が面倒臭そうに答えた。

「そんなの間違えて覚えちゃったらアウトじゃん」

「じゃあ、俺さ、渋谷で風俗の受付のバイトしてるから、そこに来てくれよ」

「いつ？」

「十日間拘留ってことは、再来週の金曜には出られっから……土曜日の五時ぐらいに店に来てくれよ」龍平は少し考えるように言った。

「渋谷のどこにあんの？」

「ネットで道玄坂の〈メイド性感ドール〉で検索したら店の番号出てくるよ」

「わかった。メイド性感ドールね」

龍平は汚い座布団の上に寝転がると「漫才か」と呟いた。飛夫はそんな龍平を見つめながら、もう一度漫才ができる期待に喜びを噛み締めた。


「じゃあよ、一服したら、お前が契約してる不動産屋にアパート解約しに行くからよ」金井はそう言うと、たった今、保がサインした書類を封筒に入れて、パソコンの前に座っている三十歳ぐらいの派手な女性社員に渡した。「これよろしく」

「はーい」女性社員はネイルアートで星だらけになった爪のついた手で封筒を受け取ると机の上に置いた。

保が連れて来られた事務所は、保が想像していた——虎の剝製《はくせい》が置いてあったり鎧兜《よろいかぶと》が飾られているような——いわゆるヤクザの事務所ではなく、パソコンが載った六つの机が向かい合わせに置かれている、一見すると普通の小さな会社のようなところだった。

しかし普通の会社と違い、働いている男性社員は皆厳《いか》つく、女性社員は皆ケバかった。男性社員は一応会社員のようなスーツを着ているが、修羅場をくぐったヤクザ風のオーラは隠しきれていなかった。保は事務所の隅にあるパーティションで区切られたスペースに通され、黒い革のソファーに座っていた。テーブルの上にはケバイ女性社員が持ってきたインスタントコーヒーが置かれている。

「思ってたイメージと違うだろ」

保がそわそわとしながら、パーティションの向こう側を覗き込んでいると、金井は女性社員の机の上から灰皿を持ってきてテーブルの上に置いた。

「あっ、はい」保は書類にサインしてから金井の態度が急に優しくなったような気がしていた。

「俺らはべつに暴力団じゃないわけよ。ちゃんとした会社組織だから」金井は胸を張ってピースに火をつけた。

「そうなんですか」保はそれを聞いて少しだけ安心した。

「まあ、もちろん面倒見てもらってる組はあって、そこには上納金納めてっけどね」

「はあ……」

「このフロアは、なんか出会い系サイトの運営だとかなんだとか、いろいろやってるみたいだけどよ。俺は取り立て専門だから、よくわかんねえんだよ」

　金井はこの事務所の中で唯一ジャージ姿だったので、初めて来た保から見ても明らかに浮いていた。金井に対する他の社員の目にも、少し冷たいものを感じた。頭が悪くてガサツで、見るからにチンピラのような格好をしている金井は、この世界でも古いタイプの人間のようだった。

「でよ、下のフロアが金融屋の受付だよ。お前もそこに金借りに来たんだろ」

「はい」

　保はコマーシャルでも見かけるような大手の消費者金融会社三社から計二五〇万借りていて、返済に困るようになり、さらに大手の会社から借りようと駆けまわったが、どこの会社の審査も通らず、この怪しいビルの怪しい金融会社に飛び込んだのだった。

　下のフロアの金融会社で保を担当した受付は女性で、彼女はとても美人だった。しかも愛想がよく、「借り入れは一社にまとめた方が楽だと思いますよ」と勧められた。

　確かに三社から返済を迫られる生活にはストレスが溜まりまくっていた。楽になりたい気持ちと、美人の彼女に気を取られ、契約書によく目を通さずに二五〇万を借りてしまった。

その二五〇万で消費者金融の借金を全額返済し、一時はストレスから解放された。

しかし、十日後に送られてきた最初の請求書に元金二七五万と書かれているのを見て愕《がく》然《ぜん》とした。怪しい金融会社の利息は十日で一割、いわゆるトイチというもので、あらためてその利息の増え方に背筋が凍った。さらに十日後には元金が三〇〇万以上に膨れ上がり、ストレスも倍に膨れ上がり、だんだん返済が遅れ、やがて美人とはかけ離れた男、金井が取り立てに現れたのだ。さらに、飛夫のゲロ代が加算され借金は四五〇万円までになった。

「まあよ、二年とちょっと真面目に働けば、お前も自由になれっからよ」金井が慰めるという風でもなく言った。

さっきは勢いで全額返済すると言ったものの、早くも後悔しはじめていた。

「仕事ってどんな感じなんですか？」

「なんか工事現場の資材搬入とか、そういうのだよ」

「そうですか……」金井の説明を聞いただけではあまりピンと来なかった。

「よし、じゃあ行くか」金井が灰皿に煙草を押しつけた――そのとき保の携帯電話が鳴った。折りたたみ式の携帯電話を広げてディスプレーを確認すると、「黒沢飛夫」と表示されていた。保はそのまま携帯電話を閉じると、ポケットに入れた。

「おい、電話ぐらい自由に出てもいいんだぞ」金井は自分に気を遣って電話に出ないのだと勘違いをしたらしく、そう言った。

「いや、大丈夫です」

「なんだよ、大丈夫ですって。誰からだよ」

「べつに……」

「べつにじゃねえよ。誰からだって言ってんだよ」

この男にはプライバシーという言葉は通用しないようだ。

「女か？　女だろ。なんだよ、女いるんだったら言えよ。何もキツイ肉体労働なんてやらなくても、ヘルス紹介してやるからよ。女に借金返済してもらえよ。そっちの方が早《はえ》ぇぞ」金井が小指を立てながら下品に笑う。

「違いますよ」

「じゃあ誰だよ」と金井がしつこく迫るので、

「相方です」保はうんざりしながら答えた。そしてすぐに「元相方です」と言い直した。

「なんだよ、ゲロ野郎かよ」

「はい」

「じゃあ、なおさら出ろよ」

「いや、それはもう……」保は、金井がこの上まだ飛夫に追い込みをかけるのではないかと思った。それでは、自分が身代わりで一〇〇万をかぶった意味がない。

「違うよ。違う」保の考えを感じ取ったのか、金井が笑いながら手を横に振る。「俺はもう、そいつには何もしねえよ。一〇〇万もお前からもらえんだからよ。俺も鬼じゃないんだから、そういう約束はキッチリ守るんだよ」

「じゃあ、べつにかけ直さなくてもいいじゃないですか」

「でもよ、お前はそいつの身代わりで一〇〇万返すんだからよ。それはちゃんとゲロ男に言ってやった方がいいだろ。なっ？」と同意を求めるように、金井は保を見た。

「いや、言ったら意味がないっていうか……」保は思わず視線をそらした。

「意味ないってどういうことだよ」

「言っちゃったらあいつも、自分で払うから余計なことするなってなると思うんですよ」

「そんなの関係ねえよ。お前はもう契約書にサインしてんだからよ、ゲロ男が騒ごうが何しようが、状況は変わんねえよ」

「そうなんですか……」

覚悟していたつもりだが、もう決して後戻りはできないということに、保はあらためてショックを覚えた。

「そうだよ。だから、そいつにお前の身代わりになってやったぞって言わないと」

「でも、あいつが気にするし」

「気にさせろよ。そんでありがたいって思わせろよ。お前がせっかく犠牲になったんだからよ。せめてありがたいって思わせないと、損だろ」と、当然のことのように金井は言った。

「べつに損得の問題じゃないですよ。ありがたがられようとしてやったことじゃないから」

「きれいごと言ってんじゃねえよ。ここで恩売っときゃ、もしも万が一にでもゲロ男が芸能界で売れたときに、お前の借金肩代わりしてくれるかもしれないだろ」

「えっ……」思わず保は金井を見た。

「ほら見ろ、それはアリだなって顔してんじゃねえかよ」

「そんなことないですよ」

　確かに一瞬頭をかすめた。しかし、その考えをすぐに自分の中で打ち消した。自分から解散を告げて飛夫を捨てた男が、売れたからといって借金を返してもらっていいはずがない。第一、一〇〇万円に関しても、自分が解散を告げなければ、あの日飛夫は酒に酔うこともなかったし、家に来ることもなかったし、金井に会うこともなかったし、ゲロをひっかけることもなかったのだ。

「なっ、だから電話し直せって」

「いいですって」

「お前、意外と頑固だな。じゃあよ、留守電入ってねえか確認しろよ」

金井はとにかく人の抱えている問題に首を突っ込むのが好きな性格のようだった。

「わからないです」

「携帯見ればすぐにわかんだろ。見ろよ、見ろ、携帯を今すぐに見ろ」

金井は完全に楽しんでいる。

「わかりましたよ」保は携帯電話を渋々ポケットから取り出した。

「貸してみろ」その携帯電話を金井が素早く取り上げる。

「あっ、ちょっと……」

保が携帯電話を取り返そうと立ち上がると、金井はソファーに寝転がって逃げる。

「自分で見ますから返してくださいよ」

携帯のディスプレーには「留守1」と表示されていた。

「留守電は14416だな」金井が二つ折りの携帯電話を開く。

「ちょっとそれは勘弁してくださいって、自分で聞きますから」

保は寝転がっている金井の上に覆いかぶさって携帯電話を取り返そうとしたが、金井は仰向けになると両足で保の胴体を挟み込み、ガードポジションの体勢に持っていった。

「離してくださいよ」

「うるせえ」

「痛い痛い痛い！」保が叫ぶ。

金井は足で保を絞め上げながら器用に番号を押すと、携帯電話に耳を当てた。すると聞き慣れた女性の声の、聞き慣れたアナウンスが流れる。

お預かりしているメッセージは――。

まで聞いたところで、金井はボタンを押してアナウンスを飛ばした。

新しいメッセ――。

もう一度ボタンを押して、さらに日時を伝えるアナウンスも飛ばした。

「もしもし――」

飛夫の声が聞こえてくる。金井の顔は期待に満ち溢《あふ》れていた。

「もしもし、飛夫です――」

漏れ聞こえる声は飛夫のものだったが、何を言っているのかまでは保には聞き取れなかった。しかし、徐々に深刻な表情になっていく金井の顔を見て、何か飛夫の身によからぬことが起きているような気がした。

「どうしたんですか？」

「お前の元相方、警察にいるみたいだぞ」

「えっ、なんでですか？」

「わかんねえな」金井は保をカニバサミから解放すると、携帯電話を投げ渡した。「聞いてみろ」

金井は保の携帯を操作して飛夫のメッセージをもう一度再生させた。

「代々幡警察署の門倉さん宛に電話ください。番号は――」

「なんで……」

ゆっくりと携帯電話が耳から離れていく。

「とりあえず電話してみろ」

金井は真剣な顔をしてはいるが、目はやはり好奇心いっぱいに輝いている。保は我に返って、もう一度、飛夫のメッセージを再生させた。

「ほらっ」いつの間にか金井が紙とペンを用意して机の上に置いていた。

「ありがとうございます」

保は紙に代々幡警察署の電話番号と「門倉」と書いてペンを置いた。

「おい、新しいコーヒー二つ持ってきてくれ」金井がパーティションの向こう側に声をかけると、

「はーい」と面倒臭そうな女の声が返ってきた。

「さあ、何があったんだろうな」金井はピースに火をつけて、旨そうに煙を吸い込んだ。

「なんか楽しんでないですか？」保が訝《いぶか》しげに問うと、

「楽しんでるよ」屈託《くったく》なく金井が答えた。保は溜息をつくと、メモに書かれた代々幡警察署の電話番号のボタンを押した。

「はい、代々幡警察署です」ハキハキとした女性の声が聞こえてくる。

「あの、門倉さんいらっしゃいますか？」

「少々お待ちください」

　そう言うと携帯電話の向こう側から、エリーゼのためにのオルゴール音が流れてきた。古《ふる》っ、今どき、エリーゼのためにって——保は思わず心の中でツッコミを入れた。そして、ああ、俺はこんな緊急時にまで反応して、ツッコミを入れてしまうのだと思ったら急にお笑いに対する未練が出てきた。

「はい門倉です」

　唐突にエリーゼのためにが途切れ、渋くて迫力のある男性の声が聞こえてきた。自分は

何も悪いことをしていないのにその声に威圧されて、保はドキッとした。

「あの、黒沢飛夫から留守電が入っていて……」

「ああ」

門倉はそれだけで保の電話の用件に見当がついたようだった。

「石井保さんですか？」

「はい」

「あのですね、お宅のドアが壊れていてですね。その上で酒に酔った黒沢さんが寝ていたんですよ。それでですね、黒沢さんが石井さんとは友人だとおっしゃるものですから、確認が取りたくてですね――」

「はい」と返事をしたが、門倉が一気に話をしたので、保は何が起きたのか理解できずにいた。金井は保の隣に座って、耳を近づけて二人の会話を聞こうとしている。

「ドアも壊れてるんですけど。ご自宅には戻られてないですか？」

「はい……」

「じゃあ、自分の家がどういう状態か見てないんですね」

「はい……あの状況がよく呑み込めないんですけど」

「ああ、署の方に来ていただければ詳しくご説明できるんですけどね」

「はあ……」

「もしよろしければ、代々幡警察署にご足労願えないでしょうかね？」

「ちょっと待ってください」保は携帯電話を耳から離すと、金井に「代々幡警察署に来いって言われたんですけど」と言った。今の自分は何をするにも金井の許可がいるのだと思ったら悲しくなった。

「しょうがねえな」金井はそう言うと灰皿に煙草を押しつけた。

保は携帯電話の向こうの門倉に「行けます」と言った。

「何時頃になりますかね」

「今から出れば五時ぐらいには」金井をうかがいながら答えると、金井は黙って頷いた。

「そうですか。じゃあお待ちしています」

「はい、失礼します」

電話を切ると、すぐに金井が顔を近づけて、「なんだって？」と聞いてきた。やはり楽しそうだった。

「よくわからないんですけど……」

「どうしたんだよ」

「飛夫が俺のアパートのドアを壊して、その上で寝てたって」言いながらも、保にはわけがわからなかった。「何があったんですかね……」

金井に答えられるはずないのに、思わずそう呟くと、

「あっそれ、俺だ」と金井は思い出したように言った。

「えっ？」保は金井の意外な答えに驚いた。

「ゲロかけられたって言ったろ。だから頭きて蹴っ飛ばしてやったら、ドアごと倒れて気い失ったんだよ」

「金井さんか」驚きのあまりツッコんでいた。

「ハッハッハッ」

「笑ってるし」

「よし、じゃあ代々幡警察署に行くか」自分の両足をピシャリと叩いて金井は立ち上がった。

「えっ！　金井さんも来るんですか？」

「当たり前だろ。お前が逃げるかもしれねえじゃねえか」

「この期《ご》に及んで逃げませんよ」

「あのな、逃げる奴が、逃げますって宣言するわけねえだろ！」

「本当に逃げませんって」

「ダメだよ。完全にお前を信用するのは二年後に金を全額返済してからだ」

「でも、金井さんが蹴ったんですよね。警察行ったらヤバくないですか」

「だから、警察署の前で待ってっからよ。変な気起こすんじゃねえぞ。余計なこと言ったり、逃げようとしたら、酒飲ませて車運転させて事故に見せかけて殺すからな」

「……はい」

「行くぞ」金井はポケットに手を突っ込み歩きだした。

保はここまでのやりとりで、なんとなく金井に心を許しかけていたが、今の言葉を聞いてやはり怖い人なのだと再確認した。

「もう帰れるよ」取調室で門倉はあっさりとそう言った。「あんまり、お酒飲みすぎないようにね」
「すいません」
「俺のデスクに置いといてくれ」門倉は報告書をまとめて部下の池上に手渡す。

「はい」池上は渡された書類を几帳面に机の上でトントンとまとめて小脇に抱えると、取調室から出て行った。

「あの、たも……いや、石井さんと連絡取れたんですよね」

飛夫はなんとなく刑事の前では「保」よりも「石井さん」と呼んだ方がいいような気がしたので、そう言った。

「さっき会いましたよ」

「あいつ来てくれたんですか？」

保が自分のためにわざわざ来てくれたと聞き、飛夫は驚くと同時に嬉しくなった。

「ああ、実はその鏡ね、マジックミラーになっててね。隣の部屋から確認してもらったよ」

飛夫は驚いて鏡を見た。

「そこにいたんですか」

ずっと会いたいと思っていても自分を無視し続けていた保が、すぐ近くにいたと聞いて、飛夫は少し興奮していた。

「そうだよ。そしたら間違いなく知り合いだって言うし、ドアを壊したことも、家の中で気絶していたことも不問にしてくれるそうだから、そうなると、もう警察はすることないからね」

「石井さんは?」

「帰ったよ」

「えっ」

「会わないでいいんですかって聞いたんだけどね。急ぎの用があるからって」

「そうですか……」

たぶん、急ぎの用事は嘘だろう。飛夫も会うのは気まずいと思っていたが、保が来てくれたと聞いて喜んだあとだったので、やはりショックだった。解散してしまった今となっては、もう二度と会うことはないかもしれないと思うと、酷く寂しい気分に襲われた。そして最後に保が見た自分の姿が、警察署の取調室の中だったことが、急にみっともなく思えた。

しかし門倉の次の言葉を聞いて、そんな気分は吹き飛んだ。

「それとね、宮崎由美子さんが来てくれてるから」

「由美子が?　来てくれたんですか」

この報告は嬉しかった。一カ月前に別れた由美子が身元引受人になってくれるかどうかは賭けのようなものだった。もしも来てくれなかったときのために、少ない交友関係の中から次の候補者を頭の中で探してもいた。しかし結局思いつかず、すがるような気持ちで待っていたのだ。

「彼女連れて来るから、ちょっと待っといて」

「はい」

とは言うものの、いざとなったら由美子とだってどんな顔をして会っていいのかわからない。由美子は洋服屋の店長をしていて、売れない芸人である飛夫の何倍もの収入があった。家賃も払ってもらっていたし、メシも食べさせてもらっていた。女に食べさせてもらっている自分が情けなくて腹が立った。ありがたいと思っていても小さなプライドが邪魔をして、それを口にすることはなかった。むしろ、売れない状況にイライラして由美子にキツく当たることさえあった。

別れるまでの最後の半年は由美子を何度も泣かせた。そんな自分が嫌で、自己嫌悪が募り、だんだん由美子といること自体がつらくなっていった。由美子に別れを告げたのは飛夫の方だった。由美子は荷物をまとめて泣きながら出て行ったのだ。それが酔っ払って、警察に留置されて、迎えに来てもらっている。それはもう飛夫の人生の中で一番の恥であり最大の汚点だった。

「どうぞ」門倉が渋い声とともにドアを引くと、門倉の後ろに由美子が立っていた。

自己嫌悪に陥りながらも、久しぶりに由美子の姿を見ると胸が高鳴った。由美子は付き合っていた頃のロングヘアーをばっさり切ってショートカットになっていた。今どき、失恋して髪を切ることなどないかもしれないが、自分との別れと、由美子の髪が短くなっていることを関連づけずにはいられなかった。なんと言っていいかわからず黙っていると、

「何してんのよ」と言って、由美子は二重の大きな目から涙をこぼした。その涙を見たら、申し訳なさと同時に愛しさも込み上がった。

「ごめん、本当にごめんな」

「うん」由美子は、そう言って頷くと手で涙を拭う。二人のあいだに沈黙が流れた。

「じゃあ帰っていいから。もう彼女のことを泣かすんじゃないぞ」と言って、門倉は由美子の肩をポンと叩いた。

「すいません」

二人は門倉に出入り口まで見送られ、警察署をあとにした。

「本当にごめんな」

「もういいよ」

二人は代々幡警察署を出ると、甲州街道沿いに歩きはじめた。

「由美子が来てくれて助かったよ。本当にごめん」

「もういいって。刑事さんから聞いたけど飛夫は蹴られて気を失ってただけなんでしょ」

「うん、まあ……」それも格好いい話じゃないと思いながら、飛夫は曖昧《あいまい》に頷いた。

「じゃあ、飛夫は悪くないじゃん」

「うん、でも、巻き込んじゃったからさ」

「平気だよ」由美子は明るく笑った。

「店長なのに店空けちゃって大丈夫なの？」

「うん。優秀なバイトの子が一人入ったから」

「そうなんだ」

　自分のためにバイトの子に店を任してわざわざ来てくれたことを本当にありがたいと思った。

　一緒に暮らしているときの由美子もいつもそうだった。常に飛夫を中心に生活してくれていた。ネタを書いているときは気を遣ってテレビもつけず、音楽も聴かず、ただ黙って雑誌や小説を読んでいてくれた。どんなに次の日の仕事が早くても、腹が減ったと言えば食事を作ってくれた。風呂に入りたいと思ったら、すでに浴槽にお湯が溜められていた。灰皿がいっぱいになったら気づかないうちに吸殻を捨ててくれていた。部屋はいつもきれいに掃除されていて、洗濯物からはいつもいい匂いがして、きちんと畳まれていた。

　それを当たり前のように思って生活していたが、由美子が出て行ってから散らかった自分の部屋を見るたびに、由美子がいかに自分に対して献身的であったかを思い知らされた。

「ごめんな」

「もういいって」

「そうじゃなくてさ。付き合ってるときさ、俺、勝手なことばっか言ってたなって」

「何？　突然」

「なんとなく」

由美子は少しのあいだ黙って俯くと飛夫の目を見つめて、「それももういいよ」と言って微笑んでみせた。

飛夫は胸が痛くなった、と同時に無性に由美子を抱き締めたい衝動にかられた。

「そっか……」飛夫は言葉が続かずに、ポケットに手を入れた。何メートルか先には最寄りの駅が見えていた。駅の手前の横断歩道を渡って右に曲がれば飛夫のアパートに向かう道がある。一カ月前までは当たり前のように二人で一緒に渡っていた横断歩道だ。急に由美子のいない生活の寂しさが胸に迫った。

「新しい彼氏できた？」と口にしてから、すぐに後悔した。どうしようもなく格好悪い質問のような気がした。それでも、由美子が首を横に振るのを見てホッとした。

「まだ、ダメみたい」由美子は無理矢理作ったような笑顔を見せた。

「ダメってどういうこと？」

これもまた最低の質問だと思った。それでも聞かずにはいられなかった。「まだ、ダメみたい」のあとに「飛夫のことが忘れられないから」と言ってほしかった。そうすれば素直に「もう一度やり直そう」と切り出せるような気がした。さんざん泣かせて、身勝手な理由で自分から別れを告げて、その上やり直したいと思っているくせに、その糸口を由美子の言葉から見つけ出そうとしている。そんな自分が酷く小さい人間に思えた。

「飛夫と付き合ってるときは、飛夫ばっかで、仕事とか集中してやってなかった気がして——」

しかし、由美子の答えは期待していたものとはまるで違っていた。

「私も飛夫みたいに、一生懸命仕事頑張ってみようかなって思って」

「そっか……」

飛夫は保に解散を告げられたときの自分と、由美子を重ねていた。由美子に比べて自分は圧倒的に弱かった。

「強いな、由美子は」

「強くないよ、強がりだよ」

「強がれるんだから、強いんだよ」

「そうなのかな」

駅が目の前にあった。二人は立ち止まった。

「本当にありがとな」

「ううん、久しぶりに会えてよかったよ」

「うん」

「警察署じゃなきゃもっとよかったけど」

「だよな」

再会して初めて二人は笑った。笑わせることを職業としているのに、笑わせてくれたのは由美子の方だった。

「あのさ――」少しでも一緒にいたくて無理に会話を続けた。

「何？」

「俺たちさ、解散したんだ」

「なんで解散したの？」

あまり驚いた様子のない由美子のリアクションに違和感を抱いたが、「まあ、いろいろあって」と言葉を濁した。

「解散しちゃって、どうするの？」

「新しいコンビ組んだんだ」

「そうなんだ」

「まだ、ネタ合わせとかしてないんだけど、そいつとやるときは見に来てくれよな」

由美子に見てほしいと思った。酔って警察に捕まる情けない自分ではなく、別れてからもお笑いを必死でやり続けている自分を見てほしいと思った。

「うん」由美子は笑顔で頷いた。

「じゃあ……」

「うん」

由美子がゆっくりと駅の階段を上がりはじめると、飛夫はしばらく背中を見つめて、「あのさ」と声をかけた。もう少しだけでいいから一緒にいたかった。

「ん？」

由美子が振り返る。呼び止めたのはいいものの言葉が出てこない。

「どうしたの？」

「初めての出番決まったらメールするから」

結局、やっと絞り出した台詞は酷く冴《さ》えないものだった。

「大丈夫だよ。劇場の出番表、パソコンでチェックしてるから」

「えっ……なんで？」

思いがけない返事だった。

「飛夫と別れてからも、たまに飛夫の漫才見に行ってたから」

「由美子……」今度こそ本当に言葉が出てこなかった。胸がいっぱいになった。

「でも、やっぱメールして」そう言うと由美子は駆け足で階段を上がり、人ごみの中に消えていった。

別れてからも由美子は漫才を見てくれていた——そう思うと目から涙が溢れた。

お帰りなさいませ、ご主人様。
ドアを開けるとスピーカーから若い女の甘ったるい声が流れた。
龍平の言う通り、ネットで検索するとメイド性感ドールはすぐに見つかった。ホームページに書かれた連絡先に電話をして道を尋ね、「ご主人様」と呼ばれるような人物が決して入らないような、汚くて細長い雑居ビルの、汚くて狭いエレベーターに乗って店にたどり着いた。

「いらっしゃいませ」小さなカウンターの中から、昔のキムタクのような髪形をした太った店員が声をかけてきた。

「あの……」

「すぐにイケる子でしたら、イチゴちゃんとレモンちゃんですね。お時間に余裕があるようでしたら、三十分待てばリンゴちゃんもイケますけど」太った店員が次々に透明のプラスチックでパウチされた写真を出してくる。

「いや……あの……」

飛夫は用件を切り出そうとしながらも、つい写真の中の女の子を見てしまう。どの女の子もみんな黒と白のメイド服を着ていて、かなりカワイイような気がした。

「誰か決まった女の子とかいますか？」黙っている飛夫に、店員がにこやかに話しかけてくる。

「いや……」

「初めてですか？　ネットか雑誌で見ました？」

「いや……」

「雑誌とかに出てる指名ナンバーワンのミカンちゃんだと、電話で予約もらってないと今日はもういっぱいですよ」

「いや……」

「このリンゴちゃんは最近入ったんですけど、かなりサービスもよくて、どんどん人気出てきてますけど。まあ一時間待てばメロンちゃん、グレープフルーツちゃんも出勤してきますけど」

「グレープフルーツ……ちゃん」

この店は、女の子の名前をフルーツで統一しているようだが、グレープフルーツは多少強引ではないかと感じた。

「グレープフルーツちゃんですね」

「いや……そうじゃなくて、鬼塚龍平……」

次々に写真を出す太った店員の手が止まる。

「鬼塚龍平君って、この店で働いてないですかね？」

店員が眉間に皺を寄せる。一瞬にして警戒している表情になった。

「鬼塚龍平と、どういう関係ですか？」

店員の言い方は、龍平に対して飛夫が敵意のある人間か、好意を持った人間かを見定めようとしているように聞こえた。もしかしたら、龍平の仲間かもしれないと飛夫は思った。

「あの、留置所で龍平と一緒になって、連絡先交換する手段がなかったから、ここに来てくれって……」

飛夫は親しみを込めて「龍平」と呼び捨てにし、さらには連絡先を交換しようとするほどの間柄だということをアピールして、相手の警戒心を解こうと試みた。

「なんだ、龍ちゃんの友達？」

飛夫の狙いは見事的中し、店員は急に親しげな顔になった。

「龍ちゃんの友達ってことは、俺の友達ってことになるからね。自分では納得いってないんだけど、龍ちゃんにはデブタクって言われてるから、よろしく」デブタクは人の良さそうな笑顔を浮かべた。

「俺は黒沢飛夫」と名乗りながら、デブタクというニックネームは上手くできていると感心し、やはり龍平のセンスは自分に近いと確信した。

「龍ちゃん元気だった？」

「元気だったよ」

龍平と友達ということは、このデブタクという男も自分より年下であると判断して、飛夫はタメ口で話すことにした。

「面会行きたかったんだけど、行くと俺もパクられそうだからさ、今日、代わりにミカンちゃんに着替えとかいろいろ持ってってもらってんだよね」

デブタクはそう言って指名ナンバーワンのミカンちゃんの写真を指差した。顔の小さいきれいな女の子だった。

「龍ちゃん俺のこと逃がしてくれてさ、自分だけ捕まっちゃってさ」デブタクは青痣の残る目に涙を溜めた。

「いい奴だね」

「めちゃくちゃいい奴だよ」

飛夫は龍平がいい奴だと聞いて安心した。留置所の中でテンションが上がって、コンビを組もうと言ったのはいいが、相手は喧嘩で留置所に入るほどの不良である。しかも、腕にはごっつい刺青がある。留置所を出て家に帰って冷静に考えると、さまざまな不安がよぎっていた。

もし、暴力事件を起こされたらどうしよう。

もし、自分に対して暴力をふるってきたらどうしよう。

もし、ヤバイ人間と交友関係があったらどうしよう。

何よりも——もし嫌な奴だったらどうしよう。そう思うと息苦しいほどに不安になった。

いい奴でさえあれば、お笑い芸人を始めて、お笑い芸人という職業が好きになっていく上で、暴力性や交友関係は自分から改善していくはずだ。現に吉木興業には元不良の芸人が山ほどいる。しかし、嫌な奴という人間の根っこの部分の問題はやっかいで、そういう根本的な人間性の問題はなかなか直らないものだ。

飛夫は自分が芸人に嫌われていることを棚に上げて、龍平の人間性を心配していた。そこで第三者からの「いい奴」という証言を聞き、それが飛夫を安心させる一つの材料になった。

「店の女の子にも、龍ちゃんはめちゃくちゃ人気あるからね」

「へえ」

これも大きい。今のお笑い芸人にとって女の子からの人気は大きな武器になる。メイド性感ドールという小さな世界の中であっても、人気があるということは、人を引きつけるだけのなんらかの魅力があるということだ。飛夫は、自分の目に狂いはなかったのだと安心した。

「龍ちゃん、いつ頃出られるって？」

「来週の金曜ぐらいって言ってたけど」

「そんなにかよ……」デブタクの顔が曇る。

「でも、被害届は出されなかったって」

「マジで！」デブタクの顔が晴れる。

喜怒哀楽がしっかりと顔に出るタイプのようで、飛夫はそんなデブタクに好感を持った。

「でもさ、来週の金曜に出てくるってわかってて、なんで今日来たの？」

「一応さ、店がどこにあるか確認しときたくてさ」

「へえ、念には念をってやつだ」

「まあ、そんな感じかな」

「このあと時間ある？」

「えっ……」

飛夫は戸惑った。「このあと時間ある？」と質問された場合、たいていの場合は「メシ行こう」であったり、「飲みに行こう」であったり、「麻雀しよう」であったり、とにかくなんらかの誘いが続くのが普通である。そもそも飛夫は人見知りだ。龍平と話ができたのは、ツッコミの才能を認めて、この男とコンビを組みたいと思ったからだ。今こうしてデブタクと話ができているのも、本当に龍平がこの店で働いているか知りたかったからで、目的を果たした以上、もうここには用はない。いくらデブタクに好感を持ったとはいえ、初対面で食事や酒を飲むのは人付き合いが苦手な飛夫にとってはとてもつらいことだった。最悪の場合は「龍平の仲間だ」と言って、ぞろぞろとガラの悪い連中が集まってくるかもしれない。その中には酒癖が悪い奴がいるかもしれない。酔ってからまれるかもしれない。

　飛夫は本当は予定などなかったが、適当に用事があることにした。

「ああ、このあと、ちょっと知り合いと飲みに行く約束があって……」

「何時から？」

　まさか、ここまで追いかけてくるとは思わなかった。現在の時刻は三時三十分、なるべく早い時間から行くことにしたかったが、普通に考えて飲みに行くのに四時、五時は早い。

「六時からだけど……」

「マジで？　じゃあ、まだ時間あるじゃん」

　キタ！　誘われる――と思った。六時から飲みに行くとなると「移動に三十分かかるから」ということにして五時三十分ぐらいまで二時間ほどの辛抱だ。二時間ぐらいだったら我慢するかと諦めたときだった。

「うちの店で遊んで行きなよ」

「えっ」

　予想外の誘いだった。

「龍ちゃんの友達でしょ。初めての人は入会金の二千円入れて、一時間で一万七千円なんだけど、入会金はナシで一万五千円でしょ。まあ龍ちゃんの友達ってことで七千円はオマケ、でっ、女の子に八千円あげなきゃいけないんだけど、それは俺の奢《おご》りで、ゼロ円でいいよ」
「えっ」

かなり魅力的な誘いだった。由美子と別れてからというもの、女の裸をナマで見ていない。それどころか女の子とろくに口もきいていない。目の前に並ぶ写真の女性はかなりレベルの高いラインナップのように思えた。また、メイド性感という聞き慣れない風俗のジャンルにも興味があった。しかし初対面の男に風俗を奢ってもらうのは気が引ける——と言うよりも、かなり恥ずかしい。

「このリンゴちゃんは入ったばっかで、テクニックは全然だけど、マジでカワイイよ」

確かにカワイかった。見ようによっては由美子に似ていなくもない。あの日、駅で別れてから由美子のことが頭から離れない。

「いいや。俺、風俗とか苦手だから」

由美子のことを思い出すと性欲よりも罪悪感が勝って、断ることができた。

「Fカップだよ。しかも二十歳だよ二十歳」

「マジで⁉」

消えかけていた性欲に再び火がつく。

「超カワイイでしょ」

「カワイイけど」

「じゃあ、いっちゃおうよ」

「いや……でもな……」

このまま、デブタクに強引に押しきってもらいたかった。あくまでも自分がノリノリで決めたのではなく、そんなに好きではないけど、「そこまで言うなら」と渋々決めた感じを演出したかった。それならば、由美子に対する自分の中にある罪悪感も薄まるような気がした。

「どうする？」

「う〜ん」

もうひと押し、あとひと押ししてくれたら決めようと思ったそのとき、
お帰りなさいませ、ご主人様。

背後のスピーカーから先程と同じ女の声が聞こえた。

「いらっしゃいませ」デブタクが飛夫の背後に声をかける。どうやら客が入ってきたらしい。どんな奴か気になって振り返りたくなったが、風俗の受付で他人に顔を見られて、こいつも客だと思われたくなかったので、まっすぐ前を向いたままでいた。

「ちょっと待ってくださいね」デブタクが背後の人物に言った。

「ああ、俺はいいよ。そういうんじゃないから」

第三者が現れたことによって、再び羞恥心が甦った。後ろにいるアカの他人に対して、自分は風俗店に性処理をしに来たのではなく、あくまでもこの目の前にいる太った男に用事があって来たのだとアピールしたかった。

「どうぞ」飛夫は振り返らずに後ろにいる人物に前を譲った。

「すいません」

背後からまだ見ぬ男の声が聞こえてきた。ハッキリとは思い出せないが、どこかで聞いたことのある声のような気がした。

「どうぞ」飛夫が場所を譲るように横に動くと、赤いTシャツを着て眼鏡をかけた太った男が飛夫の視界に入ってきた。酔っておぼろげだった記憶の一部が急に色づく。

――こいつシャア専用デブじゃねえか。

小淵川が飛夫の真横に立つ。飛夫は顔を見られないように小淵川とは逆側を向いて顔を隠した。

「写真見てもいいですか」小淵川がカウンターに置いてある写真に顔を近づける。

――こいつ本当にメイド性感に来てんじゃねえかよ。

「いつもありがとうございます」デブタクが答える。

——しかも常連かよ。

「昨日の子はどうでした？」

——昨日も来たのかよ。

「すごくよかったんですけどね。今日は別の子にしようかな」

「お時間決まってますか？」

「べつに何時でもいいですよ。向かいにあるメイドカフェで時間つぶしますから」

——メイド性感に来といて、さらにメイド喫茶で時間つぶすって、どんだけメイド好きなんだよ。

「じゃあ」と言ってデブタクが女の子の写真をさらにカウンターの上に並べた。「残りの、本日の出勤の女の子ですね」

「あれ、今日はミカンさんは？」

「今日、休みなんですよ」

「ネットで見たら出勤になってたけど」

「風邪ひいちゃったんですよ」

「ええっ、もしかしてインフルエンザじゃないですか？」

「いや、本当にただの風邪みたいで」

「たしかに、今流行ってますからね」

「大したことないんですけどね」

「早くよくなるといいですね」

「そうですね」

――どうでもいいよ。風俗の受付でデブ二人がなんの会話してんだよ。

「この子、新しい子ですよね」小淵川がリンゴの写真を指差した。

「そうなんですよ」

「ネットで写真見たけど、顔にモザイクかかってたから、ちょっと写真見たくて。だからミカンさんを電話で指名しないで店に来たんですよね」

「そうですか」

「カワイイですね」

「今、どんどん人気上がってますからね」

デブタクが、「指名されちゃいますよ」という感じで飛夫に目配せをしてきた。飛夫は「べつに大丈夫だよ」といった表情を作ってみせた。でも、自分がリンゴちゃんと遊ばないにしても、このデブで気持ち悪い男に指名されると思うと、なんだか腹が立った。

「じゃあ、リンゴさん指名しちゃおっかな」

「リンゴちゃんでよろしいですか？」

「でも、ミカンさんには私がリンゴさんを指名したこと内緒にしといてもらっていいですか。ヤキモチ焼いちゃうかもしれないですから」

——焼かねえよ。お前なんかただの客だよ。

「大丈夫ですよ」デブタクが笑顔で答える。

「じゃあ、リンゴさんで三時間」

——三時間も頼むのかよ。

「かしこまりました。三十分後に入れますけど」

「二時間後にしてもらっていいですか？」

「五時四十分からでよろしいですか」

「ちょっと、昨日、メイドカフェの女の子に明日も来るからって約束しちゃったから、やっぱ、顔出さないと心配するかもしれないんで」

——誰もお前の心配なんかしねえよ。

「かしこまりました。二時間後の五時四十分から三時間コースで」

「それでお願いします」

デブタクが予約と書かれた小さな紙を小渕川に渡す。

「一時間前に確認のお電話いただいてもよろしいでしょうか」

「はーい」

小渕川が満面の笑みを浮かべて店を出て行った。自動ドアが閉まったとたんにデブタクが「すごいだろ」と呆れたような笑顔で言った。

「すごいね」

「気持ち悪《わり》ぃんだよ。あのデブ」

いや、自分もデブじゃん――と、飛夫はツッコミたかったが、口には出さず心に留めておいた。


「今日からここがお前の部屋だ」金井はそう言うと、建てつけの悪い引き戸を無理矢理開けた。

「ここですか……」保は唖然《あぜん》とした。

今まで住んでいた部屋も相当に酷かったが、金井に案内された部屋は、人が住む場所とは思えない代物だった。布団を敷いたらそれだけで部屋が埋まってしまう二畳半ほどの空間しかなく、畳は黒ずみ、部屋の中だというのに、どこからかわからないが、これでもかというほど隙間風が吹いてくる。風呂もトイレも台所も、とにかく人が住むのに必要なものが何もない。

「あの、トイレは……」恐る恐る尋ねると、「トイレとキッチンは共同だからよ」と金井は当たり前のように答えた。

「キッチンもですか?」

「廊下の隅にあったろ」

「あれがキッチン……」

確かに流しらしき物が存在してはいた。もともとは白かったであろう、カビだらけのタイルのシンクの上に戦後間もなく取りつけられたような赤く錆《さ》びた蛇口が斜めに付いていた。

流しの横にはカセットコンロが置かれていた。確かに調理はできるだろう。しかし保の思い描くキッチンとは別物で「キッチン」と呼んではキッチンに申し訳ないような代物だ。

「ここに住むんですか?」言っても仕方がないと思いつつ、保はもう一度尋ねた。

「住めば都って言うだろ。近くにコンビニも銭湯もあるしよ。まあ、入浴料も最近は高いからよ、歩いて五分ぐらいのとこにコインシャワーっつうのがあんだよ。一〇〇円で十分間シャワーが出んだよ。意外と便利だから使えよ。あとよ、運が良ければ現場に仮設シャワーがあったりするからよ、そういうときは絶対に浴びて帰れよ。なんせタダだからよ」

親切に言ってくれるが、金井の立場を思うと、優しさだけで言っているとは思えなかった。

「はい」保は力なく答えた。ここで三年間暮らさなければならないと思うと憂鬱になった。

「よし、じゃあ車に荷物取りに行くか」

「はい」

金井は保のアパートについて来て、生きていくのに最低限必要なもの以外はすべて処分させた。

「お前は、一円の重みがわかってねえんだ。だから借金するんだよ。一円でも金になるものは全部売れ」と言われて、漫画や小説はブックオフに持って行かされ、服も半分以上は古着屋で処分させられた。レアモノのフィギュアなどもあったので、所持金は五万円ほどになった。テレビとＤＶＤプレイヤーだけはなんとか死守したものの、それ以外の荷物はすべて段ボール一つと、ボストンバッグ一つに収まった。

「引っ越しが終わったら、引っ越しソバ奢ってやるからよ」

車と部屋を二往復すれば済んでしまう。引っ越しと言うにはあまりにもお粗末だった。

部屋を出ると、共同便所からウンコの臭いが漂う。階段を降りて外に出ると、入り口の横には二層式の洗濯機が置かれていた。

「この洗濯機も共同だからよ。洗濯物はそこに干せ」

金井が指を差したその先には錆だらけの物干し竿があった。

「行くぞ」金井はそう言うと路上駐車してある車に向かい、ドアを開けると煙草を取り出して火をつけた。「じゃあ、頑張れよ」

前に住んでいたアパートから荷物を運び出すときも、「おい、そんなもんは売っちまえ」とか「そんなもん捨てちまえ」と金井は指示を出して、ずっと煙草を吸っていただけだったので、保は手伝いを期待していなかった。

黙々と一人で荷物を運び、引っ越しは五分で済んだ。

「じゃあ、ソバ食いに行くか」と言って金井は車に乗り込み、「乗れ」と顎をしゃくった。

「はい」保も車に乗り込んだ。

金井は車のシガレットライターに差し込んでいる充電器のコードを手繰りよせ、携帯電話に差し込んだ。ちょうどそのとき電話が鳴り、「ビックリした!」と声に出して驚くと、金井はディスプレーを見て電話の相手を確認してから電話に出た。

「もしもし、お久しぶりです。どうしたんですか？　ええっ、マジっすか。行きますよ。行きます行きます。じゃあそっちに向かいます」金井は嬉しそうな顔で電話を切った。

「ちょっと、ソバはあとまわしだな」

保は一日中動きまわって腹が減っていたので、メシぐらい食わせてくれよと思ったが、もちろんそんなことは言えるはずもなく、従うしかなかった。

「どこに行くんですか？」

「事務所に戻る」

「なんでですか？」あまり興味はなかったが、自分にどう関係しているのか知りたかった。

「お前関係ねえけど、どうせ暇だろ。付き合えよ」

「えっ、関係ないんですか？」

そんな予感もしたがやっぱりそうだった。

「俺の知り合いに会いに行くから、お前にはまったく関係ねえな」

「じゃあ……」

もう解放してほしい。なにしろここのところずっと金井と一緒にいるのだ。とにかく一人になりたかった。

「どうせ暇だろ。付き合えって」金井は同じ言葉を繰り返した。

「荷物とか整理しようかなって」

「整理するほどねえだろ」

「そうですけど……」

とにかく腹が減っていた。というよりも、なぜ借金取りが知り合いに会いに行くのに付き合わされなければならないのか、意味がわからなかった。

「大阪にいるときに世話になった人でよ、めちゃくちゃ渋いんだよ。久しぶりに会うんだよ」

とにかく金井は嬉しそうだった。

「俺がいたら邪魔じゃないっすかね」一応言ってみた。

「バーカ、気ぃ遣ってんじゃねえよ」

わかってはいたが無駄だった。

「いや、気を遣うっていうか……」

「なにしろ借金取りのプロ中のプロだからよ。お前も勉強になるぞ」

「いや、僕は借金しちゃった方なんで、借金取りのプロから学ぶことないと思うんですけど」

「人生、何が役に立つかわからねえだろ」

「そうですかね……」


結局、金井に強引に連れて行かれ、再び事務所の奥に通された。

「河原さん、お久しぶりです」

「おう、久しぶりやな」

パーティションの向こうのソファーには黒いスーツに身を包んだオールバックの男が座っていた。

「河原さん……じゃないですか」保は独り言のように呟いた。

「ん？」

突然自分の名前を言われて、相手が知り合いかどうか、河原は記憶を探っているようだった。

「河原さんですよね？」

「なんだよ、なんでお前が河原さん知ってんだよ」金井がイラついたように言う。そんな金井には目も向けず、保は続けた。

「自分、吉木興業でブラックストーンっていうコンビ組んでた石井です」

「ほんまか。すまん、覚えてないわ」河原が首を傾げる。

「僕らが入りたてのときに河原さんやめられたんで……」

「そうか、頑張ってんのか」

「いや、僕もやめました」

「そうか……なんでや」

「借金で……」

「だからここにおるわけか」

「はい」

「そうか、残念やったな」

「はい」

「ちょっと話が全然見えないんですけど」金井が割って入った。自分だけ蚊帳の外でむくれていた。

「お前、河原さんとどういう知り合いなんだよ」

「河原さんは昔、吉木興業でダークスーツっていう漫才のコンビ組んでたんですよ」興奮したように保が話す。

「ええええええっ、初耳ですよ！」金井は驚いて河原の方を向いた。

「まあ、今は借金取りやけどな」

「なんで言ってくれないんですか？」

「大阪の奴は結構知ってるけどな」

「俺、知らなかったっすよ」

「言わへんかったからな」

「言ってくださいよ」

「聞かへんからや」

「マジっすか。漫才っすか。だから取り立てが上手いんっすね」

金井は河原が元漫才師だと知って、喜んでいるようだった。

「取り立てと漫才と関係ないやろ」

「いや、やっぱ話術が半端じゃないっすもん」

「取り立てなんて、笑いの真逆や」

「いや、やっぱ口が上手いってデカイっすからね」金井は納得がいったというふうに一人で頷いた。

「そんで、どうしたんですか？　急に東京に来て」金井はドカッとソファーに座る。

「うちんとこの社長がパクられたんや。俺も向こうでは商売できひんから、しばらくこっちで世話してもらうことになったんや。お前とコンビ組ませてもらうことになったから頼むわっ」

「マジっすか！」金井は満面の笑みを浮かべた。金井が河原を相当尊敬していることは、傍《かたわ》らで見ている保にもよくわかった。

「ほんで、最初の仕事がこれや」河原が机の上に書類の束を投げる。

「なんすか」金井はすぐに書類の束を手にとってパラパラとめくった。

「しばらく休んでくださいって言われたんやけどな。休みって嫌いやねん。だから、仕事くれ言《ゆ》うたら、渡されたんや」

「滞納者リストっすか」

「ああ、もうすぐ飛びそうな奴の顔でも見とこう思てな。早速明日からええかな？」

「もちろんっすよ」金井は笑顔で答えながら保に向かい、「これはよ、要は他の会社で取れなかった債権を俺らが買い取ってうちで取り立てるリストってことだよ。俺らは取り立てのスペシャリストだからよ」と自慢げに言った。

「債権っていうのは……」

「債権っていうのは、要は借金だよ」

「それを買い取るんですか？」

「なんか、いろいろあんだよ」金井は面倒臭そうに言いながら書類に目を通す。「……ん？」

「どうした？」

金井は書類を何度も見返すと、河原に向かって言った。「いや……滞納者リストに知ってる名前があったんでね」

「ツレか？」

「ツレっていうか、まあ」そう言うと金井は振り返って保の顔を見た。「残念だったな。せっかくお前が慰謝料、肩代わりしたのにな」

嫌な予感がした。

「黒沢飛夫が滞納者リストに加わってるぞ」

予感は的中だった。

「飛夫……」

「お前のツレか？」河原が保の目を見つめる。

「元相方です」

「そうか……芸人に借金は付き物やからな」河原はそう言って煙草に火をつけると遠い目をした。

「マジで？」デブタクは驚いて煙草を床に落とした。

「お前何してんだよ」と言いながらも、龍平はデブタクのリアクションを満足げな顔で見ていた。

「だってよ——」デブタクが煙草を拾いながら喋り続ける。「いきなりお笑い芸人ってどういうことだよ」

　飛夫は約束通り、土曜日にメイド性感ドールを訪れて龍平と再会を果たし、カウンターの奥にある一畳ほどの従業員用の個室に通された。そしてあらためてデブタクを紹介されたのだ。

「俺がもともと、コンビ組んで漫才やってたんだけど解散してさ、そしたら龍平と留置所で意気投合して、コンビ組んでやってみようってことになったんだよね」飛夫は、呆気にとられているデブタクに簡単に説明した。

「そういうことになったからよ」龍平がデブタクの肩を叩く。

「だったらなんで留置所から出てきてすぐに言ってくれないんだよ。お前だってこのあいだ店に来たとき、そんなこと言ってなかったろ」デブタクが龍平と飛夫を交互に見ながら、不満げに口の先を尖らせた。

「だってよ、飛夫が来てから言った方がインパクトあるだろ」龍平はデブタクの肩をパシパシと叩きながら笑う。

「龍平がいないと俺が言ってもインパクトないかなと思って」飛夫も合わせてそう言っておく。

「いや、突然お笑い始めるなんて、普通に言われようが、誰に言われようがインパクトあるよ」デブタクは拗ねた子供のような目で二人を睨んだ。

「まあ、とにかく俺は芸人になったからよ」龍平は自慢げな顔になって足を組み替えた。

「なんかいいなあ」デブタクが羨ましそうに言うと、

「じゃあさ、お前もやっちゃえばいいじゃん」と龍平があっさりとデブタクを誘う。

「マジで?」デブタクは満面の笑みで答えた。

「ちょっと待ってくれよ」飛夫が割って入った。

「なんだよ」龍平が不思議そうな顔で飛夫を見る。

「そんなに簡単に誘うなよ」

「お前だって俺のこと簡単に誘っただろ」

「それは、龍平にツッコミの才能があると思ったからさ」

「こいつだって太っててんじゃん」

言われたデブタクは自慢げにお腹を突き出した。

「なんで太ってると誘うんだよ」

「お笑い芸人って、デブの奴多くねえ？」

「太ってるだけで、お笑い芸人になれるわけじゃないから」

「だってこいつ、いい奴だぜ」

「いや、いい奴とか関係ないから」

「運転上手いしよ」

「もっと関係ないよ」

「俺、結構合コンとかで面白いって言われるぜ」デブタクは、すでにやる気満々の様子で飛夫に売り込んでくる。

「確かにこいつが合コンでスベってるとこ見たことねえな」龍平が無邪気に笑う。

「合コンでウケるのと、ネタが面白いのは全然違うから」飛夫はなんとか二人に諦《あきら》めてもらおうと、必死になって言った。

「このあいだもな、デブタクが全裸になって〝そんなの関係ねえ〟ってやったら大爆笑だったよな」

「あれはウケたね」

「ヨゴレだし、パクリだし、下ネタだし、古いし、全然ダメだよ」飛夫は呆れて言った。

「いいじゃん。ネタはプロのお前が書くんだろ」

「いや、漫才だからさ」

「トリオの奴もいるだろ」

「トリオのネタなんて書いたことないから」

「大丈夫だよ、お前なら書ける」

「何を根拠に言ってんだよ」

「そうだ、きっと書けるよ」デブタクも龍平にかぶせてきた。

「なんで乗っかっちゃってんだよ」飛夫は力なくデブタクにツッコんだ。

「トリオでいこうぜ」龍平は軽いノリのまま言う。

「俺はコンビでやりたいんだよ」

「お前、頑固だな」

「これは頑固とかってレベルの話じゃないと思うけどな」

「お前ってそういうとこあるよな」デブタクも龍平にかぶせる。

「いや、まだ会うの二回目だから」飛夫は脱力した。デブタクの言葉は何かおかしかった。

「マジでダメなのかよ」龍平が真剣な顔を作ってみせた。

「ごめん。ダメだよ」飛夫も真剣な表情で答える。

「そっかわかった。ダメだってよ、デブタク」最後はあっさり引き下がった。何事も引きずらない性格らしい。

「うん、わかった」デブタクも龍平と同じくあっさりと引き下がった。「俺、コックになりたいからね」

「やりたいことあったのかよ」飛夫は、こんなにあっさりと引き下がるなら、なんであんなに入りたがったんだよ、と思いながらもホッとした。

「あのさ、コンビ名とか決まってんの?」

デブタクが話題を変えてくれた。しかも飛夫にとっては喜ばしい話題だった。

「おお、そうだよ。お笑いやるならコンビ名って必要じゃねえ?」

「実はもう考えてきたんだよね」飛夫は思わず得意げになって言った。

「マジかよ」龍平は体を前のめりにして飛夫に顔を寄せた。

「龍平の龍と飛夫の飛ぶでドラゴンフライってどう?」

「めちゃくちゃ格好いいじゃねえかよ。空飛ぶ龍って渋すぎるだろ」龍平が子供のようにはしゃぐ。

「超格好いいじゃん」デブタクも、ついさっきお笑い芸人になり損ねたことなどなかったかのように喜んでいる。もともとお笑い芸人をやりたいというのは冗談だったのかもしれない、と飛夫は今さらながらに思った。

「俺も気に入ってんだよね、ドラゴンフライ」飛夫はあまりにも二人が喜ぶので上機嫌になった。

「まあ、トンボって意味なんだけどね」そう飛夫が一言付け加えると、

「えっ」喜んでいた龍平とデブタクの笑いがピタリと止まった。

「どういうことだよ」龍平が低いトーンで聞く。

「いや、だから、ドラゴンフライって日本語でトンボって意味なんだよ」飛夫はあまりのテンションの落差に戸惑いながらも、ドラゴンフライの意味を簡単に説明した。

「話が違うじゃねえかよ」凄味をつけて龍平が言う。

「話が違うってどういうこと？」

「トンボはダセエだろ」

「べつにダサくないでしょ」

「虫じゃねえかよ」

「虫だけど、べつにダサくはないでしょ」

「虫はダサイよ」デブタクも龍平にかぶせる。

「なんですぐ乗っかちゃうんだよ」飛夫はデブタクの天然ボケにツッコんでいる自分がおかしくなってきた。

「ドラゴンフライだよ、トンボはダセェよ」

「べつにダサくないでしょ」龍平はふて腐れて言うと、デブタクと顔を見合わせた。

「だってよ、"ドラゴンフライってコンビ名、格好いいですね。どういう意味ですか?"って聞かれたら、"トンボです"って答えるんだろ。超ダセェじゃん」

「いや、それでダサいってならないよ」

「トンボは却下だな」

「いや、トンボって後ろには下がらなくて、前向きにしか飛ばないから、戦国時代の武将が戦場に出たら決して退却しないって意味で鎧とかにトンボの絵を描き込んだりしてたんだよ」

「マジかよ」龍平の表情が変わる。

「マジだよ」

「武将が？」

「鎧に？」

「鎧に」

「超渋いじゃん」龍平の目がキラリと光った。

単純だな――と思ったが、言わなかった。龍平がその気になったのを見て、ホッとしていた。

「ドラゴンフライで決まりだな」デブタクが飛夫の肩を叩く。

「全乗っかりだな」飛夫は言った。龍平のツッコミの才能は、デブタクの天然ボケのおかげで日常的に鍛えられたものかもしれないと思った。

「よし、じゃあ今日はドラゴンフライ結成ってことで飲むか」龍平が手を叩いた。

「三人で？」

飛夫はこのメンツ以外の人間が来たら、例の人見知りが出て喋れなくなるので、他の人が来るのか来ないのか知りたかった。

「この三人でだよ」龍平が答える。

「よし行こう」飛夫は安心して誘いに乗ることにした。これからコンビを組む男とこれからのことについて語りたかった。デブタクに対しても、なんだか気軽に話しやすい男だと感じていた。

「じゃあよ、デブタクさ、マリファナ調達してよ」

「そうだね」デブタクが立ち上がる。

「ちょっと待った」飛夫は自分の人生で滅多に出てこない「マリファナ」という単語に驚き、二人の会話を遮った。「マリファナ吸ってんのかよ！」キツイ口調で言う。

「たまにな」当たり前のように龍平が答えた。

「ダメだよ」

「なんでだよ」

「なんでだよって、法律で禁止されてんじゃん」

「大した罪にならねえよ」

「そういう問題じゃないでしょ」

「どういう問題があんだよ」

「いや捕まっちゃうから」

「売買とか栽培とかするわけじゃねえんだからよ。マリファナなんて初めてだったら、前科も付かねえですぐに出て来れるぜ」

　龍平の言葉にデブタクも頷いている。やはり住む世界が違うのかも、と思ったが飛夫は諦めずに言った。「だから、そういう問題じゃないから」

「だから、どういう問題なんだよ」

「マリファナやって会社にバレたら、即刻クビだよ」

「バレなきゃいいじゃん」

「バレなくてもダメなんだよ」

「マリファナねえと手持無沙汰でよ。つまみバクバク食っちゃって太っちゃうんだよ。こいつみたいになりたくねえじゃん」と言って龍平がデブタクを指差すと、デブタクがやけにハイテンションで、「おーい、俺はマリファナ吸ったら逆に食欲が出ちゃうタイプなんだよ」とツッコんで二人が笑う。

「盛り上がってんじゃねえよ」飛夫はデブタクのツッコミに対してツッコミを入れると、話を続けた。「手持無沙汰だったら煙草吸えばいいだろ」

「留置所出てから禁煙してんだよね」

「煙草やめる前にマリファナやめろよ」

「龍ちゃん、超意志固《かて》ぇよ」と言いながらデブタクが煙草の煙を吐き出した。

「その意志の固さをマリファナをやめる方に向けてくれないかな」飛夫は必死に食い下がった。コンビを組む以上は、このことだけは譲れなかった。

「飛夫ってさ、真面目だな」龍平は片方の眉毛を上げて飛夫の顔を覗き込む。

「確かにそういうとこあるよな」デブタクも同じような顔をするが、うまく片方の眉を上げることができずに両方の眉が上がってしまった。

「だから、会うの二回目だよね」

飛夫のデブタクに対するツッコミに遠慮がなくなってきていた。なんとしてもマリファナを阻止しなければならないと必死だった。そしてさらに恐ろしい想像が頭をかすめた。

「まさか……覚せい剤とかやってないだろうな」

もしそうなら、口で言ってどうこうなる問題じゃない。

「バーカ。あんなヤバイもんやるわけねえだろ」

「そこまでは、いってないか」飛夫は心から安心した。

「やめたよ」

「やってたのかよ！」

ギョッとしたが、次の瞬間力が抜けた。こんなことで驚いていたら、一緒にはやっていけない。ある程度覚悟していたことだった。

「俺なんかやめたおかげで、超太ったぜ」デブタクが、まるでやめたことを後悔しているような口調で言った。

「お前痩せてたことあったっけ？　まあさ、他のドラッグはよ、体もぶっ壊れるし、頭もおかしくなるし、罪も重いからやめたんだよ。せめてマリファナぐらいは吸わせてくれよ」龍平が珍しく弱気な声で言う。

「ダメだよ」

「頼むよ」

「真剣にお笑いやる気あんのかよ」

「あるよ」

「だったらやめられるだろ」

「どうしてもかよ」情けない声になっていた。

「どうしてもだよ。俺は龍平の才能に賭けてんだよ。お前となら絶対に売れるって信じてんだよ。だから、真剣にやる気があるならやめてくれよ」

「自信ねえなあ」

「人は変われんだよ」

飛夫はまっすぐ龍平の目を見つめると、真摯《しんし》に訴えた。しばらく二人のあいだに沈黙が訪れ、やがて龍平が諦めたように「しょうがねえな」と言った。

「約束だぞ」

「わかったよ」

「絶対だよ」

「わかったって。ったくよ、マリファナも吸えねえなんてよ。お笑いって面倒《めんど》臭《くせ》ぇな」

龍平は椅子の背もたれに寄りかかり、腕を上に上げて大きく伸びをした。

「そうか、じゃあ俺の分だけでいいか」デブタクがそう言いながら、龍平と同じように大きく伸びをすると、

「お前もやめるんだよ」と言って龍平がデブタクの額を絶妙なタイミングでピシャリと叩く。

それを見て、飛夫はデブタクに呆れ、そして龍平にはやはりツッコミとしての才能があると感じた。

「もう一軒行くか」渋谷の路地裏にある居酒屋を出ると、ほろ酔いの龍平が飛夫の肩の上に手を乗せながら言った。

「行こうぜ」反対側からデブタクも肩を組んでくる。

三人は横一列に肩を組んで歩いていた。絵に描いたような、酒を飲んで一軒目から二軒目に移動する三人組だ。

「よっしゃ、もう一軒行こうか」飛夫は久しぶりに気分が良かった。保に解散しようと言われてから、一人で酒を飲み、一人で悪酔いをするという日々を繰り返していた——と言うよりも、それ以前から、楽しく酒を飲んだことなどしばらくなかった。由美子と付き合う前と付き合いはじめの頃にデートで飲んだときと、ブラックストーン結成当時に保と飲んだときぐらいしか楽しい思い出もなかった。たまに付き合いで先輩に誘われたが、飛夫の醸し出す薄暗い雰囲気のためか、同じ先輩から何度も誘われることはなかった。

「しかし、やっぱ芸人っつうだけあって、お前と飲んでると面白《おもしれ》ぇよな」

上機嫌の龍平が酒臭い息を飛夫に吹きかけながら言う。

こんなことを言われるのは初めてのことだった。また、飛夫も龍平やデブタクと飲んでいると楽しいと感じていた。聞けば、この二人も「大勢でツルまない」というのがポリシーらしく、歩んできた道のりこそ違うが「ツルまない」という点では共感できたし、何よりも、二人とも飛夫の話を聞いて馬鹿みたいに笑ってくれる。

龍平にお笑い芸人をやってほしいと思っている飛夫は、龍平と話すときは普段より本番モードで話した。それを二人が笑ってくれるので気分が良くなって、さらにテンションが上がり、より笑わせようという気になれた。仲間と酒を飲んで楽しむ——そんなところが自分にもあったとは、新しい発見だった。

「どこに行く？」飛夫も龍平に酒臭い息を吹きかけながら尋ねた。

「キャバクラ行こうよ」デブタクがゲップまじりに言った。

「おお、いいね。俺らの店のオーナーがやってる店があんだよ。安くしてくれるからよ。行こうぜ」

「キャバクラか……」

飛夫はキャバクラに行くことによって再び人見知りモードが発動してしまうのが嫌だった。今は相手が龍平とデブタクの二人だから喋れるが、人が増えると喋る気がなくなるのではないかと思った。

「なんだよ、ノリ悪いな。マジで超安くしてくれるぜ。一人三千円ぐらいで何時間でもいれっからさ」デブタクが飛夫の肩を揺する。

「う〜ん」

「なんだよ、三千円もねえのかよ。それぐらい貸してやるよ」今度は龍平が肩を揺らした。

「いや、三千円ぐらいはあんだけどさ……」なんと言っていいかわからず、飛夫は俯いた。

「じゃあ、なんだよ」デブタクが、さらに肩を揺する。

「キャバクラ苦手なんだよね」

「嘘つけよ」龍平は肩から手を放し、飛夫の顔を見た。「この世の中にキャバクラが嫌いな男なんていいるわけねえだろ」

デブタクも肩から手を外して、体を飛夫に向けた。

「いや、そんなことはねえだろ」

「キャバクラだぜ。しかも三千円だぜ。普通、絶対に行くだろ」デブタクは信じられないといった表情で首を横に振る。

「だってさ、何話していいかわかんねえし」つまらなそうに飛夫は答えた。

「そんなもん、なんでもいいんだよ。何カップ？　とか、好きな体位は？　とか、今までで一番興奮したセックスのシチュエーションは？　とか、右のオッパイと左のオッパイどっちが感じる？　とか――」

「下ネタばっかじゃねえかよ」

「そうだよ、下ネタばっかだよ。普段、女に下ネタ言ったら嫌われるだろ。キャバクラってのはお金を払って、普段は言えないような下ネタを言う場所なんだよ」デブタクが真面目な顔で力説した。

「違うだろ」

「いや、違わねえな」龍平はポケットに手を入れて飛夫の方を見ると話を続けた。「キャバクラの女なんか口説いても、めったに客となんか付き合わねえんだからよ。その代わり、キャバクラの子もプロだからよ。心の中じゃどう思ってるかわかんねえけど、下ネタ言ってもノリノリで返してくれるぜ。それがキャバクラの醍醐味だよ」

「イマイチその楽しみ方がわかんねえんだけど」

「行けばわかるよ」と言って龍平は再び飛夫の肩に手を置いた。

「まあ、俺は本気で口説いてるけどね」デブタクも飛夫の肩の上に手を置いた。

「口説いてんのかよ」

「まあ、それでも下ネタは言うけどね」デブタクは笑顔を作った。

「いらっしゃいませ」

エレベーターを降りると黒いスーツの男が目の前に立っていた。

「お疲れっす」龍平とデブタクが軽く手を挙げる。

「お疲れ様です」黒いスーツの男が頭を下げる。「さっき、加藤さんから電話もらいました」

加藤とは、龍平とデブタクの働くメイド性感ドールと〈キャバクラCCキャンディ〉のオーナーで、龍平が電話して、この店の予約を入れてもらったのだ。

「どうぞ」

黒いスーツの男の案内で店内を進んでいく。飛夫はキャバクラに来る客はオッサンばかりだと思っていたが、渋谷のキャバクラの客は意外と若かった。

「こちらにどうぞ」

六人座れる席に三人で座る。

「お飲み物は？」

「焼酎で」龍平は二人の意見を聞かずに焼酎を頼んだ。

「ヤベエ、テンション上がってきた」デブタクはそわそわしながらアメリカン スピリットに火をつけた。

「初めまして」

焼酎とともに女の子が三人現れた。三人はそれぞれ、赤、黒、白のノースリーブで胸元がざっくりと開いたロングドレスを着ていた。赤いドレスの子はあゆに似てなくもない感じで、黒いドレスの子はゆうこりんに似てなくもない感じで、白いドレスの子は次長課長の河本にそっくりだった。

あゆ似の子が「あゆです」と言って飛夫の隣に座り、ゆうこりん似の子が「ゆうです」と言って龍平の隣に座り、河本似の子が「ジュリアです」と言ってデブタクの横に座った。

「なんでお前が俺の隣なんだよ」デブタクがしかめっ面でジュリアに訴える。

「もーそんなこと言って、ジュリアのこと好きなくせに」体をねじりながら河本似の女が言った。

「何がジュリアだよ。どう見ても次長課長の河本じゃねえかよ」

「オメエに食わせるタンメンはねえ」ジュリアはすぐにモノマネをしてみせた。声は別として顔はそっくりだった。

「うるせえよ」

この店でジュリアはお笑い担当のようで、龍平とデブタクとは顔見知りらしい。

「龍ちゃん、メール送っても全然返してくれないじゃん」

ゆうも同じく、二人とは顔見知りらしい。

「お前にメールしてもヤラしてくれねえだろ」龍平は素っ気なく言ってから、ゆうの顔を見てニヤリと笑った。

「そんなのわかんないじゃん」

「いや、お前は金だけ巻き上げるタイプだね」

「ひどーい。ちゃんと好きな人には抱かれますぅ」

「じゃあ、好きだからヤラせてくれよ」

「ブルガリの時計くれたら考える」

「考えるだけじゃねえかよ。一〇〇パーセントヤレる奴にしか、金なんか使わねえよ」

「もー」ゆうは頬を膨らませた。

飛夫の隣に座ったあゆが「初めまして」と言ってニッコリ笑いかけた。

「どうも……」

龍平とデブタクはそれぞれ楽しそうに隣の女の子と盛り上がっていたが、飛夫は何を話していいかわからず、会話が続かなかった。

「龍ちゃんとタクちゃんの友達ですか？」あゆは沈黙に耐えられなかったようで、助け舟を求めるように龍平とデブタクに会話を振った。

「飛夫って言うんだよ。変な名前だろ」龍平も飛夫に気を遣ったのか、会話に参加しはじめた。

「トビオってどんな字書くんですか」

「飛ぶに夫だってよ」飛夫の代わりに龍平が答えた。

「面白い名前ですね」あゆが必要以上に笑ってみせる。

「おぉ、こいつ芸人だからよ、ピッタリの名前だろ」

「ええええっ、芸人さんなんですか？」あゆが必要以上に大きなリアクションをしてみせる。

するとゆうとジュリアも、お笑い芸人という言葉に食いついたようで話に参加してきた。

「ええっ、マジでお笑い芸人さんなんですか？」ジュリアが体を前のめりにして言うと、

「おいおいおい、腹がすげえことになってるぞ」と龍平が笑いながら三段に積み重なったジュリアの腹を叩いた。

「じゃあ、面白いことやってくださいよ」あゆが飛夫に向かって言った。

最悪だ——飛夫は「面白いことをやってください」と言われるのが嫌いだった。面白いことは舞台の上でやるもんだと思っている飛夫にとって、プライベートで面白いことをやってくださいというのはお笑いという職業を馬鹿にした発言だと思っていた。

「いや、いいや」飛夫は首を横に振る。

「なんでですか？　芸人さんなんですよね。面白いことやってくださいよ」あゆはこの会話の糸口を逃したくないのだろう、必死に食い下がってくる。飛夫は俯いて黙り込んだ。

「あれ、自信ないいんじゃないですか？」あゆが俯いた飛夫の顔を下から覗き込む。その瞳

はからかうように輝いていた。「もしかして、ジュリアちゃんの方が面白かったりして」と言ってあゆは手を叩いて笑う。それに合わせて、ジュリアとゆうも笑った。

「例えばさ、もしもサラリーマンの客が来たとして、その客に営業取って来てくださいって言うの?」飛夫はあゆを睨《にら》みつけて言った。「もしもイタリア料理のシェフが来たら、パスタ作ってくださいって言うの?」

「え?　え?　どういう意味?」あゆがうろたえる。

「俳優が来たら演技見せてもらって、サッカー選手が来たらドリブルしてもらって、野球選手が来たらホームラン打ってもらうのかよ」

「え?　え?　え?　もしかして怒ってます?」あゆの顔がひきつる。

「もしも、あんたがプライベートで合コンに行ったとして、キャバクラ嬢だって言った途端に、煙草に火をつけろ。灰皿取り替えろ。酒作れ。便所行ったからおしぼり持ってこい——って言われたらムカつくよね。俺はお笑い芸人を仕事としてやってんだよ。それでメシ食ってんだよ。なんで客としてこの店に来た俺が従業員のあんたのために、タダで笑いを提供しなきゃいけないんだよ。それに笑いっていうのは、あくまでも自然の流れを装って面白いことを起こすんだよ。面白いこと言ってくださいとか、わざわざハードル上げるようなことを言う人間に俺の笑いはわからないよ」飛夫はあゆを睨みつけたまま言いきった。

「どうしたんだよ、飛夫。楽しく飲もうぜ。見てみろよ。目の前には、オッパイが六個も並んでるじゃないか」デブタクが気を遣って盛り上げようとするが、盛り上がるわけがない。女の子たちも困った顔をして目配せをしていた。

「ごめん、変な空気にしちゃって」飛夫は席を立ち上がると、「俺、先に帰るわ」と龍平に言った。

「待てよ」とデブタクが飛夫の前に立ちはだかると、「よーし、帰るか」と言って龍平も立ち上がった。

「龍ちゃん？」デブタクが不思議そうな顔で龍平を見た。

「悪《わり》ぃな。飛夫の機嫌が悪くなっちゃったからよ」と言って、龍平はあゆの胸をチョンと触った。

「ちょっと何すんのよ、龍ちゃん」あゆが触られたあとで胸を隠した。

「悪《わり》ぃ悪《わり》ぃ。でもな、これは飛夫の機嫌を悪くした罰だな」龍平は笑いながらそう言うと飛夫の方を見た。「もしも、こいつの面白《おもしれ》ぇところを見たかったら、劇場に金払って見に来いよ。そんときは俺が飛夫の横に立ってるからよ」

飛夫は信じられない思いで龍平を見た。

「そんじゃあ行きますか」龍平はそう言うと出口に向かって歩きはじめた。飛夫も我に返り、慌ててあとを追う。

「ちょっと待ってくれよ」デブタクは二人に呼びかけてから女の子の方を振り返り、「ごめんね。変な感じになっちゃって、メールちょうだいね」と言って手を合わせた。

「わかった、メールするね」とジュリアがウィンクすると、

「オメエじゃねえよ」と言ってデブタクも急いでテーブルをあとにした。


「ごめん」飛夫は店を出ると龍平に謝った。

「何謝ってんだよ」龍平は本当になんの含みもない返事をした。

「なんか、こんな感じになっちゃって」

「オメエは悪くねえよ」

「でも……」

「お前、渋いよ。さっきのキレ方」

キレ方を褒められたのは初めてだった。

「あんだけキレんのは、お笑いに関しては曲げらんねえってことだろ。それって超渋いと思うぜ」

「ありがとう」

嬉しかった。こんなことを言われたのは初めてだった。人に理解されない飛夫のお笑いに対するポリシーは、飛夫にとって一番理解してほしい部分でもあった。しかし、自分の意見を曲げない性格は、非難を浴びることはあっても褒められたことはほとんどなかった。唯一、認めてくれていたはずの保ですら、最後には否定して去っていったのだ。

「本当、ありがとう」

龍平のさっきの態度にも感動した。龍平の知り合いの店の女の子にキレたのだから、ある意味、龍平の顔をつぶしたようなものだ。それなのに迷わず飛夫の味方になってくれた。そう考えたら、酒のせいもあって涙が滲み出てきた。

「おい、何泣いてんだよ」

「ごめん」

「わけわかんねえよ。お前、本当面白《おもしれ》えな」

飛夫は泣き、龍平は笑った。

「おいちょっと、なんで俺が全部払わなきゃなんねえんだよ」会計を済ませたデブタクがエレベーターから降りてきた。

「お前がキャバクラに行こうって言いだしたんだろ」と龍平が言うと、

「龍ちゃんだってノリノリだったじゃん」デブタクは龍平にツッコんだ。そして同意を求めるように飛夫を見た。「ん？　おい、何泣いてんだよ」デブタクは状況が呑み込めないまま、龍平と飛夫を交互に見て笑いだした。

「なんでもないよ」と涙を拭きながら飛夫が答えると、

「お前さ、なんで人が泣いてんの見て意味もわからず笑ってんの？」と龍平は笑いながらデブタクに言った。

「だって龍ちゃんが笑ってるから、きっと面白い理由で泣いてんだろ」

「お前、本当に馬鹿だな」龍平がデブタクを叩く。

二人が笑いながら話しているのを見て、飛夫も泣きながら笑いだした。

「ずいぶん楽しそうじゃねえかよ」

突然、三人の背後から平和な空気をぶち壊す声が聞こえてきた。飛夫が声の方を見ると、明らかにタチの悪い六人組がこっちを睨みつけていた。横を見ると龍平とデブタクも睨み返している。

「よう城川。全治三週間じゃねえのかよ。まだ半分ぐらいしか経ってねえけど出歩いてていいのかよ」龍平はフリスクを手のひらにカシャカシャと出しながら言った。

「おう、お陰様でよ。テメエを見つけ出して袋叩きにするぐらいには回復したよ」

「前歯抜けてっから、息が漏れて何言ってってっかよくわかんねえぞ」龍平は笑いながらフリスクを口の中に放り込んだ。

「相手にしないで行こうぜ」飛夫は龍平のライダースの肘の部分をつまんだ。

「おい、誰だか知らねえけど、逃げるならその二人置いてってくれよ。ちょっと今からぶっ飛ばさなきゃいけねえからよ」城川がゆっくりと近づいてくる。

「ちょっと待ってくれよ。何があったか知らないけど、こんなとこで喧嘩したら、すぐに警察来るよ」飛夫が言った。

「大丈夫だよ。警察が来る頃には血だるまになってっからよ」

「テメエがな」龍平が凄んでみせた。飛夫は見たことのない龍平の表情に一瞬怯んだ。

「もうさ、城川さんが見つけるたびに興奮しちゃうから、渋谷歩くなよ」城川の後ろにいた坊主頭に不精髭の男が首をまわしながら言った。

「おい岩崎、テメエはよ、イチイチ俺のやることに口出しすんじゃねえよ。文句があるならスカルキッズやめろよ」城川が岩崎のポロシャツの襟首を摑む。

「はあ？　なんで俺がやめなきゃなんないんすか。俺は佐山さんに誘われて入ったんっすよ」

「俺のやり方が気に入らねえなら、つきまとってねえで帰れよ」

「いやいやいや、俺もスカルキッズのメンバーっすから」

「じゃあ、黙ってろよ」

「はいはいはい、わかりましたよ」

「くそがっ」城川は岩崎を突き飛ばしながら襟首を離した。

「あ〜伸びちゃったじゃないっすか。これ結構高かったのに」岩崎は自分のポロシャツを気にした。

「おいおい、勝手に現れて勝手に仲間割れしてんじゃねえよ」龍平がへらへらしながら言った。

「うるせえんだよ！」城川が顎をしゃくり上げて叫ぶ。「俺にあんな真似して渋谷歩きやがって、スカルキッズなめてんじゃねえぞ」

「何がスカルキッズだよ。お前全然慕われてねえじゃねえかよ」そこまで言うと龍平はフリスクを噛み砕き、胸を張って思いっきり息を吸い込んで、「テメエこそな、ドラゴンフライなめんじゃねえぞ」と言った。

「何、コンビ名叫んでんだよ」

飛夫は龍平の口を塞《ふさ》ぎたくなった。

「テメエ、俺らはツルまねえとか言いながら、チーム作ってんじゃねえかよ」

城川の後ろにいたメンバーも、じりじりと近づいて来ている。

「違う違う。チームとかじゃないから」飛夫は必死に手を振って否定したが、誰も聞く耳を持たない、と言うより最初から飛夫は眼中にないようだった。

「その、ドラゴンなんちゃらってのは何人いるんだよ」

「二人だよ」

「二人だけかよ」城川とスカルキッズの面々が笑いだす。

「お前、それよ、今までと一緒じゃねえかよ。そのデブと二人だろ、何、格好つけて名前とかつけてんだよ」

「誰がデブだ、コラッ」デブタクは腹を揺すりながら前に出ると、「俺はドラゴンフライじゃねえんだよ。バーカ」と言った。

「なんだよ。それじゃ、お前と誰なんだよ。まさかそいつか?」城川がありえないという顔で飛夫を見ながら言った。

飛夫は高速で首を横に振る。

「そうだよ。こいつだよ」龍平は親指で飛夫を差した。

「は〜あ？」城川が飛夫を睨みつける。その目は明らかに飛夫を見下していた。

「いや、ちょっと待って、ドラゴンフライはそういうんじゃないから」

この空気の中で、お笑いのコンビ名だと発表するのは恥ずかしいような気がして言えなかった。

「って言うか、テメエ誰なんだよ」城川の顔がさらに近づいてくる。

「こいつは俺の相方だよ」龍平が飛夫と城川のあいだに割って入る。

「じゃあ、テメエも俺の敵だな」城川は龍平の肩越しに飛夫を物凄い形相で睨みつけている。

「いや、敵とかそういうんじゃないから」飛夫は思わず後ろに下がった。

「こいつは関係ねえだろうが！」龍平が凄味を利かせて叫んだ。

「お前が巻き込んだんだろっ」飛夫も小さく叫んだ。相方と言って気を引いたのは龍平の方だ。

「こいつら三人とも殺《や》れ」と言って城川が後ろに下がると、スカルキッズの面々が前に出てきた。

「三人って俺も……」飛夫は逃げ出したい気持ちでいっぱいになった。しかし二人は逃げる気がまったくなさそうなので、どうにも動けなかった。

「テメエはいつもそれだな。自分一人じゃ何もできねえならイキがってんじゃねえよ」龍平はそう言いながらポケットから小銭を出すと一番前にいる男の顔に投げつけ、右側にいる男の顔面にパンチを放った。そして続けざまに小銭をぶつけた男の顔面に頭突きを喰らわし、腹に蹴りを連続で入れた。

「オラッ」龍平が攻撃を始めたのを見て、デブタクも目の前にいる男の股間を思いきり蹴り上げた。

「があああ」蹴られた男が沈んでいく。

「ナイスキック」龍平はチラっとデブタクの方を見てそう言うと、すぐ別の一人の髪を掴み、顔面めがけて膝蹴りの連打を放った。

強い——飛夫は二人の喧嘩を見て驚いた。さっきまで自分と軽口を叩き合っていた二人が、六人相手に喧嘩を優勢に進めている。不良同士の喧嘩ってこんなに激しいものなのか、と思いながら何もできずに佇《たたず》んでいると、岩崎が飛夫に近づいてきた。

「どうやらお前が一番弱そうだね」

飛夫が逃げようとして背中を向けると、後ろから襟首を掴まれた。

「痛っ」

そのまま強引に振り向かされ、口のあたりを思いきり殴られた。口の中に鉄の味が広がる。岩崎が次のパンチを打とうとしたので、立ったまま亀のように体を丸め両腕でしっかりと顔をガードした。

「うっ」

パンチはガードをかいくぐって脇腹にヒットした。倒れ込みそうなほどに痛い。次に岩崎の拳が飛夫の耳を襲う。痛みとともに耳鳴りが脳内を駆け巡った。咄嗟《とっさ》に耳を押さえると今度は鼻にパンチが命中する。水を含んだスポンジを絞ったように、鼻からジョボジョボジョボと血が滴り落ちた。

殺される――と思った瞬間、「お前らの相手は俺だろうがっ」と言う声がして、岩崎の後頭部にエンジニアブーツが叩き込まれた。岩崎が近くにあった看板にぶつかりながら倒れると、龍平が倒れた岩崎を見下ろした。

「後ろからいきなりって、ずるいっしょ」呟くように岩崎は言った。

「城川、あとはテメエだけだぞ」と叫びながら龍平は振り返った。

飛夫もガードを解くとさっきまで城川がいたあたりに目をやったが、そこに城川はいなかった。

「ヤベエぞ、龍ちゃん！」デブタクが遠くを見て叫んでいる。

「どうした」龍平と飛夫がデブタクの視線の先を見ると、城川と二十人くらいのスカルキッズの仲間が、こちらに向かって走って来ていた。

「飛夫、先に逃げろ」龍平が唾を吐く。

「逃げろって、自分はどうすんだよ」飛夫は鼻血を手で拭いながら言った。

「やってやるよ」

「何言ってんだよ。すげえ人数じゃん」

「関係ねえよ」龍平は興奮して飛夫の制止を聞く気はないようだった。すると、

「君たち何やってんだ！」

城川たちが向かってくるのとは反対側から声が聞こえた。振り返ると、警官が二人こちらに駆けて来ていた。

「これはマジでヤバイでしょ！」飛夫は焦って大声になっていた。

「くっそー」龍平は再び唾を吐き捨てた。

「龍ちゃん、飛夫、こっち！」デブタクがいつの間にか移動して、反対車線の路地の入り口で手を振っている。

「行こう」飛夫は龍平のライダースの袖口を摑んで走りだした。龍平がついて来るのがわかって飛夫は少しホッとした。路地の入り口でデブタクと合流し三人が振り返ると、すぐ

そこまで城川たちが迫ってきていた。

「ちょっと待ってろ」龍平はそう言うと、いきなり城川の軍団に向かって走りだし、城川の顔面めがけて飛び蹴りを喰らわせた。

「がはっ」城川が鼻から血を噴き出しながら倒れる。

「死んでろ！」と叫ぶと、龍平は呆気にとられているスカルキッズの面々を尻目に物凄い勢いで飛夫たちのもとに帰ってきた。

「あ～すっきりした」子供みたいな笑顔で龍平が言った。

「じゃあ、逃げるぞ」デブタクは、すでに路地の中に走りだしている。

「よっしゃ」龍平も走りだす。

我に返ったスカルキッズの面々が「オラアア」と怒声を上げながら向かってくる。

飛夫は慌てて、龍平のあとを追った。


「何考えてんだよ」飛夫は血に染まったティッシュを鼻から抜き出すと、新たに箱からテイッシュを二枚引き抜き、鼻をかんだ。血の混ざった鼻水がティッシュを汚した。

「何がだよ」龍平は悪びれる様子もなく、フリスクを口に放り込み、「食べる?」とフリスクのケースをカシャカシャと振りながら飛夫に差し出した。

「食べる?　じゃねえよ」

「何カリカリしてんだよ」さっきまでの物凄い形相が夢だったかのように龍平は呑気な顔をしていた。

「そりゃカリカリするだろ。あんな派手な喧嘩して、警察に捕まったらどうするつもりだったんだよ」飛夫はさらにティッシュを二枚箱から引き抜き、鼻をかんだティッシュと鼻に詰めていたティッシュを一緒に包んで丸めた。

「留置所行きだな」龍平は当たり前のようにあっさりと答える。

「あのさ、喧嘩なんかして留置所行ったら、もう芸人できないかもしれないんだぞ」龍平の返事に呆れながらも、飛夫は強い口調で言った。

「自分だって留置所に入ってたじゃねえかよ」

「あれは酒飲んでたし……」痛いところを突かれて口調も弱くなる。

「俺も今日酒飲んでんだけど」

「俺の場合は一方的にやられただけだから」

「同じパクられるなら、殴られてパクられるより、殴ってパクられた方が得だろ」楽しそうに龍平が言う。

「損得の問題じゃねえだろ。本当に芸人になりたいなら、喧嘩なんてやめないとクビになるぞ」

「お前さ、言ってることおかしくない？」

「おかしくないだろ」

「だってよ、俺は喧嘩して留置所に入ったから、お前と出会ってコンビ組むことになって芸人になったんだぜ」

「そうだけど……」飛夫は言葉に詰まった。

「喧嘩してなかったら、お前に会ってもないしコンビも組んでないぜ。それなのに喧嘩するなって矛盾してんだろ」

「確かに、龍平が喧嘩したおかげで俺たちは知り合いになったけど、喧嘩のおかげで芸人なれなくなったらプラマイゼロだろ。いや、むしろ警察に捕まってんだからマイナスだよ。パチンコだってそうだろ、プラスのときにやめときゃよかったってよくあるじゃん。このまま喧嘩ばっか続けてたら本当に刑務所送りになって、超マイナスだよ」

「そっちこそ屁理屈だろ」

「そっちが先に屁理屈言ったからだろ」と言って飛夫は大きく溜息をついた。これからも龍平とコンビを組んで漫才をやっていく以上、ドラッグ同様、喧嘩もやめてもらわなくては困るのだ。

「まあ、俺は売られた喧嘩は買うってだけだからよ。あいつらが仕掛けてこなけりゃ何もしねえよ」

「あいつらが仕掛けてきたら逃げればいいだろ」

「そんなのダサすぎてできねえよ。なめられんだろ」

「あのさ、喧嘩なんかでなめられるなんて、今だけだろ。そんなことより、漫才で有名になってテレビ出てみろよ。あいつらがどんだけ悔しがるか。そのときが本当の勝ちだろ」

「う〜ん」龍平が腕組みをして目をつぶる。飛夫はここで一気に攻めようと思った。

「一生そうやって喧嘩していくつもりかよ」

「一生じゃねえとは思うけど……」龍平が珍しく口ごもる。

「喧嘩が強いのが格好いいなんて高校生までだろ。そんなのが役立つのなんてヤクザぐらいだろ。いや、ヤクザだってそんなに感情的になって喧嘩なんかしねえぜ」

「そうかもしれねえけど、腹立つもんはしょうがねえだろ」

「そりゃ、社会に出れば腹立つことだらけだよ。でも、それを解決するのは暴力じゃねえ、努力だよ。努力して打ち勝って、一番になって見返すんだよ」

「努力とかしたことねえからな」

「今まではやりたいことがなかったからだろ」

「やりたいことか……俺のやりたいことってなんなんだろうな」

「お笑いだろっ」飛夫は思わず転びそうになる。

「あっ、そっか。やりたいこと見つかりたてだから、慣れてねえんだよ」と言って龍平は豪快に笑った。

「ったく」飛夫もつられて笑ってしまった。

そして飛夫はあらためて真剣な表情を作ると、「龍平」と呼びかけた。

「なんだよ」飛夫のやけに真剣な表情に龍平は戸惑いをみせた。

「人は変われんだよ」と飛夫は自分に言い聞かせるように言った。

「保護者かよ」龍平がツッコむと、

「とりあえず、ラーメン食べようぜ」いいタイミングでキッチンから出てきたデブタクが、飛夫と龍平の前に丼を置いた。

三人は渋谷でスカルキッズを振り切ると、タクシーに乗りデブタクの家に来ていた。デブタクの家は六畳一間のロフト付きで、入り口の横に一畳ほどのキッチンがあった。男の一人暮らしにしてはきれいな方で、お香を焚いているのか、いい匂いがする。

「いただきます」龍平がラーメンをすすりはじめた。「旨《うめ》ぇ〜。デブタクの作るサッポロ一番塩ラーメンは最強だな」

飛夫も丼を持ち上げる。確かに旨そうだと飛夫は思った。スープの中に黄色と白の半熟卵が浮かび上がり、丼の中央には炒めた厚切りのベーコンとコーンがあり、その上には四角く切ったバターが載っていて溶けはじめている。さらにその上からパルメザンチーズとブラックペッパーがかけられていた。インスタントとは思えない手の込み方だった。

飛夫も箸で麵を持ち上げてすする。口の中の傷が痛んだが、すぐにバターとパルメザンチーズの味が口の中に広がって、一瞬痛みを忘れた。

「どう?」デブタクがニコニコしながら飛夫のコメントを待っている。

「めちゃくちゃ旨いよ」

「だろ」デブタクは嬉しそうにそう言うと、自分も麵をすすりだした。

「こいつよ、めちゃくちゃ料理上手《うめ》ぇんだよ。毎月、オレンジページとか買ってるしよ」

確かに部屋の隅の小さなカラーボックスに料理の本が並んでいた。

「女にモテたくて料理作りだしたんだけどさ――」デブタクがそう言ってスープをすすると、

「女にはモテねえけど、料理だけどんどん上手くなってんだよ」続きを龍平が言った。

「うるせえよ」

「結局、家に女なんて来ねえから、自分で旨いもん作って自分で食って、太っちゃってんだよ」龍平はゲラゲラ笑いながら飛夫に説明した。

「もう作ってやんねえぞ」

「ごめんごめんごめん」

不思議な奴らだな——飛夫は思った。さっきまであんなに激しい殴り合いの喧嘩をしていたのが嘘のように、二人は楽しそうに笑っている。そしてこんなに笑ったあとでも、きっとすぐに喧嘩を始めてしまう厄介な二人組なのに、不思議と一緒にいると楽しかった。交わす言葉の一つひとつが無邪気で、ただただ会話を楽しんでいる。お互いのことをよく知っていて、言いたいことを言い合って笑っている。

飛夫にこんな時代はなかった。学生時代をほとんど一人で過ごし、社会に出てからも一人で過ごし、芸人になってからも一人で過ごした。こんな風に友達や仲間と笑って過ごすことはなかった。笑わせる職業を選んでおきながら、自分自身が笑うことはほとんどなかった。

「何黙ってんだよ」と龍平に言われて、

「マジで旨いよ、このラーメン」と飛夫は慌ててスープをすすった。ラーメンの温かさで鼻水が出てくる。

「お前汚《きたね》ぇな。鼻水出てるよ」龍平はそう言うと、飛夫にティッシュの箱を渡した。

飛夫は箱からティッシュを抜き取り、鼻を拭うと「明日、何してんの？」と龍平に聞いた。

「昼はバイトで夜は何もしてねえよ」

「じゃあ、ネタ合わせしようか」

初めてのネタ合わせの誘いだった。言い慣れているはずの「ネタ合わせ」という言葉が、つい最近まで芸人でもなんでもなかった男に対して使うと、なんだか気恥ずかしかった。それは、付き合いたての彼女をデートに誘うような、そんな嬉しさと照れが混じり合ったような感情だった。

「おう、ネタ合わせしようぜ」龍平は初めて口にするその言葉が気に入ったようで、ネタ合わせを強調して言った。

「じゃあさ――」デブタクは丼を置いて二人をじっと見つめると、「何時にどこに集まる？」と言った。

「いや、来なくていいから」飛夫は思わずツッコミを入れる。

「なんか寂しいな」と言うと、デブタクはラーメンを物凄い勢いで食べはじめた。


「ドラゴンフライです。よろしくお願いします！」

深夜の公園に飛夫と龍平の声が響く。二人は外灯の明かりの下で、公衆便所に向かって漫才をしていた。

「お化け屋敷ってめちゃくちゃ怖くないですか？」飛夫が早口で龍平に問いかける。

「そうか？　全然怖くねえだろ」龍平がそれに答える。

「めちゃくちゃ怖いでしょ」

「全然怖くねえだろ」

「怖いって。じゃあちょっとお化け屋敷やってみようよ」

「いいですよ」

普通では考えられないテンポで会話が進められていく。

「じゃあ俺がお化けやるから、龍平君は屋敷やって」飛夫が龍平を指差す。

「屋敷ね」龍平は一瞬、体で屋敷を表現しようとしてから、

「できねえよ。どうやって屋敷やるんだよ」と言って、飛夫の肩を思いきり叩いた。

「痛い痛い痛い。ちょっと待った」飛夫は叩かれた肩を押さえた。

「どうしたんだよ」龍平が不思議そうな顔で飛夫を見ている。

「何してんだよ。痛いよ」

「ツッコミだろ」得意げに龍平が答える。

「痛いよ」飛夫はしかめっ面で自分の肩をさすった。

「お前が肩叩けって言うから叩いたんだろ」

「強いよ」

「わかったよ、もっと弱くやればいいんだろ」龍平が不満そうに言いながら前を向くと、

「じゃあもう一回最初からいくよ」と言って飛夫もトイレの壁に向かった。

「おう」

二人は姿勢を正し、壁に向かって「ドラゴンフライです。よろしくお願いします!」と言って頭を下げる。

「暑くなってきましたね」

「めちゃくちゃ暑いですね」

「暑くなると肝試しとか、お化け屋敷とか行きたがる人いるけど、考えられないですよね」

「なんで？　お化け屋敷いいじゃないですか」

「お化け屋敷ってめちゃくちゃ怖いじゃないですか」

「そうか？　全然怖くねえだろ」

「めちゃくちゃ怖いでしょ」

「全然怖くねえだろ」

「怖いって。じゃあちょっとお化け屋敷やってみようよ」

「いいですよ」

「じゃあ俺、お化けやるから、お前屋敷やって」

「屋敷ね」龍平は一瞬、体で屋敷を表現しようとしてから、

「できねえよ。どうやって屋敷やるんだよ」と言って、ゆっくりと飛夫の肩に手を置いた。

「弱いよ」飛夫は再び漫才の練習を中断させた。

「なんだよ」ムッとしたように龍平が言う。

「弱いって」

「お前が強いって言うから、弱くしたんだろ」

「弱すぎるよ」

「なんだよ、強いっつったり弱いっつったり」

「散々、喧嘩で人のこと殴ってきたんだろ。ちょうどいい感じで叩いてくれよ」

「人のこと殴るのに、ちょうどいい感じなんて考えたことあるわけねえだろ」

「ダメージがない程度で、それでいて見た目に派手な感じで叩いてくれよ」

「なんだよそれ、難しいな」龍平は子供のように口を尖らせた。

「あと〝できねえよ〟って言うときに、もうちょっとツッコミっぽく言ってくれるかな」

「ツッコミっぽくってどういう感じだよ」

「普段喋ってるときに普通にツッコめてんじゃん」

「意識するとわかんねえんだよ。俺って普段どんな感じだったっけ」

「〝できねえよ〟の前に〝ん〟って言う感じ」

「んできねえよ」

「〝ん〟ってハッキリ言いすぎ。〝ん〟って息を抜く感じで、ₙできねえよ」飛夫が実際にやってみせる。

「んできねえよ」龍平は飛夫の真似をする。

「違う違う。ₙできねえよ」

「んできねえよ」

「違う違う。んできねえよ」

「んできねえよ」

「違う。んできねえよ」

「違いがわかんねえんだけど」龍平は頭をかきむしり、「もう無理」と言って歩きだし、ベンチに腰かける。

「いや、練習すればできるって」飛夫も追いかけるように歩いて、ベンチに座った龍平の前に立って言った。

「無理だよ」龍平は顔を背けた。

「ふて腐れんなよ」

「無理だって」

「できるって」

「んできねえよ」

「それだよ!」飛夫が弾んだ声を出す。

「えっ⁉」

「今の〝んできねえよ〟だよ」

「どれ？」

「今のだよ！」

「えっ？　俺、どんな感じで言ってた？」

「もう一回言ってみて」

「できねえよ」

「あ〜もう違う。さっきできてたじゃん」

「できねえよ」

「違う」

「できねえよ」

「違う」

「んできねえよ」

「それ！」

「えっ！」龍平が顔を輝かせる。

「もう一回言ってみて」飛夫も興奮している。

「んできねえよ」龍平がベンチから立ち上がる。

「それそれ！」

「んできねえよ」

「いい感じじゃん」

「んできねえよ」

「じゃあ、俺お化けやるから、お前屋敷やって」飛夫は漫才の台詞を言ってみせた。

「おう」龍平が一瞬屋敷を体で表現しようとしてから「できねえよ」と言って飛夫の肩を叩く。

「違うな」飛夫は首を傾げた。

「えーっ、なんなんだよ」龍平はガッカリした様子で飛夫を睨みつけた。

「そんで力強すぎるし」再び飛夫が自分の肩をさすりながら言った。

「ああ、くっそー」龍平はふて腐れたように小石を蹴飛ばした。

「もう一回やるよ」飛夫はかまわずに漫才を再開した。「俺がお化けやるから、お前屋敷やって」

「おう」龍平は半ばヤケクソに屋敷を体で表現しようとしてから、「んできねえよ」と言って飛夫の肩を叩く。

「それだよ」

「えっ！」一瞬飛夫を見つめてから龍平の顔に笑みがこぼれ出た。

「今の〝んできねえよ〟の言い方といい、肩を叩く強さといい、バッチリだよ」

「マジかよ！」龍平は嬉しそうに言うと、飛夫を抱き締めた。

「ちょっと何してんだよ」驚いた飛夫はくっついている龍平を突き放そうとした。

「できたよ、できた！」だが龍平は、さらに力強く飛夫を引き寄せると、飛夫の頭を撫《な》でまわした。

「おい、夜の公園で男二人が抱き合って、頭撫でてたら、完全にホモだと思われるだろ」

「本当だよ」急に我に返った龍平は飛夫を軽く突き飛ばし、「できねえよができた！」と小躍りしはじめた。

「ややこしいな」喜びまくっている龍平を見ながら飛夫は呆れていた。しかし悪い気はしなかった。

「だってよ、すげえじゃん。俺、生まれて初めて漫才やるんだぜ。それが初日でできちゃうって、もしかして、すげえ才能あるんじゃねえの？」

「いや、まだ最初の部分のツッコミをクリアしただけだから」

「バーカ、最初クリアしたらこっちのもんだよ。なんとなくコツは摑んだからよ」浮かれながら龍平はガッツポーズをしてみせた。

「本当かよ」

「本当だよ。よっしゃ、こっからはガンガンいくぞ」

「でも、もう二時だよ」

公園にやって来て、飛夫の書いた台本を読みながら練習を始めてから二時間が経《た》っていた。

「関係ねえよ。オールだろ、オール」龍平は飛夫の尻をパシッと叩いた。

「じゃあ、やるか！」龍平のやる気を見て、飛夫のテンションも上がってきた。飛夫が立ち位置に向かって歩きだすと、

「でも、やっぱ、プロが書くネタってすげえのな」龍平が何気なく呟いた。

「えっ⁉」

「だってよ、俺みたいな素人がやっても面白くなっちゃうんだからよ」龍平が笑顔で言う。

飛夫は自分の喜びを悟られないように、「まだ、客の前でやってないんだから、わかんないだろ」と感情を抑えて言った。

「いや、お前の書くネタは大丈夫だよ。絶対にウケるね。俺が保証するよ」龍平が胸を張ってポケットに手を突っ込み、自信満々に答えた。

「素人のくせに」飛夫は冗談ぽく言い返す。内心は喜びでいっぱいだった。なぜなら今日龍平が自分の書いたネタを読んでどんな反応をするか、ずっと不安だったからだ。

「何言ってんだよ。客は全員素人なんだろ。素人の俺が面白いって言ってんだから間違いねえよ」

頼もしいな――と飛夫は感じた。龍平の無邪気さ、自信、すべてが心地よく感じられた。芸歴を重ね、努力しても売れないという現実を突きつけられ、拗ねて、ふて腐れて、それでもお笑いにしがみついて、純粋に楽しむことを忘れていた。しかし、目の前にいるド素人の男は、純粋にネタ合わせを楽しみ、希望に満ち溢れている。

「玄人《くろうと》の俺からも、素人のお前に一言だけいいかな」

「屁理屈言ったら、ぶん殴るぞ」

「俺のネタを面白くできるのは、ツッコミが龍平だからだよ」

「わかってんじゃねえかよ」と言うと龍平は笑いながら飛夫の肩を力いっぱい叩いた。

「痛いよ」と言って飛夫も笑った。

飛夫は、横で眠る由美子を抱き締めると、腕に頬を擦りつけた。由美子は「う〜ん」と

言いながら寝返りをうって、飛夫の足の上に足を乗せてきた。絡み合う足と足、脛毛《すねげ》と脛毛……。

「ん？」

飛夫は自分の足と絡み合っている足に脛毛が生えていることに違和感を覚えて、ゆっくりと目を開けた。頬ずりをしていた腕がやけに筋肉質で太く、肌色の下地の上に何やら派手な色が載っていることに気がつく。腕から頬を離して、眠い目を擦ってよく見ると、鬼がこちらを睨みつけていた。

飛夫は驚いてガバッと上半身を起こすと、腕の持ち主を見た。

ぐ〜ぐ〜。

そこにはイビキをかいて眠っている龍平がいた。

夢か——飛夫はそう思いながら、勃起しているチンコを自分で触って慰めた。

二人は朝の六時までネタ合わせをやり、飛夫の家に戻ってビールを一本ずつ空け、疲れてそのまま眠ってしまったのだ。

飛夫はゆっくりと起き上がると、冷蔵庫から爽健美茶のペットボトルを取り出し、グビグビと飲み干した。

「ああ〜」寝起きの爽健美茶は、飛夫にとっては一日の終わりに飲むビールに匹敵する旨さだった。水だと物足りない。緑茶や麦茶やウーロン茶だと味が濃い。ジュースなんてもってのほかだ。喉の渇きを潤すには爽健美茶が最適だった。

次に飛夫は煙草に火をつける。これもまた飛夫にとっては至福のひとときだ。眠っているあいだ、ニコチンが抜けていた体に煙を染み込ませてやる。一日の中で本当に旨い煙草は朝の一本だけかもしれない。他のときに吸う煙草は手持無沙汰の慰めだったり、会話が途切れて気まずいのを誤魔化すためだったり、休憩をしているという実感を得るためだったり、何かを待つための暇つぶしだったり、とにかく旨いと思って吸っているというよりは、習慣で体の中に煙を運んでいるといった感じだ。たて続けに吸ったときなどは、むしろ不味《まず》いと思いながらも惰性で吸っている。それでも飛夫が煙草をやめられずにいるのは、この起きぬけの一本がめちゃくちゃ好きだったからだ。だから、この一本を味わっている時間を宅配便などの訪問で邪魔をされることは許せなかった。

コンコン。

まさに、その至福のひとときの邪魔をする訪問者がドアを叩く音が聞こえた。飛夫は煙草を未練いっぱいに吸い込む。

コンコン。

訪問者が催促するようにドアを叩く。

「わかってるっつうの」飛夫は最後の一口と言わんばかりに煙草を大きく吸い込むと、灰皿で揉み消した。

ドンドンドンドン！

ドアを叩く音が急に大きくなった。先程とは明らかに違う、強くて、しつこくて、何よりもガサツな叩き方だ。飛夫は嫌な予感がして、ドアを開けるのをためらった。

ドンドンドンドンドンドン！

「黒沢さーん、いますよね。金融会社の者ですけど」

嫌な予感は的中した。借金の取り立てだった。飛夫は今までは遅くとも三日遅れだったし、なんとか利息分だけは必ず支払っていたので、電話で注意されることはあっても、取り立て屋が家に来るのは初めてだった。自分自身、返済が滞っている自覚はあったし、金融会社からの電話に気づいていながら出ていなかったので、そろそろ借金取りなるものが我が家を訪れることになるのではないかという予感はあった。しかし、こんなに早く来るとは思っていなかった。

また、保の家で借金取りの男に遭遇していたので、ああいうタチの悪い取り立て方が遠い世界のお話ではないということも実感していた。

ドンドンドンドンドン！

「お金返してないでしょ。債務整理でうちにまわってきてるんだよね」

返せるお金があるのであれば、すぐにでもドアを開けるが、そんなものはどこにもない。

ブラックストーンの解散が決まってからは、劇場の出番も営業も前説の仕事も激減し、追加の仕事もまったくなかった。そのため、ただでさえ少ない収入は、小学生のお小遣い並みだった。その上、由美子が出て行って家賃を払わなければならず、手元に現金は全くなかった。

飛夫は居留守を決め込むことにして、息を殺してその場にしゃがみ込もうとした。そのとき龍平がガバッと上半身を起き上がらせ、「うるせえぞ！」と怒鳴った。

「馬鹿っ」

出会って間もない龍平に対し、心底馬鹿だと感じたのは初めてだった。

「な〜んだ。やっぱりいるんじゃねえか」

ドアの外から湿った声が聞こえてくる。

「誰だ」龍平は寝起きの不機嫌な顔でドアを睨みつけたまま言った。

「やめろって」飛夫はこの期に及んでも、まだ声をひそめて喋った。

「金融会社の者だけど」

「なんだよ、お前借金してんのかよ」龍平は呑気に股間をかきながら飛夫に話しかけた。

「ちぇっ」龍平の言い方に思わず舌打ちが出た。

「うるせえからよ、早く出ろよ」

「返せる金があったらとっくに出てるよ」ふて腐れたように答えた。

「なんだよ、金ねえのかよ」

「ねえよ」

「だったらシカトしとけよ」

「してたんだよ」

ドンドンドンドン！

再びドアが拳で叩かれる。

「とりあえず、ドア開けちゃおうよ」

ドアの外からやけに能天気な声が聞こえてくる。

観念した飛夫が鍵を外した瞬間にノブがまわり、乱暴にドアが開いた。

「いるならすぐに出てくれないと」

そこにはパンチパーマにジャージ姿の、見覚えのある男が立っていた。

「あっ！」飛夫は思わず声を漏らした。

「久しぶりだな。結構酔っ払ってたくせに、ちゃんと覚えてるっぽいな」

「はい……」

「お前にゲロをかけられた、金井だ」と言うと金井はゴシゴシとパンチパーマを擦ってみせた。

「すいませんでした……」見るからにガラの悪い人間にゲロを吐きかけて、居場所を突き止められたからには、ただでは済まないだろうと思った。借金返済のことよりも、むしろそっちにビビっていた。

「安心しろよ。ゲロの件はもう解決してっからよ」

予想外の展開だった。なぜ解決済みなのか聞きたかったが、それが藪蛇《やぶへび》となって金井の気持ちが変わるのを恐れ、質問を呑み込んだ。金井の言う通り、ここはひとまず安心した。

「それより、これからはうちが取り立てするから。書類来てるでしょ」

安心したのは束の間だった、と言うよりもこちらがもともとの不安材料であって、そうだこっちがあったか——と思い出した感じだった。

「こいつ金がねえんだってよ。また日ぃあらためて来てもらっていいかな」龍平が口を挟む。

「誰だ、テメエはっ」金井が部屋の中に入ってくる。

「こいつの友達だけど」龍平が顎で飛夫を指した。どうやら龍平には誰に対しても敬語を使うという考えがないらしい。

「龍平、いいから」飛夫は金井と龍平の対角線上に入って二人の目が合わないようにした。龍平にしても金井にしても、この手の人種は目が合っているだけでボルテージが上がっていくものだと飛夫は認識していた。

「なんだよ、金ねえんだろ」龍平は右手で股間を、左手でドレッドの頭をボリボリとかいている。

「そうだけどさ……」

そんな理由で借金取りが取り立てを諦めるとは思えなかった。

「だから代弁してやったんじゃねえかよ」

「頼んでないから」

「なんでだよ、金がねえんだからまた来てもらうしかねえだろ」龍平は立ち上がると飛夫と金井の方に向かってくる。

「頼むからそこにいてくれよ」飛夫は両手のひらを龍平に向けて止まるようにジェスチャーをした。

「おい、こっちのことほっといてんじゃねえぞ」少しのあいだ蚊帳の外にやられた金井が飛夫の肩を摑み、強引に振り向かせる。「とりあえず利息分払ってもらおうか」

「あの、お金ないんで、明日必ず振り込みますから、今日は帰ってもらえないですかね」

飛夫は頭を下げながら懇願する。言っていることは龍平と同じ理屈だった。

「一緒じゃねえかよ。結局、俺が言ったのと同じことじゃんよ」龍平が飛夫の背中をパシッと叩く。

「言い方が違うだろ」と飛夫は振り返って、龍平に目配せをした。揉めたくないということを伝えたかった。

「言葉遣いだけじゃねえかよ」

飛夫の思いは伝わらず、龍平は場違いな笑顔を浮かべた。

「テメエはさっきからなんなんだよ。なめた態度取ってねえで引っ込んでろ！」

金井が大きな声を出した瞬間に龍平の顔つきが変わった。

「俺がツレの家でどんな態度で過ごそうが、テメエには関係ねえだろうが」

龍平と金井が飛夫を挟んで距離を詰める。そのときドアの外から新たな声が聞こえてきた。

「何してんねん」声の主が半開きのドアを開いて中に入ってきた。「おい、金井。お客さんに向かって大きな声出したらあかんやろ」

「あっ」飛夫は状況がまったく理解できずにその場に立ち尽くした。かつて人生に絶望していた飛夫に、テレビの中から夢と希望を与えた漫才師の河原にそっくりな男が、なぜか目の前に立っていた。

河原の活動の拠点は大阪で飛夫は東京だったため、吉木興業にいたときでさえ一度も会ったことはなかったが、河原が組んでいたダークスーツのネタはビデオで穴が開くほど見ていた。

世間ではほとんど知られていないダークスーツではあったが、飛夫にとってはカリスマであり憧れの存在であった。その憧れの男が借金取りとともに現れたのだ。飛夫は頭の回転が速い方だったが、このわけのわからない状況に対して頭はピタリと停止したままだった。

「……あの、ダークスーツの河原さんですよね？」飛夫は自分の見ているものが信じられず、恐る恐る言った。

「人違いやな」あっさりと目の前の男が言った。

「そんなはずないです。ダークスーツの河原さんですよね」

「立花金融の河原や」

「えっ」飛夫は男が言った言葉の意味がすぐにはわからなかった。

「黒沢飛夫さんやな。困りますよ、ちゃんと支払期日に利息分だけでも納めてくれへんと」

「そんな……」止まっていた頭がやっと回転を始める。目の前にいる憧れの男は、借金の取り立て屋になっていたのだ。「あの、僕、ダークスーツに憧れて吉木興業に入って、漫才やってるんです」

飛夫は憧れの河原に出会えた喜びと、その河原が借金取りになっていたことのショックで、まったく場違いなことを口走っていた。自分でも場違いだとはわかっていても伝えずにはいられなかった。河原は黙って下を向いた。飛夫の部屋が静けさに包まれる。

「お前ら解散したんだろ」

沈黙を破ったのは金井だった。飛夫は驚いて金井を見た。

「なんで知ってんですか？」と言ってから、すぐに保から聞いたのだと理解した。

「どうでもいいだろ、そんなこと」金井はポケットからピースを取り出して火をつけると続けて、「解散してんだったら、今、収入ねえんだろ。どうやって返済するつもりだよ」と言った。

「そんなもん簡単だよ」龍平が一歩前に出る。

「テメエは関係ねえんだよ。引っ込んでろ！」金井がイラついたように怒鳴った。

「関係あんだよ」

「関係ねえだろ。どう関係あんだよ、言ってみろ」金井は龍平に顔を近づけて睨みつける。

龍平は余裕の表情で金井を睨み返すと、「俺はこいつの相方だよ」と親指で飛夫を指した。「俺が相方になったからには、一〇〇パー売れて、バリバリに稼ぐからよ。いくら借りてんのか知らねえけど、そんな屁みたいな借金は利子つけて速攻で返してやるよ」

飛夫は、軽々しく「売れる」と言ってしまう龍平が新しい相方だということを河原に知られて少し恥ずかしく感じた。

「あのな、龍平君やったっけ。売れようが売れまいが、利子はつけて返してもらわなあかんねん」河原はまるで子供と話すような口調で龍平に言って聞かせた。

「とにかく今日はこいつ金がねえんだってよ。だから日ぃあらためて来てくれよ。売れたらバーンと一括で返すからよ」

龍平が「売れる」と言うたびに、飛夫は恥ずかしく思う。

「テメエらみたいなもんが、売れるわけねえだろ」金井が龍平の襟首を摑んだ。

「なんだとこの野郎」龍平も金井の襟首を摑み返す。

「やめろ、龍平」飛夫は龍平の肩を摑むと、必死に金井から引きはがそうとした。

「やめとけ、金井」河原も金井の肩を叩き、収めようとしていた。

「でも、この糞ガキ」金井は納得のいかない様子で、龍平の襟首を持ったままその手に力

を入れた。しかし、「いいから、やめとけ言うてるやろ！」と河原が大きな声を出すと、

「糞がっ」と言って金井は龍平の襟首を離した。

「龍平、頼むから離せって」飛夫は龍平の肩を揺すりながら懇願するように言った。

「おい、龍平君。漫才やりたいんやったらその手ぇ離し。漫才できひんくなるぞ」河原が龍平の目を見つめた。

　龍平は舌打ちすると金井の襟首を離し、悔しそうに視線を外した。

「それやったら二日後やな」河原が突然飛夫に向かって切り出した。

「えっ、もしかして、待ってもらえるんですか」飛夫は河原の突然の、そして意外な提案に驚き、半信半疑に尋ねた。

「待つ言うても、その分利息はちゃんともらうで。飛夫君がうちから借りてる元金の残りが四五万で月の返済額が一〇万、遅延金が五万円で計一五万や。二日後に一五万耳揃えて事務所に持って来い」

「月の利息だけでそんなに？」飛夫が驚いて言うと、
　金井が、「うちの会社は今までみたいに甘くないぞ」と素気なく答えた。

「お前そんなことになっちゃってんのかよ」と言う龍平に向かって、

「龍平君、君の相方はそういうとこから金借りとんねん。そこまでして、それでも十年、

二十年売れへんのが芸人っちゅう職業や。中途半端な気持ちやったら、今のうちにやめとくんやな」

飛夫は河原の言葉に思わず頷き、龍平の顔を見た。龍平は落ち着いた表情で河原の目を見つめ返している。

「今まで努力とかナシで生きてきたんすよ」

龍平はなぜか河原に対して敬語で答えた。その様子を見ていた飛夫は、龍平に思わず敬語を使わせる河原はやはり只者ではないと感じていた。

「そろそろ飽きてきたんすよ」そこまで言うと龍平は大きく息を吸い込み、「中途半端ってやつに……」と続けて、子供のような笑顔を見せた。

「まあ、頑張りや」河原もつられるように笑顔を作る。飛夫がテレビでは見たことのない河原の表情だった。

龍平は親指を立てると、「楽勝だよ」と言って河原に向かって突き出した。

「甘くねえっすか」金井は龍平を横目に見ながら、不満そうに苦言を呈した。

「二日分利息が増えるんだからええやろ。むしろプラスや。その代わり二日後に払われへんかったら、いよいよ本格的に取り立てや」河原はそこまで金井に言うと、飛夫に向き直って「わかってんな」と言った。

「はい」飛夫は龍平の返答に少しだけ清々しくなっていたが、そんな気分は一気に吹き飛んだ。

「それとよ、一応教えといてやるよ」金井は吸っていた煙草を流し台に溜まっていた水で消すと三角コーナーに捨てた。「お前の相方の石井保な。やっと捕まったよ」

「捕まったって、あいつ、今どうなってんですか」借金取りに捕まったなら酷い目に遭っているに違いないと思いながら、飛夫は唾を飛ばして言った。

「おいおい、誤解してんじゃねえよ。俺たちは暴力団じゃねえんだからよ」金井がへらへらした口調で言う。

「今どうしてるんですか」

「ちゃんと借金を返せるような仕事をうちが紹介したんだよ」

「どこにいるんですか」飛夫が金井に詰め寄る。

「知ってどうすんねん」河原が静かに口を開く。「解散したんやろ」

「そうですけど……」何を言っていいのかわからず飛夫は口ごもった。

「ほっといたれや。あいつも新しい人生進まなあかんねん。お前に会ったら、また漫才やりたなるやろ」

「それはないですよ」

解散を言いだしたのは保の方なのだ。

「一回がっつり舞台踏んでた奴はな、いくら自分でやめるって決めても、芸人続けてる奴に会ったら、うらやましなって、またやりたなんねん」

「河原さんも……」

「アホか、やめて何年経ったと思っとんねん。未練のかけらもないわ」

「ダークスーツは運が悪かったっていうか、あのままやってたら絶対に――」

「売れてへん」

「だって、暴力事件さえなければ――」

「一つだけ教えといたるわ」河原が飛夫の言葉を遮る。「どんなに才能があっても、どんなにウケてても、売れへん奴は何かが足らんねん。運だけで売れる奴はおってもな、運が足りなくて売れへんって奴はいいひん。おもろい奴は何年かけてでも、いつかは売れんねん。だからが俺があかんかったのは運やなくて、何かが足らんかったんや」そう言うと河原はポケットに手を入れて、「それとな――」と続けようとした。そのとき、

「一つだけじゃねえじゃん」龍平が間髪入れずにツッコミを入れる。

「一つだけって言ったのに、〝それとな〟って二つ目の教えに差しかかってんじゃん」

「テメエは、この野郎」金井が顎をしゃくり上げる。

「なんだテメエこの野郎」龍平も同じように顎をしゃくり上げる。

「おもろい奴やな」河原は大笑いして、「行くぞ」と金井に言うとドアを開けて出て行った。

金井も龍平にガンを飛ばしながら河原のあとを追った。

「お前って、なんかすげえな」飛夫はそう言うとその場に座り込んだ。

「受け取りました」

保はトラックの荷台の上にいる男から、厚さ九ミリのプラスターボードを四枚受け取ると、規則通り声を出した。プラスターボードとは壁に使う建築資材で、大きさは畳一畳よりやや小さめで重さ約九キロ。それが四枚、三六キロの重量が保の手にかかる。

立花金融から保が紹介された仕事は、「荷揚げ」と言って、大工や左官屋といった工事現場の職人が使う建築資材を運ぶ仕事だ。重い荷物を持って工事現場を駆けまわるのだが、ゴチャゴチャした現場は台車が使えないので手で運ぶしかない。エレベーターやクレーンが使えない現場では階段を駆け上がるしかない。

　この荷揚げの仕事をしている人間のほとんどが若いフリーターで、朝一番の現場が六千円。そこの荷物を運び終えると次の現場に向かい、二現場目からは五千円、運がよければ一日三現場まわって合計一万六千円もらえる日もある。つまり最低で六千円、最高で一万六千円——フリーターにとっては、体はキツイがそれなりにオイシイ仕事だ。現場を多くまわればまわっただけ、その日の給料がよくなるので、フリーターたちは一つの現場を少しでも早く終わらせようと、重い荷物を持って物凄い勢いで走りまわる。高給につられて毎日のように新人が入ってくるが、そのハードさにほとんどの人間が一日でやめてしまう。体力のない奴、根性がない奴、年をとった奴には不向きだが、逆に体力と根性がある若くて金がほしい奴にはうってつけのバイトだった。

　しかし保の場合、それほどつらい思いをして一日にいくつか現場をまわったとしても、その金が手渡されることはなく、直接借金の返済にまわされるようになっている。労働の喜びがない上に、それまでのギャンブル三昧、酒三昧の毎日で運動不足の体にはキツすぎる仕事だった。

　三六キロを持って工事現場の階段を上がる。石灰混じりのホコリが荒い息遣いに吸い込まれ、口の中も喉もいがらっぽい。鼻の中では石灰が鼻水に混ざってコンクリートのような鼻糞を作り上げている。汗が止まらない。肺が痛い。足のマメが痛い。気分が悪い。握力の限界――。

「あああああっ」保は枕木につまずき、抱えていたプラスターボードごと倒れ込んだ。

「ちょっと何やってんすか」その日の現場の班長を務める、二十歳そこそこの青年が保を見下ろして舌打ちをした。「何回転ぶんすか。ここを午前中に終わらせれば午後に二現場行けそうなんですから、ちゃんとやってくださいよ」耳にぶら下がったリングのピアスが揺れている。

「すいません」保はカラッカラの口で力なく答えた。

「早く借金返したいんですよね」

「はい」

「だったら足引っ張らないでくださいよね」唇に下がったピアスも揺れる。

「すいません」保はなんとかよろよろと起き上がった。

「ああ、もういいっすわ。ちょっと十分ぐらい休んでください。そんな状態でやられても邪魔なだけっすわ」唇のピアスと耳のピアスをつなぐチェーンが揺れる。

「すいません」保は工事現場の建物から外へ逃げ出すと、仮設トイレの中に入る。大便と小便と消毒液の臭いが鼻をつき、一気に気持ち悪さが増した。

「うえええええっ〜」朝食べたツナサンドが胃液とブレンドされグッチャグッチャになって、便器にビチャビチャとぶつかる。大便と小便と消毒液の臭いに吐きたてのゲロの臭いが加わった。

ゲロを流し、外に出て自動販売機で五〇〇ミリリットルのポカリスエットを買って一気に飲み干した。もう一本買いたかったが小銭が惜しくて現場に用意されたウォータークーラーの水をガブガブと食べるように飲んだ。

「しんどい」思わず独り言が漏れた。ポケットから汗で湿った箱を取り出し、ルパン三世の次元大介が吸うようなヨレヨレのマルボロライトに火をつけ、煙を肺に染み込ませる。

「ふう」溜息とともに煙を吐き出すと、「しんどい」ともう一度呟いた。

仕事を始めて二週間、結局この日も慣れることなく足を引っ張り続け、家路についた頃には七時をまわっていた。帰り道、素人ナンパモノのアダルトDVDをレンタルする。コンビニでツナの缶詰と白飯とウーロン茶を買って、平成の東京とは思えないボロボロのアパートに帰る。鞄から作業用のツナギを引っ張り出し、階段の下にある二層式の洗濯機にぶち込んで、マジックで箱に石井と書かれた洗剤をスプーン一杯入れてスタートボタンを押す。

階段を上がると、コンビニの袋からツナ缶を取り出し、開けた蓋でツナを押さえて共同の流しにオイルを捨てる。

部屋に戻って白飯の上にツナを載せ、その上にマヨネーズと醤油とコショウをかけた。万年床の上にドカッと座ると、第一話を見逃して内容についていけていないドラマをぼーっと眺めながら貧乏ツナ丼を箸で口に運び、ウーロン茶で流し込む。昼間の重労働のせいで気分が悪く、三分の二ほど食べて残した。

借りてきたアダルトＤＶＤを、数少ない財産の一つであるＤＶＤプレイヤーに差し込んだ。

しばらくすると、茶髪のロン毛で色黒の、無理矢理若づくりをした清潔感のない男が渋谷でナンパを始めた——と同時にパンツを下ろして、ツナ臭い右手でチンコを握り、ツナ臭い左手でリモコンを持ち、一人の女の子がナンパされて１０９の前に停めたマジックミラー号というバスに乗せられるまで早送りをした。

バスの中で若づくりした男が顔にモザイクのかかった女の服を脱がしていくと、体中ダルイのにチンコだけはビンビンに勃起する。ツナ臭い手をゆっくりと上下に動かす。若づくりの男が乳首を舐めだした頃には、チンコの先から第一チンポ汁が出て怪しい光を放っていた。

「ふうーふうー」鼻息が荒くなってくる。チンコがさらにパンパンのカッチカッチになってイキそうになる。どうしても挿入されているところでフィニッシュを迎えたかったので早送りをすると、女が超高速でフェラチオをして、超高速で服を着て、超高速でマジックミラー号を降りていった。

「本番ナシかい」と言って舌打ちをし、次の女の子がナンパされて服を脱がされ挿入されるまで、早送りを続けた。

女が男の上に跨り騎乗位になったところで再生ボタンを押すと、ティッシュをシュッシュッシュッと三枚箱から抜き取り、チンコの上に被せてツナ臭い手を今までの三倍のスピードでスライドさせた。

「うっ」ティッシュの中に何億匹もの小さな分身が飛び出したその瞬間、前ぶれもなくガラガラガラガラ――と戸が開き、

「テメエ、オナニーしてんじゃねえよ！」入り口に立った金井が大笑いをしていた。

「ちょっと！　ノックぐらいしてくださいよ」ティッシュをチンコに被《かぶ》せたまま保は慌ててパンツとズボンを穿いた。死ぬほど恥ずかしい。まさかこんな大人になって、オナニーしているところを他人に見られるとは思ってもいなかった。しかもフィニッシュ直後で、まさに天国から地獄だ。生卵を乗せたら目玉焼きができるんじゃないかというぐらい顔が熱い。

「ノックもクソもねえだろ。女の喘《あえ》ぎ声が外に漏れてんだよ」

保は焦ってリモコンの停止ボタンを押した。

「てっきり、女連れ込んでヤッてんのかと思ったからよ。参加してやろうと思ったのによ」ニヤついた顔で金井が言った。

「参加させないですよ」

「〝参加させないですよ〟じゃねえよ。オナニーじゃねえか。オナニーなんかに参加しねえよ、馬鹿」金井は自分の言った台詞がツボにはまったようで、腹を抱えて笑っている。

「ちょっと、トイレ行ってきます」保はそう言うと、ズボンを穿いて立ち上がった。チンコがヌルヌルして気持ち悪かったが、平静を装って普通に歩こうとした。

「お前、イッちゃってんだろ、なあ」不自然な歩き方に気づいた金井が楽しそうに言った。

「イッちゃってないですよ」

「イッちゃってるって、だって腰が引けてんじゃねえかよ」

バレていた。それでも、嘘をつき通すしかないので「小便したいからですよ」と真っ赤な顔をして言った。

「嘘ついてんじゃねえよ」金井はその場にしゃがみ込んで笑っている。

「行ってきます」保は部屋を出ると共同便所まで早足で歩いた。

トイレに入り、パンツを脱いでティッシュを取ると、チンコにティッシュがベッタリと貼り付いている。ティッシュを和式の汚い便器に捨て、トイレの隅にある小さい流しの蛇口をひねって水を出し、手に水を溜めてチンコを洗った。トイレットペーパーをガラガラと手に巻いて、パンツに付いてしまった精子を拭きとると、パンツにトイレットペーパーのカスがついて白くなった。

「ああ、もう……」仕方なく汚れたパンツを穿いてトイレから出た。すると廊下に女の喘ぎ声が響いていた。

自分の部屋の戸を開けると、「おう、これ面白いな」と金井が堂々とオナニーをしていた。

「何してんすか」

「ちょっと待ってて、もうイクから」

「人の部屋で何してんすか」

金井は保にかまわず手を動かし続け、「うっうっー」と声を出した。

「何、イッちゃってんですか」

「あ〜スッキリした」と言うと金井はティッシュを丸めて「ヘイ、パス！」と言って保に向かって放り投げた。

「何してんすか」保はそれを後ろに下がってよけた。

「おう、そうだ。飲み物買ってきてやったからよ。飲もうぜ！」金井はパンツとジャージを一気に穿いた。

「もう、何しに来たんですか」保はティッシュをつまんでゴミ箱に捨てると、金井の正面に座った。

「お前がちゃんとやってっか、様子を見にきてやったんだよ」金井はコンビニの袋から缶を二本取り出し、「はい、お汁粉」と言って保に差し出した。

「なんで、こんなに暑いのにお汁粉なんですか」

保の言葉に、「ハッハハッハッハッ」と金井が寝転がって笑う。

「飲めよ、お汁粉。早く飲めよ。さっきまでチンコの先からお汁出してたのにな。ハッハッハハッハッハッ」

「何がそんなに面白いんですか」

「だってよハッハハッハッハッハッ、チンコの先からハッハッハッハッお汁粉だぜ！　ハッハッハハッハッ」

「どんだけ自分の言ったボケで笑うんですか」

「俺の奢《おご》りだからよ、遠慮すんなよ。まあ俺もお前にオナニー奢ってもらったからよ。ハッハッハッハッハッハッハッ」

「オナニー奢りってなんすか」

「ハッハッハッ、俺もチンコの先からハッハッハッ、お汁粉ハッハッハッハッ」

「そのフレーズどんだけ気に入ってんすか」

「ダメだ、ヒーッヒッヒッヒッ、腹痛い。ハッハッハッハッ、ツボった。ハッハッハッハッ、腹痛い」

「だから、どんだけ笑うんすか」

「さーて帰ろう」急に真面目な顔になって金井は立ち上がろうとした。

「何しに来たんだよ」

「うっそ～!!　ハッハッハッハッハッハッハッハッ」金井は再びくつろいで笑いだした。

「くだらねえよ」

「テメエ！　誰に向かってタメ口《ぐち》きいてんだ、コラッ」金井は突然大きな声を出して保を睨《にら》みつけた。

「すいません」思わず保は小さくなって謝る。つい癖でツッコんでしまう自分が哀れだった。

「うっそ～！　ハッハッハッハッハッ」

「なんなんですか」ホッとするのと同時に保は呆れて力が抜けた。

「そんで仕事は慣れたのかよ」

「急に話変わってるし」

「仕事慣れたのかっつうの」金井は笑い疲れた様子でピースに火をつける。

「まだ全然慣れないですね。やっぱ肉体労働向いてないっつうか、筋肉痛酷いし体中しんどいし」

「何言ってんだよ。オナニーする余力残してんじゃねえかよ」

「オナニーは別腹ですから」

「ハッハッハッ、オナニーは別腹って、ハッハッハッハッ、やっぱ元芸人だけあって面白いこと言うな。ハッハッハッハッ」

　癖で自然とツッコんだりボケたりしてしまうだけだったが、やめたとはいえ、元芸人にとって面白いと言われるのは気分の良いことだった。

「ッハッハッハッ、甘いものは別腹みたいに言いやがって」

「お汁粉は甘いものじゃないですか」

「ギャーッハッハッハッハッハッハッ」金井はよほどお汁粉が気に入ったらしく、狂ったように笑った。

「本当、お汁粉好きですね」保が言うと、

「いやー、やっぱあれだな、違うな元プロは。ここでお汁粉を持ち出してくんだな。お前はもったいねえな、やめちゃってな」と金井は言った。借金取りである自分の追い込みが、芸人をやめた原因の一つであることを完全に棚に上げていた。

「それに比べて、あの龍平って奴はダメだな」金井は芝居がかったように不機嫌な顔を作った。

「龍平って誰ですか？」急に出てきた名前に、保は戸惑った。

「なんだよ、知らねえのかよ」その質問を待ってましたとばかりに金井が答える。

「はい」

「お前の元の相方の黒沢飛夫の、新しい相方だよ」

「えっ、飛夫に会ったんですか？」

「おう、新しくコンビ組んだんだってよ」

「もう、あ、新しい相方見つけたんですか」戸惑い、慌て、吃《ども》ってしまった。

「おう」

「そうですか……」

「だろ？　お前もショックだろ？　解散して間もないっつうのに、もう相方見つけてんだぜ」

「べつに……」内心は、やはりショックだった。いくら自分で解散を告げたとはいえ、芸人に未練がないわけではなかった。借金生活、売れないストレス、それらに耐えられなくなって逃げ出しただけで、本当は芸人の世界が好きだった。

「だってよ、お前が一〇〇万肩代わりしてやったから、まだ借金も少なくて済んでんだしよ」

「それは俺が勝手にやったことですから」

「――にしても、早すぎるだろ」

「いや、早いに越したことないっすよ。漫才は続けてないと勘が鈍りますから、新しい相方見つけてくれたならよかったですよ。俺が一方的に解散告げちゃったんだし、それであいつまでやめちゃったらどうしようって思ってたから、なんかホッとしたっつうか、肩の荷が下りましたよ」

嘘だった。やめてしまうと、つらい思い出はほとんど消えてなくなり、楽しかったことばかりが思い浮かぶ。それは日が経てば経つほど色濃くなっていき、後悔は膨らんでいく一方だった。

もう一度やりたい――そんなことを思っては、今さら飛夫にどの面下《つら》げてそんなことが言えるんだと考え直す。

自分はここの生活から抜け出せない。もう二度と飛夫と漫才はできない。舞台の照明に照らされることも、拍手や爆笑を浴びることもない。目の前にいるパンチパーマの男を笑わすことはできても、舞台に立って客を笑わせることはできないのだ。

それでもどこかで期待していた。飛夫がもう一度、漫才をやろうと言ってくれることを。そう言われたからといって、素直に飛夫に頭を下げて芸人に戻れたかどうかわからないが、心のどこかで言ってほしいと望んでいた。

その最後の望みが、「新しい相方」の存在で完全に断たれた。自分はこれから一生、夢を諦めた男として生きていかなければならない。この汚くて狭い部屋で、オナニーだけを唯一の楽しみとする生活を送っていく自分とは違い、飛夫は新しい相方を見つけて希望に溢れている。飛夫には、自分はもう必要ではなくなってしまったのだ。解散を告げたのは自分だったのに、自分の方が捨てられたような気持ちになっていた。

「オメエも頑張れよ！　なっ、ちゃんと借金返済してよ」暗くなった保の顔を見て金井が肩を叩いた。

「はい」

「まあよ、オメエも面白《おもしれ》ぇ奴だからよ。たまには飲みに連れてってやっからよ」

「ありがとうございます……」

「飲みにっつっても、お汁粉じゃねえぞ。ハッハッハッハッハッハッハッハー」金井は笑いながら立ち上がり、部屋をあとにした。

一人残された部屋で、保を静けさが襲う。

パリッ。

精子で貼り付いたチンコがパンツから剝がれて痛む。

「くっそ」保は情けなくなって、涙をこぼした。

「じゃあ、あとで……」と言うと飛夫は携帯電話を切って充電器に差し込んだ。電話の相手は由美子だった。
二日後に立花金融に約束の一五万を返すため「お金を貸してほしい」と言うつもりで電話をしたが、別れた彼女に借金の返済を頼む最低の男にはなりきれず、「借りたままのCDを返したいんだけど……」という、まるで会うための口実でしかないような理由で彼女

を呼び出した。

ほとんど友達もいない飛夫がピンチのときに思い浮かぶのは由美子だけだった。留置所での件と今回の借金の件——たて続けに飛夫を襲ったピンチ二連チャンによって、それを痛烈に実感していた。別れた今も由美子に甘えてしまう自分の弱さに深い自己嫌悪を感じたが、それでも、自分勝手とわかっていても、警察署での再会以来「もう一度会いたい」という気持ちが強くなり、自分でもどうしようもなくなっていた。

しかし自分から別れを告げた彼女に、理由もなく電話をかけることはできない。そこに、たとえ「お金を借りたい」というマイナスな理由だったとしても、電話をかける口実ができたのだ。結局は格好悪すぎて「お金を貸してほしい」とは言えなかったが、由美子に会えると思うと、飛夫はあと二日間で一五万円を作らなければならないという危機的状況にありながらも、少し浮かれた。

飛夫は由美子にもらったジャケットに一回袖を通したが、付き合っていたときにもらったプレゼントを着て行くのは、「今でも好きだから、やり直したい」という空気がガンガン出ていて、あざとい気がしたので、お気に入りの黒のパーカーを着た。

本当なら、どこかで酒を飲みながら食事をして再会を楽しみたかったが、そんな金はどこにもない。酒と食事どころか喫茶店でお茶をするお金もない。結局、付き合っているときによく行った、飛夫のアパートの近所にある公園で会うことになった。

由美子と会うことでテンションが上がりすぎたのか、待ち合わせの時間より二十分も早く公園に着いてしまった。公園と言っても、ジャングルジムやブランコや砂場がある、子供が遊ぶようないわゆる公園ではなく、ポプラが植えられていて、レンガを埋め込んだ散歩道にベンチが並んでいる、どちらかと言えばデート向けの公園だった。公園の中に入り、昨晩、龍平と漫才の稽古をした公衆便所の横を通りすぎると、待ち合わせ場所である小さな池の横のベンチが目に入った。その瞬間、飛夫の胸が高鳴った。

そこには真っ白なワンピースを着た由美子が座っていた。

二十分も早く着いたのに、それよりも早く由美子が来てくれていることに驚くと同時に、喜びが湧き上がった。

「早いね」飛夫は後ろから由美子に声をかけた。いきなり声をかけられて驚いたのか、一瞬ビックンと肩をすくめてから、由美子が振り返った。

カワイイな——思わず口に出してしまいそうになるぐらい、由美子はカワイかった。不思議なもので、付き合っていたときよりずっとカワイく見える。待っているあいだに読んでいた本を鞄にしまう、その仕草すら愛おしく感じた。

「飛夫も早いね」

付き合っているとき、飛夫はいつも約束の時間に遅刻して現れた。それで由美子が文句を言ったことは一度もなかったが、たまに時間通りに現れると、「今日は早いね」と喜んでくれたものだ。

「何読んでたの?」我ながら冴えない会話の切り出し方だと、飛夫は思った。

「『ドロップアウト』」

「『ドロップアウト』って、信濃川さんが書いた『ドロップアウト』?」飛夫はそう言いながら、由美子の隣に座った。

「うん」

「不良小説じゃん。女の子が読んでも面白いの?」

「ちょっと下ネタ多いけどね」由美子が笑う。

「あの人って、ウンコとかチンコとか、好きだからね」

信濃川は飛夫にとっては吉木興業の先輩で、誰ともツルまず、楽屋でも無口な飛夫に対して、「おい、ネクラ人間、あまりに売れなさすぎて自殺とかすんじゃねえぞ」とか「お前、自縛霊みたいな奴だな」とか「給料いくらもらってんの?」などなど、ガサツなトーンで喋りかけてくる数少ない人間の一人だった。

「飛夫のネタもウンコとか入ってくるじゃん」

「確かに……なんだろうな、何歳になってもウンコって笑えんだよな」

「男の子って、その手のもの好きだよね」

「小学校のときとか、ガンダムの歌で〝燃え上がれウンコ〟とか言って全然面白くない替え歌で爆笑してたもんな」

由美子が肩を揺らして笑うと、服から柔軟剤のダウニーの香りが風に乗ってきた。

由美子が家にいた頃、いつも洗濯物にダウニーを使っていたので、部屋中がダウニーの香りに溢れていた。今は煙草の臭いしかしない部屋にいる飛夫にとっては、懐かしい香りだった。

「そうだ、ＣＤ」そう言って飛夫は鞄の中から中島美嘉のアルバムを取り出した。

由美子は中島美嘉が好きで、カラオケでよく「オリオン」を歌っていた。由美子があまりにも歌うのでいつの間にか飛夫も覚えてしまい、いつの間にか口ずさむようになり、いつの間にか由美子の持ってきた中島美嘉のＣＤは飛夫のお気に入りになった。キスをして電気を消して由美子が「音楽をかけて」と言うと、飛夫はいつも中島美嘉のＣＤをかけた。

飛夫はＣＤを由美子に渡しながら、由美子の裸を思い出していた。

「べつに返さなくてもよかったのに」

「だってお気に入りだろ」

「iPodに入ってるし」

「俺もiPodに入れたから」

その iPodも由美子から誕生日プレゼントにもらったものだった。

「じゃあ、返してもらおうっと」そう言うと由美子はCDを鞄にしまう。由美子の目が鞄にいっているときに、飛夫は思わず胸元を見てしまった。相変わらず、オッパイデカイな――思考がエロい方に行きかけたそのとき、胸元に光るネックレスが目に入った。

「あっ」思わず声が出る。

「どうしたの？」

「そのペンダント」

「うん」

「ずっと付けててくれたんだ」

「うん」

それは二人が付き合って最初に迎えたクリスマスに、飛夫がプレゼントしたネックレスだった。洋服屋で店長を務めるオシャレな由美子には不釣り合いの安物だった。

「別れた彼女がプレゼントのネックレス付けてたらウザイかな？」由美子がネックレスを持ってはにかむ。

「そんなことないよ」

「捨てようと思ったんだけど、もったいないじゃん。ネックレスに罪はないんだし」

「もったいないって、そんなの安物のペンダントじゃん」

「あのとき飛夫が工事現場でアルバイトして買ってくれたんだよ」

「三日だけじゃん」

「三日だって、飛夫がバイトするなんて奇跡じゃん」

「失礼だな」

「だって、お笑いのこと以外な～んにもしないじゃん」由美子が静かに笑う。

「そうだな」飛夫も笑った。由美子の一言ひとことが暖かくて、優しくて、嬉しかった。

心が暖かくなってきた頃、あたりはすっかり暗くなり、冷たい風が吹いていた。

「寒くなってきたな」

「うん、そうだね。天気予報でも夕方から寒くなるって言ってたよ」

飛夫は自分が着ているパーカーを渡そうと思い、ジッパーに手をかけたが、由美子が自分の鞄からストールを出して肩からかけたので、ジッパーを限界まで上げた。

「どうしようか」

CDを返してしまって、すでに用事は済んでいたが、飛夫はこのまま別れたくないと思っていた。そして別れてしまえば、次に会う口実を作るのは難しいとも思った。

「どうする？」由美子が聞き返す。

「うん、どうしようか」本当にどうしたらいいのか、由美子がどうしたいと思っているのかわからなかった。

「どうする？」

同じやり取りが繰り返され、

「どっか行く？」思いきって飛夫が提案した。

「うん、いいよ」由美子は迷った風もなく答える。

「どこ行く？」と言ってもどこかに入るお金はないので、飛夫に次の策はなかった。

「どこ行こうか」

「どうしようか」

「どうする？」

また同じやり取りに戻っていた。

「そうだっ」飛夫はもう一つ由美子の物が家にあったことを思い出した。

「どうしたの？」

「あのさ、由美子宛に手紙が届いてたんだけど——」

「あっ、住所変えたこと伝え忘れた人かな」

「苗字が一緒だったから、親戚の人じゃないかな」

「下の名前はなんて書いてあった？」

「なんだっけな」

「明子おばちゃんかな」

「家に取りに来る？」

「今から？」

「なんかあるの？」

「なんにもないけど……」

「だったら取りにくればいいじゃん」

「いいの？」

「全然いいよ」

飛夫は「もちろん」と力を込めて言いかけて言葉を呑み込んだ。別れた彼女にどう思われているか気になっていた。

「じゃあ行かせてもらおうかな」

「うん」と平静を装って返事をしたが、内心は飛び上がりたいほど嬉しかった。「じゃあ行こうか」

　飛夫がそう言って立ち上がると、由美子も遅れて立ち上がった。二人は昔手をつないで歩いた道を、少しだけ距離を置いて歩きはじめた。

「お邪魔します」そう言うと由美子はブーツを脱いで、三カ月ぶりに飛夫の部屋に入ってきた。

　そうか、お邪魔しますか——と飛夫は思った。三カ月前までは「ただいま」だったのが、「お邪魔します」に変わっていた。由美子も同じことを思ったのか、

「お邪魔しますって、なんか変な感じがするね」と少し寂しそうな様子で言った。

「そうだな」と答えながら、飛夫は思わず苦笑いをしてしまった。「ただいま」を「お邪魔します」に変えさせてしまったのは飛夫自身だった。それなのに今また「ただいま」と言ってほしいと勝手なことを思っている。

「由美子が出て行ってから全然掃除してないから、すげえ汚いでしょ」

黙ってしまった由美子に、飛夫は取り繕《つくろ》うように話を振った。

「うん、汚い」

笑いながら言う由美子を見てホッとする。

「すげえハッキリ言うな」

「私の大切さが身に染みてわかったでしょ」

「感謝してるよ」

冗談ぽく言った由美子に飛夫は真面目に答えた。それは別れていた三カ月間、ずっと思っていたことだった。

「やだ」

「何？」

「すごい素直」そう言うと由美子は顔をくしゃくしゃにして笑った。

「なんだよ、べつにいいじゃねえかよ」飛夫が笑いながら由美子の足元にクッションを放り投げると、由美子はそのクッションの上に座った。

「なんか飲む？」

「うん」

飛夫が冷蔵庫に向かおうとすると、由美子は立ち上がって一緒に冷蔵庫までついて来た。

「何があるの？」

二人で冷蔵庫を覗き込むと由美子の顔がすぐ近くにあって、飛夫の心臓の動きが早くなる。

「爽健美茶あるぜ」と言って、二リットルのペットボトルを取り出した。

「出た！　爽健美茶」由美子は、はしゃいだように言いながらコップを取りに行った。

「やっぱ爽健美茶でしょ」

「本当好きだよね」と言いながらコップに爽健美茶を注ぎ、二人は部屋に戻ると、飛夫は布団の上に、由美子はクッションの上にそれぞれ座った。

「あっそうだ。手紙だったよな」

「そうだよ」

飛夫は机の上に積まれた郵便物の束を摑み取り、一枚ずつ確認して、由美子宛のものを探した。

「あった、これだ」

「やっぱ、明子おばちゃんだ」

手紙を渡すと、由美子はそう言いながら鞄の中にしまった。これで由美子がこの部屋にいる理由はなくなった。由美子が手紙をしまっているあいだのほんの少しの沈黙が、やけに長く感じられた。

「あのさ――」「最近――」二人の言葉が重なり、

「ん？　何？」由美子が話を譲ろうとすると、「いいよ。そっちは何？」と飛夫も譲った。

「私は大したことないから、先にいいよ」

「俺も大したことないから、先にいいよ」

「本当に大したことないよ。ただの質問だもん」

「いいって、何？　質問って」

「最近はどんな感じなの？って聞こうと思ったの」

「本当に大したことないな。どんな感じって、すげえアバウトじゃん」飛夫はそう言って笑った。

「だから言ったじゃん」由美子が冗談ぽくほっぺたを膨らませた。

「どんな感じって言われてもな」

「新しい相方の人とは、上手くいってるの？」

「なんか、新しい恋人のこと聞くみたいな聞き方だな」

「じゃあ、新しい彼女はできた？」

「いないよ」飛夫は即答した。

「そうなんだ……」そう言うと由美子は少し俯いた。その表情から何かを読み取りたかったが、飛夫には何もわからなかった。

「飛夫は何言おうとしたの？」顔を上げた由美子が大きな目で飛夫の目を見つめた。

「いや、このあいだ、彼氏いないって言ってたじゃん」

「いないよ」即答だった。

飛夫は胸が熱くなって、胃のあたりがギュウッと締めつけられた。

「あのさ……」胸の奥から由美子への切ない気持ちが湧き上がり、打ち明けるなら今しかない、と飛夫は思った。

「何？」

「俺から別れようとか言っといて、本当に勝手だなって思うんだけど……」

由美子は黙って聞いている。

「なんて言えばいいんだかわかんないんだけどさ、俺が馬鹿だったなっていうか、いっぱい泣かせて、いっぱい傷つけて、自分勝手で、本当にしょうもない奴で……」言葉を上手くまとめることができない。それでも飛夫は気持ちを伝えようと思った。「だからさ……別れて気づいたことがいっぱいあって、やっぱ俺にとって由美子は大事だったんだって……本当に勝手なのはわかってんだけどさ、やっぱ……」大きく息を吸い込む。「好きなんだよね」

飛夫がそう言うと、由美子がポロポロと涙をこぼして手のひらで顔を覆った。

「どうした？」飛夫は由美子の顔を覗き込む。

「あのね」由美子が顔を上げる。「私ね——」

「うん」

「子供ができちゃったの」

「えっ」

「十週目だって」

由美子の言葉を聞いて、飛夫は混乱した。別れた彼女の魅力を再確認して、よりを戻そうと告白すると、子供ができたという答えが返ってきたのだ。「付き合うか」「付き合わないか」というテーマより「産むか」「産まないか」という恋愛の一つ先のテーマに突然ぶつかったのだ。

「いつわかったの？」

「遅れてるなって思って、一週間前に自分で調べたら陽性反応が出て、それで昨日産婦人科に行ったら十週目だって」

「なんですぐに言わなかったんだよ」

「だって、飛夫とは別れてる状態だったし、変な心配かけたら悪いかなって……」

「どうするつもりだったんだよ」

「だからどうしようって思ってたの」

由美子の手は小刻みに震えていた。その手を見て飛夫は胸が痛んだ。十週目ということは、生理が来なくなってずいぶん経っているはずだ。由美子は失恋の痛みとともに、別れた男との子を身ごもるという大きな問題を一人で抱え込み、一人で悩んでいた。

その頃、自分は何も知らず、相方から解散を告げられ、やけになって酒を飲み、留置所に入れられ、由美子に迎えに来てもらうような醜態をさらし、今度は新しい相方ができたとはしゃぎ、挙句の果てには借金取りに追い込みをかけられる始末だ。飛夫は自分自身が情けなくなった。

「ごめん。本当にごめん」うなだれたまま飛夫は由美子に謝った。本当に申し訳ない気持ちでいっぱいだった。

「ううん」由美子が首を振る。「私ね、心のどこかで飛夫の赤ちゃんがほしいなって思ってた。そしたら結婚してくれるかもって思ってたから。でもね、やっぱそんなの順番違うよね。そんなことに赤ちゃん利用しちゃダメだよね。だからこんなことになっちゃったんだって思う」

飛夫は由美子の小さく震える肩に手をまわすと、そのまま抱き寄せた。

「産もう……いや、産んでくれ」

「えっ⁉」

とても無責任で軽率な決断だとは思った。しかし、それ以外の言葉が見つからなかった。

「俺さ、今、借金すげえあるし、相変わらず売れてないし、一緒になんかなったら、由美子にも子供にも迷惑かけると思うけど、それでもこれしか思い浮かばねえわ」

「飛夫……」飛夫の胸の中で由美子が呟く。

「馬鹿だけど、本当にどうしようもねえけど、結婚してくれねえかな」

由美子の涙がTシャツの心臓のあたりに染み込んで、そのシミはとても熱かった。

「うん……」由美子は涙にむせながら、小さく何かを言った。「ありがとう」と言ってるように、飛夫には聞こえた。

飛夫は髪の中に手を滑り込ませて顔を上に向かせると、由美子の唇に唇を重ねてから、目をつぶっている由美子の涙を親指で拭った。

「飛夫」

「ん？」

由美子が飛夫の目を見つめる。

「好き。ずっと好き」

「うん、俺も好きだよ」

　飛夫は由美子の細い肩を抱き締め、もう一度キスをした。何度も何度もキスをする。回数を重ねるごとに激しさは増していき、やがて舌を絡ませ合う。飛夫が服の中に手をもぐり込ませ、背中に手をまわしてブラジャーのホックを外すと、由美子は飛夫の首筋にキスをする。飛夫はそのままブラジャーの中に手を入れると、手のひらに乳首を感じながら柔らかくて大きな胸を揉んだ。

「CDかけて……」由美子が耳元で囁《ささや》く。

「うん」飛夫がCDプレイヤーの電源をつけると、由美子は鞄から中島美嘉のCDを取り出した。

　飛夫はCDを受け取るとプレイヤーの中にディスクを入れ、「オリオン」を選曲した。

　中島美嘉の歌声がスピーカーから流れ出すと、二人は布団に入って、また何度も何度もキスをした。飛夫は由美子の服を脱がせると、唇から首筋、鎖骨、胸元とキスをしていき、掛け布団の中に頭をもぐらせていく。

　乳首にキスをしたそのときに飛夫はふっと思い立ち、布団から顔を出した。

「あのさ……」

「どうしたの？」

「妊娠中って、セックスしていいの？」

「うん。あんまり激しいのはよくないみたいだけど、ゆっくりならいいみたい」

「ゆっくりって、どれぐらいゆっくりすればいいの？」

「激しくない程度に」

「激しくないって、どれぐらい激しくなければいいの？」

「なんか奥まで突くのはよくないって」

「じゃあ入れてるときに激しくしなければいいの？」

「うん」

「じゃあ、それまでは普通でいいんだ？」

「うん」

「一応、確認した方がいいかなって思って」

「ありがとう」

二人は見つめ合い笑い合う。

飛夫は笑顔のまま由美子にキスをした。そして唇から首筋、鎖骨、胸元とキスをしていき、掛け布団の中に頭をもぐらせていく。乳首にキスをしたそのときに再び飛夫はふっと思い立ち、布団から顔を出した。

「あのさ……」

「どうしたの？」

「なんかさ、ダメな体位とかってあるの？」

「無理な体勢はよくないみたいだけど」

「バックとかは大丈夫かな？」

「それは、もう少し安定してからの方がいいみたい」

「じゃあ、正常位だけにしとこうか」

「うん」

「一応確認した方がいいかなって思って」

「ありがとう」

二人はまた見つめ合い笑い合う。

飛夫は笑顔のまま由美子にキスをした。そして唇から首筋、鎖骨、胸元とキスをしていき、掛け布団の中に頭をもぐらせていった。

もう飛夫は何も思いつかず、由美子に向かっていった。

ＣＤは「オリオン」が終わり、次の曲の前奏が流れていた。

飛夫は横で眠る由美子を抱き締め、頬を腕にすりつけた。由美子は「う〜ん」と寝返りをうって、飛夫の足の上に足を乗せる。絡み合う足と足……。

ん？　こんな夢前にも見たぞ——飛夫はまだ半分夢の中にいるような状態でそんなことを思うと、パチッと目を開き、自分の隣に寝ている人物の腕を確認した。鬼の刺青は見当たらない。筋肉もない。細くて白くてスベスベの腕だ。

ガバッと起き上がり、顔を確認する。間違いなく由美子だった。布団から細い肩と胸元を覗かせて寝ている。

飛夫は安心すると、あらためて由美子の隣に横になった。すると由美子が薄目を開いて、「どうしたの？」と聞いてきたので、「なんでもないよ」と言ってキスをした。

由美子が幸せそうな笑顔を浮かべたのを見てから布団にもぐり込み、乳首に吸いついた。

「ちょっと、エッチ」由美子がくすぐったそうに体をくねらせて笑う。飛夫は愛おしくなってギュウッと抱き寄せた。幸福で胸がいっぱいになった。

そのとき、ドンドンドンとガサツにドアを叩く音が聞こえてきて、飛夫は一気に不幸せな気持ちになった。

借金取り——さっきまでの幸せムードから一変、現実モードに引き戻された。考えてみれば、由美子とはよりを戻したが、借金については何一つクリアしていなかった。今抱えている最大の問題については手つかずで、何も解決していなかったのだ。

ヤバイな。でも約束では明日事務所に持って行くことになってたはずだろ——飛夫が焦っていると、

「俺だよ、飛夫」

ドアの外から聞こえてきた声は龍平の声だった。飛夫は「ちょっと待ってて」とドアの外に声をかけると、「服着て」と由美子に指示して、自分も急いでTシャツを着てスウェットを穿いた。

「早くしろよ」龍平が外から急《せ》かしてくる。

「ちょっと待って」と飛夫は言いながら、ワンピースを布団の山から見つけ出して由美子にパスすると、「今行くから」と言った。

立ち上がってドアに近づき、由美子が完全に服を着たのを確認するとドアを開けた。

「何してんだよ」龍平はズカズカと上がり込み、エンジニアブーツを脱ぎかけたあたりで由美子に気づいた。「ん？」

「あ……あの、俺の彼女」

由美子は寝癖を直しながら「初めまして」と言ってコクリと頭を下げた。

「俺の新しい相方の龍平」と紹介すると、

「どうも」と言って、龍平もコクリと頭を下げた。

「まあ、上がってよ」飛夫はそう言いながら由美子の隣に座った。

「なんだよ、彼女いたのかよ」龍平はあらためてブーツを脱ぐと部屋に上がり、飛夫と由美子の正面に座る。

「うん、まあね」昨日まで別れていたことは、敢えて言わなかった。

「付き合って長いのかよ」

「六年になるかな」

「長《なげ》ぇな」

「まあね」

「へぇ〜」龍平が値踏みするように由美子を見る。「カワイイよね」と嫌みのない感じで龍平が言うと、「そんなことないですよ」と言いながら由美子は嬉しそうに照れ笑いを浮かべた。

「いや、カワイイって」

「ありがとうございます」由美子は頭を下げた。

「飛夫にはもったいねえカワイさだよな」ニヤッと笑って龍平は飛夫を見た。

「もったいないだって」由美子が飛夫の肘を摑んで軽く引っ張った。

「それで何しに来たんだよ」飛夫は照れ隠しで話を変えた。

「おう。そうだそうだ」と軽い調子で言うと、龍平はライダースの内ポケットから封筒を取り出して、飛夫の方に投げた。

飛夫はそれを見て、「なんだよこれ」と言った。

「六〇万だよ」

「はあ?」飛夫は封筒を手に取ると中身を確認した。確かに一万円札の束が入っているのがわかる。飛夫は驚いて龍平を見た。由美子も目を見開いて二人を交互に見ているのが、視界の端《はじ》に映っていた。

「明日中に返さなきゃヤベエんだろ。貸してやるよ」龍平はこともなげに言う。

「こんな大金どうしたんだよ。それに貸してもらっても返すあてないし。明日返さなきゃいけないのは一五万だしさ」信じられない龍平の申し出に、驚愕した飛夫はしどろもどろになって言った。

「今月一五万返したってよ。来月にはまたすっげえ利息がつくんだろ。だからよ。元金も全部返しちゃえよ。それに俺たちが売れればすぐに返してくれんだろ」

「龍平……」飛夫は六〇万の入った封筒を握り締める。その目には涙が溜まっていた。

「でも、やっぱ悪いよ」

「遠慮するなって、ヤバイ金じゃないから」

「いや、そういうことじゃなくて、まだ知り合ったばっかなのに……」

本当にこんなに世話になっていいものか、飛夫にはわからなかった。今まで、こんな風にしてくれた友達がいなかったからだ。

「知り合ったばっかかもしれねえけど、長い付き合いになる予定だろ。相方なんだからよ」

「でも……」

「他に方法がねえんだろ。だったらウダウダ言ってんじゃねえよ。べつにあげるわけじゃねえんだからよ」

龍平の言葉の一つひとつが心に染みた。長い付き合いになるというのも信頼してくれていることも、嬉しかった。

「……じゃあ、ありがたく借りとくよ」

「最初から素直にそう言っときゃいいんだよ」龍平はそう言うと、台所にコップを取りに行った。その隙に由美子が事情を聞こうとしたのか、小さく飛夫の名前を呼んだ。けれど何かを言う前に、龍平が戻ってきて二人の前にドカッと座り、勝手に爽健美茶を自分のコップに注いだ。

「でもさ、なんでこんな大金持ってんの？」

龍平の気持ちをありがたいとは思ったが、正直、龍平がこんな大金を簡単に用意できたことが不思議だった。

「結構しっかり貯金するタイプだからよ」

「そうなんだ。意外としっかりしてんだね」

本当に意外だった。

「まあな。あいつは昔っからしっかりしてるからな」

「あいつって？」

「あいつだよ」

「だから、あいつって？」

「デブタク」

「えっ？」

「デブタクが貸してくれるって」屈託《くったく》なく龍平は言った。

「自分の金じゃないのかよ」

「おいおい、買い被ってんじゃねえよ。俺が六〇万なんて金持ってるわけねえだろ」

「なんだよ。すげえいい奴って思っちゃったじゃん」

「お前のために金持ってきてやったんだからいい奴で間違いねえだろ」

「いい奴はデブタクだろ」

「馬鹿、あいつはすげえ嫌がったけど、俺が無理矢理借りてやったんだよ」

「無理矢理かよ」

「だから、七〇万にして返す約束になってっからよろしく」

「利息取るのかよ」

「あいつが七〇万にして返すならいいよって」

「マジかよ。感動して損したよ」苦笑い混じりに飛夫は言った。

「金貸しの利息に比べたら屁みたいなもんじゃねえかよ」

「そうだけどさ……」飛夫はあらためて手元にある六〇万を見つめながらマルボロに火をつけた。

「あの……」由美子が口を開く。「そのお金って、今日中に返しても利息を払わないとダメですか？」

「由美子……」飛夫は由美子の顔を見た。唇をギュッと結び、何かを決意するような表情をしていた。

「私、貯金があるから、私が返すよ」

飛夫は驚いて由美子を見た。昨夜から驚いてばかりだが、それではあまりに自分が情けない。飛夫はしっかりと由美子を見ると、「由美子、ごめん」と頭を下げた。

「やめてよ」由美子が飛夫の肩を持って頭を上げさせる。

「俺、本当に情けないんだけど、昨日電話したとき、本当は金借りようと思って電話したんだ。本当最低だよな」

「お前、それは最低だぞ」龍平が口を挟む。

「ごめん龍平、ちょっと黙っててくれる」

「おう」龍平は素直に口をつぐんだ。

「でもさ、昨日お前から子供ができたって聞いて、ちゃんと結婚して、これからはお前を泣かさないって決めたんだ」

「ええ〜っ結婚すんの⁉　子供いんの⁉　どういうことだよ！」

「ごめん龍平、黙っててくれるかな」

「おう」龍平は素直に口をつぐんだ。

「だから、この借金はなんとか自分で返すよ」由美子の目を見つめる。

「いいの、そうやって飛夫が私のこと思ってくれたってことだけで、すごく嬉しい。でもね、結婚したら飛夫の借金は私の借金なんだし、私、自慢じゃないけど結構貯金あるんだよね」由美子が胸を張って微笑む。

「いや、バイトでもなんでもして、俺が返すよ」飛夫が言うと、由美子はゆっくりと首を振った。

「あのね、飛夫にはお笑いしかないから、もしも結婚しても、飛夫がお笑い続けられるように貯金してたんだ」

「お前、由美子ちゃん、めちゃくちゃいい子じゃねえかよ」龍平が口を挟む。

「龍平――」

「おう」龍平は素直に口をつぐんだ。

「だって、飛夫は絶対に売れるんでしょ。そしたら私、将来お金持ちでしょ。先行投資だよ」由美子は優しく微笑んでいた。

「由美子……ごめん」

胸が苦しかった。由美子の愛情が嬉しかった。家族と離れて久しい飛夫にとって、唯一感じられる家族のぬくもりだった。

「ありがとう」飛夫が言うと、

「よっしゃー！」大きく手を叩きながら、龍平が大きな声を出した。「任せとけ由美子ちゃん。俺がこいつを絶対にスターにしてやるからよ」と言うと龍平は由美子の肩に手を置いた。

「お願いします」由美子が頭を下げる。

「何言ってんだよ。思いっきりビギナーじゃねえかよ」調子の良い龍平に飛夫が呆れながらツッコミを入れると、

「ビギナーズラックのパワーなめんじゃねえぞ」と龍平が答える。

「運頼みかよ」

三人の笑い声が部屋を包んだ。

「よし。デブタク呼ぶぞ。こんな金、叩き返してやろうぜ」

「お前、借りといて叩き返すはないだろ」

飛夫のツッコミには答えず、龍平は携帯電話を取り出すと、デブタクに電話をかけた。

三十分後に現れたデブタクに、

「この子、由美子ちゃんな。飛夫の彼女で妊娠して結婚することになったんだけど、めちゃくちゃいい子で、飛夫の借金をこの子が返すことになったから、この六〇万返すわ」と龍平は言って、デブタクの前に現金の入った封筒を放り投げた。

「ちょっと待ってよ。そんな一気に情報言われても処理しきれないんだけど」デブタクが戸惑った様子で封筒を受け取る。

「とにかく、この二人が結婚するんだよ」龍平は自分のことのように自慢げに話す。

「そうなの、おめでとう」デブタクもなんとか状況を把握しようとしているのか、必死で会話についてきていた。

「だからよ、お前も利息とかケチ臭いこと言ってないで、六〇万受け取れよ」

「ケチ臭いって……いきなり俺んとこ来て、〝七〇万にして返すから六〇万貸せ〟って言ったの自分じゃん」

「状況が変わったんだよ」龍平が素気《そっけ》なく答えると、

「ったく」とデブタクは口を尖らせた。

「六〇万、本当にありがたかったよ。本当にありがとう」飛夫はデブタクに頭を下げた。

「おう、いいけどよ。べつに……」デブタクは少し機嫌を直したのか、飛夫に向かって笑った。それを見た飛夫は、自分の口からもデブタクにきちんと説明をしようと思った。

「とにかくさ、突然なんだけど、結婚することになったんだ」

「子供はいつ生まれるの？」

「今、十週目だから、あと八カ月とかかな」

「わかったよ、おめでとう」と言うと、デブタクは封筒から五万円抜き出し、飛夫に向かって差し出した。

「なんだよ」

「結婚祝いだよ」

「デブタク……」飛夫は信じられない思いでデブタクを見た。今度はデブタクにまで驚かされたのだ。龍平といいデブタクといい、なんで自分にここまでしてくれるのだろう――そう思うと「ありがとう」以外、胸が詰まって言葉が出てこなかった。

「ありがとうございます」由美子も目に涙を浮かべていた。飛夫に今までこういう友達がいなかったことを、由美子は知っていたからだ。

「テメエ、デブのくせに一人で格好いいことしてんじゃねえぞ」と言うと龍平はデブタクから封筒をもぎ取り、中から一〇万取り出して飛夫に渡した。

「これは俺からだ」

「俺の金だろ」

「俺がお前に返せばいいだろ」と言うと龍平はデブタクの胸のあたりにバチンと水平チョップを喰らわせた。

「痛っ」デブタクは胸をさすりながら、「も〜」と言って封筒に残った金を数えた。

「二人とも本当にありがとな」

「ありがとうございます」

飛夫と由美子は二人揃って頭を下げた。飛夫は生まれて初めて幸せを噛み締めていた。新しい家族、初めての仲間——こいつらとなら楽しく生きていける。人生も捨てたもんじゃない。飛夫の中で何かが変わりつつあった。

「利息分と元金合わせて六〇万だな。確かに」と言うと金井は数え終えた六〇万円を封筒に戻して、自分のセカンドバックの中にしまった。「しかし、よくいきなり六〇万も用意できたな」金井は封筒と入れ替わりにピースの箱を取り出して、一本抜き出すと火をつけた。

「はい……なんとか……」飛夫はティーカップを持ち上げて紅茶をすする。

それを見た金井もつられてコーヒーカップを覗き込んだが、もうほとんど残っていなかった。

「おーい、姉ちゃん」金井が大きな声でウェイトレスを呼びつける。「河原さん、飲み物大丈夫ですか？」

「平気や」河原はアイスコーヒーに浮いている氷をストローでクルクルとまわしている。

「コーヒーもう一杯ちょうだい」金井はいやらしい笑顔を作りウェイトレスに注文する。

「かしこまりました」ウェイトレスは伝票にコーヒーと書き込むと、これ以上ガラの悪いテーブルにはいたくないといった様子で足早に去っていった。

「愛想のないウェイトレスだな」金井はボリボリと頭をかいた。

飛夫は次の日、約束の時間に立花金融に行き、金を持ってきたと金井と河原に告げた。そして事務所の向かいにある喫茶店に三人でやって来たのだ。

「元金まで返してもらえるとはな」河原が腕を組む。「なんでや？」

「返さないと、利息を払い続けないといけないから……」

「そらそうやな。でも、わかってても返されへんから、みんな利息を払い続けるもんや」

「はい。でも……なんとか用意できたんで」その理由まで言う必要はないと思ったし、彼女に借りたというのは恥ずかしくて言いたくなかった。

「女か」

「えっ……」

いきなりの図星だった。

「女やな」河原はしたり顔で頷いた。

「なんで……」

「男が金借りて、いきなり全額返済なんて大概の場合は女や」

「そんなもんですか」

「カキタレか？」

カキタレとは芸人用語でセックスフレンドのような意味があり、芸人たちは本当の彼女をマジタレ、浮気相手や真剣に付き合っていないがセックスを目的とした女性のことをカキタレと称していた。

「そんなんじゃないですよ」

「マジタレか」

「嫁です」

「嫁って、お前独身やろ」

借金をするときの契約書に未婚と書いたので知っていたのだろう。

「結婚するんです」

「マジかよ」金井が身を乗り出す。「お前、まだ自分も食えねえのに結婚なんて大丈夫なのかよ」

「だから、今まで以上に頑張ろうと思ってます」

「お前、本当に受け答えが真面目だな。本当に芸人かよ」と言って金井はソファーにドカッと寄りかかった。

「芸人も普段からテンション高い奴と、本番だけテンション高い奴と二種類いてんねん。こいつは後者っちゅうことや」

「そんなもんなんすか」金井はふ〜んと鼻から煙を出した。

「河原さん……」飛夫はずっと言おうと思っていた言葉を舌に乗せ、息を吸った。

「なんや」

「俺らの初舞台見に来てくれませんか」

「なんでや」河原が鋭い目をさらに細めて、飛夫を見た。

「見てほしいんです。俺が憧れてた河原さんに……俺らの漫才を……」

「今はただの借金取りや」興味ないと言うように、河原は飛夫から視線を外す。

「僕は子供の頃からあまり家族とも上手くいってなくて、なんとなく邪魔者扱いで、工場で働いたんだけど人見知りで仲間もできないで、ただ仕事してメシ食って寝るだけの毎日でした。生きててもしょうがないとか思ってました」

「そんな暗い奴が、なんでお笑いやろうって思うんだよ」金井が好奇心丸出しの様子で聞く。

「テレビで河原さんの漫才見て、涙が出るくらい笑って、僕もああなりたいって思ったんです」飛夫は河原に向かって言った。

「超格好いいじゃないですか、河原さん。生きる気力のない奴を甦らしてんじゃないっすか。やっぱすげえな。俺もあの犬に嚙まれたとき、河原さんに助けられなかったらマジでヤバかったっすからね。俺はあれ以来、河原さんについて行こうって決めたんすよ」

「犬ですか⁉」飛夫は思わず大声になった。

「おう、超デケエ犬だぜ」得意げに金井は言う。

「それで尊敬したんですか」

「そうだよ。超デケエ犬だぜ」

二人の会話を聞いて、河原が鼻で笑った。

「そうですか……」飛夫は曖昧な返事を金井に返すと河原に向き直り、「やっぱり河原さんに漫才見てもらって、意見聞きたいっつうか」さらに言葉を重ねた。

「やめた俺なんかの意見聞いてもしゃあないやろ。しょせんクビになった負け犬や」と河原は投げ捨てるように言った。

「そんなことないですよ。続けていれば絶対に売れてたはずです」

「そうっすよ、絶対売れてましたよ」金井が飛夫に便乗する。

「お前は俺が漫才してたの知らんかったやないか」

「そうっすけど、俺にはわかるんっすよ」調子良く金井が言う。

「わかるわけないやろ」

「河原さん」金井を無視して、飛夫はまっすぐな目で河原を見つめると、「お願いします」と言って頭を下げた。「今まで俺は自分一人でなんでもやれるって思ってました。自分一人の力で売れてやるって思ってました。でも、なんか最近それだけじゃダメっつうか、いろんな人の意見聞いたりとか、できること、思いつくこと、やれること、全部やらないとダメなんじゃないかって思ったんです」

「そらそうやろうな」

「いいじゃないっすか。見てやりましょうよ。それでガツンと言ってやったらいいんですよ」金井の鼻息は荒い。

「こうやって河原さんに会えたのだって、ただの偶然じゃないような気がして」

「偶然やろ」

「河原さんに見てもらったら、なんかヒントっていうか——」

「こいつらに足りないのはきっと河原さんからの意見じゃないっすかねえ」金井は尻を浮かして河原に顔を近づけた。

「なんでお前が興奮してんねん」河原が金井の額をペシリと叩く。「まあ、見るぐらいやったらええやろ」と言うと河原はアイスコーヒーのグラスを持ち上げ、残りを一気に飲むと、ドンッとテーブルの上に置いた。

「ありがとうございます」飛夫は大袈裟なぐらいに頭を下げた。

「よっしゃ。じゃあ初舞台のときは俺に電話してこい。これ俺の携帯な」と言って金井はコースターに電話番号を書き込むと飛夫の目の前に置いた。

「えっ、あっ、はい……」

「いいから受け取れ」

飛夫は仕方なくといった様子でコースターを受け取り、ポケットにしまった。

「俺たちもいろいろスケジュールがあるからな。早めに教えてくれよ」金井はスケジュール帳を取り出すと、カレンダーのページを開く。「来週の金曜日はダメだな。爺ちゃんの三回忌があるからよ。それから……」嬉しそうに話し続ける金井を遮り、

「あの……」と飛夫は口を挟んだ。まさかと思うが金井も来るつもりなのだろうか。

「なんだよ」

「金井さんも一緒に……」

「行くよ」

やはりそうだった。

「あ、そうですか……ありがとうございます」

黙って二人のやりとりを見ていた河原が、じーっと金井を見つめて口を開いた。

「なあ」

「はい？」金井がとぼけた顔で河原を見る。

「お前、関係ないやろ」

「ひでー」金井が体をのけ反らせる。「関係ないはひでーでしょ。関係あるでしょ。だって俺はこいつの取り立てして、こいつの元相方の取り立てもして、ゲロまでひっかけられてんっすよ。完全に関係あるでしょ。なあ、お前からも言ってくれよ。俺は関係あるよな。なあ、関係あるよな」

借金を返した以上はもう関係もないし、関係を持ちたいとも思わなかったが、仕方なく、

「はい……金井さんは関係ありません」と飛夫はひきつった顔で答えた。

「ほらね、関係あるでしょ」

「無理矢理やろ」呆れたようにそう言うと、河原はレシートを持って立ち上がり、レジに向かった。

「ちょっと待ってくださいよ」急いで金井も立ち上がると、河原を早歩きで追いかけながら、振り返り「電話しろよ！」と大きな声で言った。

飛夫はポケットからコースターを取り出し、じーっと見つめ、溜息をついた。河原さんの連絡先知らないし、金井さんに電話するしかないのか——と思った。


「でっ、どうだったんだよ」龍平は飛夫の家の布団の上に座り、身を乗り出して飛夫に聞いた。

「決まったよ」クッションの上に座った飛夫は笑顔で答えた。

「ついに決まったか」興奮したように龍平が言って、飛夫の隣に座ってアメリカン スピリットを吸っていたデブタクも笑顔になった。

飛夫はこの日、吉木興業の本社に出向き、担当者に新しくコンビを組んだことを告げたのだ。

担当者は「あっそうですか。じゃあゴングショー組からもう一回やってください」と、あっさり答えた。

ゴングショー組とは、吉木興業に所属している若手芸人が必ず通る道で、まずは一分のネタを客の前でやって、アンケートの「面白い」と「つまらない」の「面白い」の方に過半数が丸をすれば合格。次に二分、その次は三分と持ち時間がどんどん長くなり、三分を三回クリアすると、晴れて渋谷にある若手中心の劇場に出られるようになる。さらにそこで認められると、新宿にある大きな劇場でテレビに出ている芸人と肩を並べてネタができるようになるのだ。

いわばゴングショー組とは若手の登竜門のことである。

ブラックストーンとして十年コンビを組んでいた飛夫は、とっくの昔にゴングショー組を卒業して新宿の劇場で漫才をしていたが、素人である龍平とコンビを組み直したので、もう一度この門をくぐることになったのだ。

若手芸人に混じって、十年目の中堅芸人がゴングショーに出場するのは本来屈辱的なことではあったが、今の飛夫にとっては、もう一度漫才ができる喜びの方が大きかったので、そんなことはどうでもよかった。

「そんで、いつなんだよ」龍平はじれったそうに貧乏揺すりをしながら話を先に進めようとした。

「十日後の月曜日」

「十日後か」龍平は両手を擦り合わせてから握り締めた。

「まずは一分ネタだな」

十年前、初めてこの一分ネタをやったときは死ぬほど緊張した。しかし今は多少の緊張感はあっても、そんなことよりも楽しみの方がはるかに勝っていて、早く舞台に返り咲きたい、龍平との新生コンビがどれほど通用するのか試してみたい、という期待に大きく胸を膨らませていた。

――思えば、こんな楽しい気分で舞台を迎えるのは初めてかも知れない。

ずっと売れることだけを考えてネタを作り、売れることだけを考えてネタ合わせをして、結果売れずにふて腐れていた。だが今は、飛夫は漫才ができる喜びでいっぱいだった。売れる売れないはその次のことだった。

「十日後だな」龍平は力いっぱい両拳を握り締めていて、腕には血管が浮き上がっている。

「これから毎晩、公園で練習だな」飛夫が言うと、

「十日後だもんな」と言って龍平は左の手のひらに右の拳をパンパンと打ちつけている。

「今日も今から公園行って練習しようか」

「十日後だからな」

「何回、十日後って言うんだよ。もしかして緊張してんのかよ」飛夫は龍平の顔を覗き込んだ。

「してねえよ」龍平は強気で答えた。しかし、顔中の筋肉という筋肉がひきつっていて、唇がカサカサに乾いていた。

「緊張してんじゃん」

「楽勝だよ」いつものように親指を立てたが、腕はプルプルと震え、刺青の鬼も心なしか緊張しているように見えた。

「龍平でも緊張することあるんだな」飛夫は思わず笑ってしまった。

タメ口で話してくるのですっかり忘れていたが、思えば龍平は飛夫の七つも下で、だいぶ子供だ。しかも、経験豊富な飛夫と違い、正真正銘の初舞台である。自分の初舞台がそうであったように、緊張するのが当たり前だった。しかし鬼のような喧嘩の強さを誇る龍

平が緊張していることが、急にあどけなく思えて笑えてきたのだ。

「大丈夫だよ。練習通りにやれば」

「当たり前だろ」龍平は下唇の皮を嚙んで剝がした。

「おいおいおいおい、なんか唇から血ぃ出てきてるぞ」

龍平はまだ剝がすべきではない皮までも強引に剝がしてしまったのだ。

「どんだけ緊張してんだよ。ナイフで刺された次の日に、平気な顔して仕返しに行くような奴が、なんでネタやるぐらいで緊張してんだよ」飛夫は笑いが止まらない。

「あのさ、こうすればいいんじゃん」龍平の緊張っぷりを見かねたデブタクが提案した。

「いきなり舞台っていうのもあれだから、知り合いの女の子とか集めて、カラオケボックスでみんなに見てもらえばいいじゃん」

その言葉を聞いた龍平はまんざらでもないと言った表情でデブタクの方を見た。しかし飛夫は、

「そんなの必要ないでしょ」と二人に向かって言った。

十年の芸歴を積んできた飛夫としては、ネタは劇場や営業先といった、きちんと整えられた環境で、お金を払った客や見たいと思って集まった客の前で、あくまでもプロとしてやりたいというプライドがあった。身内の前でネタをやるような、そんな学芸会ノリは嫌

だったのだ。

「そりゃあさ、飛夫は十年もやってっから必要ないかもしれないけどさ、龍ちゃんは初めてなんだからさ、それぐらいハードルの低いところから始めた方がいいんじゃないかな」

「べつに俺もいきなり舞台でも全然いいけどな」口ではそう言いながらも、龍平はデブタクに大賛成といった表情だ。

「まあさ、そう言わずにさ、店の子とかも見たいって思ってると思うんだよね。見せてあげてよ」

「そうか、見たいのか。だったらべつにやってもいいけどよ」

デブタクは龍平と付き合いが長いだけあって、龍平の性格をよくわかっていた。こうやって言ってやれば龍平が賛成しやすいということを熟知しているのだろう。

しかし飛夫はまだ納得いかず、憮然《ぶぜん》としていた。

「場数踏んどいた方がいいでしょ。俺がセッティングするからさ。龍ちゃんもさ、きっとさ、知り合いの前で一回ウケたら、本番自信もってできると思うからさ」

「俺はべつに今でも自信もってるけどな」龍平が口を挟むと、

「そりゃそうだよ。龍ちゃんなら絶対にぶっつけ本番でもイケると思うよ。でも軽い気持ちでみんなにも見せてあげようよ」デブタクは龍平に向き直って笑顔で言う。

「しょうがねえな」龍平も笑顔で納得した。二人の様子を見ていて、

「わかったよ」飛夫も渋々納得した。昔の飛夫だったら頑《かたく》なに拒否し続けていたかもしれなかった。しかし、龍平やデブタクと出会い、解散したときに保から言われたことも冷静に考えられるようになっていた。時には人の意見を聞き入れて行動してみようと、敢えて逆らうのをやめたのだ。

「あとよ、ビデオとかないかな」

龍平が珍しくモジモジとした調子で言った。するとデブタクが対照的な大きな声で、

「何っ、龍ちゃん、またオナニーすんのかよ！」と言って笑った。

「違《ちげ》ぇよ、バーカ。あれだよ……ほら、前の相方とネタやってるビデオとかってねえのかなって思ってよ」

「どうしたんだよ、急に」飛夫は突然の申し出に驚いた。

「いや一応さ。前の相方はお前にどうやってツッコんでたとかって見とくと参考になるだろ」

飛夫は嬉しかった。「参考に」という言葉を龍平が自ら使ったのだ。それは紛れもなく向上心の表れだった。今よりもツッコミが上手くなりたい、という気持ちが伝わった。

「あるよ。山ほどあるよ」

「じゃあ、貸してくれよ」龍平が俯いてそう言うと、飛夫は笑顔で頷いた。

「よっしゃ、じゃあ俺も忙しくなるな」と言うとデブタクは携帯電話を取り出し、ニヤニヤしながら見つめた。

それから毎晩、飛夫と龍平は深夜の十二時から朝の五時まで漫才の稽古を続けた。

龍平は十二時までメイド性感ドールのバイトがあるので、飛夫はそれまでの時間をバイト探しに使った。これからは由美子と生まれてくる子供のためにも、「お笑いだけ」などとは言っていられない。融通の利くバイトを探しながら、夜はネタを書いたり由美子と過ごしたり稽古したり、とても充実した日々を送っているような気がした。


そして数日後、深夜のカラオケボックスの一室には、これでもかというぐらい香水の匂いが立ち込めていた。

デブタクが集めたのは、メイド性感ドールの女の子をはじめ、どう見ても水商売をやっているようにしか見えない子や、見ようによっては女子大生に見えないこともないけど、やはり水商売をやっていそうな子――などなど、三十人ほどだった。

「一人二千円ね」デブタクが入り口で女の子からお金を集めている。

中には「え～、お金取るのぉ」と文句を言う女の子もいたが、デブタクは「ごめんごめん。二千円で二時間飲み放題だから、ネタが終わったら、じゃんじゃん飲んで、じゃんじゃん歌っちゃおうよ」と言って手際よくお金を徴収していく。

店員がやって来ると、「とりあえず、ビールとウーロン茶とオレンジジュースをデキャンタで三つずつ持ってきてくれる。あとグラス人数分ね」と指示し、「ビールとウーロン茶とオレンジジュース頼んだから、それ以外の飲み物飲みたい人は、テーブルにコースで頼める飲み物書いてるメニュー置いてあるから、各自頼んじゃってくれる！」と大きな声で叫ぶ。部屋の隅で由美子と並んで座りデブタクを見ていた飛夫は、きっと何かしらの才能がある奴なんだろうな。なんの才能かはわからないけど――と思っていた。

目の前には、いつもとは明らかに様子の違う龍平が座っていた。

「ちょっとビール飲もうかな」龍平が立ち上がると、飛夫は「ダメだよ」と言って止めた。

「なんでだよ」

飛夫はビールの置いてあるテーブルに向かいかけていた龍平の体を振り向かせる。

「ネタやる前にビールなんて飲んだらダメだろ」

「いいじゃねえかよ。一杯ぐらいよ」

「酒なんかに頼ったらダメだって」

「べつに頼ってなんかいねえけどよ」龍平は渋々席に座った。

「あの〜」

気がつくとテーブルの横に、キャバクラで飛夫を怒らせた、あゆ似のあゆが立っていた。両脇にはゆうこりん似のゆうと、次長課長の河本似のジュリア、その後ろにはデブタクの姿もあった。

「このあいだはごめんなさい。失礼なこと言っちゃって」あゆは派手なスタイルの頭を下げた。

「私、トイレ行ってくるね」と言うと由美子は部屋から出て行った。

キャバクラに行ったことを正直に話した方がいいな——と思いながら飛夫は由美子の背中を見送った。

「もしかして、彼女ですか」振り返ると、あゆが心配そうな顔で飛夫の顔を見ていた。

「うん」

「ごめんなさい。誤解させちゃったかも」

「大丈夫だよ。あとでちゃんと話すから」

「本当にこのあいだといい今日といい、本当にごめんなさい」もう一度あゆが頭を下げた。

「もういいって」

「本当に悪気はなかったんです。でも失礼ですよね。ごめんなさい」さらにもう一度頭を下げる。

「俺も言いすぎたと思うし、もういいよ」飛夫はあゆが謝る姿を見て、本当にこのあいだは言いすぎたと思った。

「ごめんなさい」ゆうも頭を下げる。

「本当にいいって。なんか逆に俺もごめん」

この子ら、本当はいい子なのかもしれないな——と飛夫は思ったが、河本似のジュリアが、「許してあげてよ。この子らちょっと空気読めないとこあんだけど、根っこはすごいいい子だからさ」と言ったのを聞いて、こいつは別だなと思った。

「私なんか来たら、ちょっと嫌かなって思ったんだけど、タクちゃんが誘ってくれたから、謝りたかったし、図々しく来ちゃったんです」

デブタクはニコニコしながらあゆの言葉を聞いて頷いている。その手は、あゆの両肩に乗せられていた。

「あのさ、もしかしてデブタクと付き合ってんの?」

飛夫があゆに聞くと、デブタクが一歩前に出て、食い気味に「やめてよ。俺たちは、まだそういうんじゃないって、まだね」と言って髪をかき上げ、あゆにウィンクをした。

「気持ち悪《わり》ぃんだよ、デブ」龍平がデブタクのふくらはぎを座ったまま蹴飛ばした。

「痛《いて》ぇ、あゆちゃん、見てぇ。暴力を振るわれちゃったよ〜」デブタクが、まるで子供のように甘えてみせる。

「あのさ——」飛夫は呆れた表情でデブタクを見つめた。「もしかしてその子に会いたくて、この会開こうとか言いだしたんじゃないの?」

「何言ってんだよ。違うよ、全然違うよ」デブタクは明らかに動揺している。

「タクちゃんね、あゆのこといっつもメールで誘ってんだけど、断られっぱなしなんだよね」ジュリアが告げ口をすると、

「お前はどっかでタンメン食ってろ」とデブタクがジュリアの肩を叩いた。

「この店にタンメンはねえ」ジュリア必殺のモノマネが決まったところで、由美子がドアを開けて戻ってきた。黙って飛夫の隣に座る。

「あっ、俺の彼女っていうか、もうすぐ結婚するから、婚約者っていうのかな」と言って、あゆ、ゆう、ジュリアに紹介した。

三人が口々に「おめでとう」と祝福すると、デブタクが「よし、じゃあ向こう行っとこうか」と言って四人は立ち去った。

「ごめん。由美子と別れてるあいだに一回だけキャバクラに行ってさ」と一気に言って由美子の顔色をうかがうと、

「違うんだよ、由美子ちゃん。こいつはマジで嫌がったんだけどさ、俺とデブタクが無理矢理連れてっちゃったんだよね」と龍平が助け舟を出してくれた。

「いいよ。だって別れてるあいだだったんだし」由美子がそう言って首を横に振る。

「いや、俺さ、由美子ちゃんの存在知らなかったからさ」

飛夫は、ここは龍平に任せた方がよさそうだと思った。

「だからさ、キャバクラ誘ったら、行きたくねえとか言うからさ、こいつホモなんじゃゃねえのって思ったぐらいでさ、店に入ってからも、全然女と喋んねえし、いよいよホモなんじゃねえかって思ってさ、俺に近づいてきたのも俺のケツの穴狙いなんじゃねえかって思ったぜ。マジで」

龍平の必死のフォローの甲斐あってか、由美子の顔に笑顔が戻る。

「本当に大丈夫ですって、そんなことぐらいでヤキモチ焼いてたら、芸人の奥さんになんてなれませんから」

その言葉を聞いた飛夫は密かに惚れ直す思いだった。

「それでは～皆さん揃いましたね」

突然、スピーカーからデブタクの声が流れてきた。ステージを見てみると、デブタクがニコニコしながらマイクを握っている。

「え～今から、龍ちゃんと飛夫の二人に漫才をやってもらいたいと思います」

部屋中から拍手が巻き起こる。

「え～それじゃあ、二人とも準備はいいですか？」

龍平は軽く腕を挙げ、飛夫はオッケーサインを出した。

「それではドラゴンフライのお二人です。どうぞ！」

そう言うと、デブタクはマイクをカラオケのモニターに戻し、一度音楽のボリュームを上げて、二人が立ち上がりステージの上についたところで、一気につまみを絞って音楽を消した。次に素早く入り口に走り、照明を一番明るくした。

どこで覚えてきたテクニックなのか、飛夫はステージ上に立ちながら本当に何かわからないが、才能のある奴だ――と思った。

「よろしくお願いします！」

二人が同時に頭を下げると、さらに部屋中に大きな拍手が鳴り響いた。

落ち着いた表情の飛夫に対して、龍平は未だに緊張で顔をひきつらせている。そんな龍平の緊張をよそに、飛夫が早口で喋りだす。

「今日はデブタク君が皆さんを集めてくれたってことなんですけどね」

ネタ合わせにないことを飛夫が喋りだしたので、龍平は驚いて飛夫の顔を見た。

「まあデブタク君は、ただただ女の子にたくさん会いたかっただけなんですけどね」

部屋中が笑いに包まれる。それでも龍平の顔はまだ固い。

「なんと龍平君は今日が漫才デビューってことで、なんか一言お願いします」

突然振られた龍平は焦りながらもなんとか一言、

「頑張ります」と言った。

「マジメかっ」龍平の肩口を飛夫が叩くと、どっと笑いが起きる。

「真面目じゃねえよ」龍平の口から自然と言葉が出る。

「いやいやコメント真面目すぎんだろ」

「普通だろ」

「意外とビビりなんじゃないですか？」

「ビビりじゃねえよ」

「お化け屋敷とかビビるタイプでしょ」

「あんなもん全然怖くねえよ」

「いや、最近のお化け屋敷めちゃくちゃ怖いですよ」

「全然怖くねえだろ」

知らないあいだに飛夫のペースでネタに突入していた。そこから飛夫は練習通りにネタを進めた。

「怖いって、じゃあちょっとお化け屋敷やってみようよ」

「いいですよ」

「じゃあ、俺がお化けやるから、お前は屋敷やって」

「おう」龍平は一瞬、体で屋敷を表現しようとしてから、

「んできねえよ」と言って飛夫の肩をパシッと叩き、「どうやって屋敷やるんだよ」と続けた。

今までで一番の笑い声が部屋中に湧き起こった。

その笑い声を聞いた瞬間、龍平が発していた緊張感が和らぎ、その後はいつもの自信満々の龍平に戻っていた。

それを敏感に感じ取った飛夫は、だいぶほぐれたな、イケる――と思い、漫才のテンポをさらに速めていった。

「マジでヤバイね。超面白《おもしれ》ぇよ」興奮したデブタクがテキーラサンライズを片手に、テキーラとオレンジジュースと煙草の混ざり合った口臭を飛夫と龍平に交互に吐きかける。

「飛夫、お前ってすげぇ奴だったんだな。あれ全部一人で考えたんだろ」

「まあね」飛夫は照れ笑いを浮かべて答えた。

「いや、マジですげえよ。笑いすぎで腹痛《いて》ぇもんよ」デブタクは思い出してまた笑った。

「――にしても龍ちゃんもすげえよ。だってよ、まだ漫才始めて十日経ってないでしょ。それであれでしょ。マジでプロの芸人みたいだったぜ」

「プロの芸人なんだよ」龍平がデブタクの肩を叩く。

「ヤベエ。プロにツッコまれちゃったんですけど」デブタクが両手を叩いて大笑いした。

「テメエ、馬鹿にしてんのかよ。この野郎」龍平はデブタクにヘッドロックをキメながら、笑って言った。

「してないって、マジですげえって」デブタクはヘッドロックをされながらも笑っている。

飛夫も二人のやりとりを見ながら笑っていた。

　ふと隣にいる由美子を見ると、由美子は微笑みながら飛夫を見ていた。

「ん？　どうした？」

「何が？」

「なんで笑って見てんの？」

「飛夫が笑顔だから」

「なんだよ、それ」飛夫はなんとなく照れ臭くなってマルボロに火をつけた。

「面白かったよ」

「ありがとう」飛夫は微笑む由美子の目を見つめた。

「おいおいおいおいおい、いい雰囲気作り出してんじゃねえよ」デブタクがヘッドロックから逃れて、飛夫と由美子のあいだに無理矢理尻を押し込んで座った。

「なんだよ」飛夫が迷惑そうに言うと、

「由美子ちゃんとイチャつくのは家に帰ってからでもできるだろ。今のお前には、みんなの意見を聞く義務がある」

　まわりを見渡すと、漫才の感想を言いたそうにしている女の子たちが、いつの間にか集まっていた。龍平は立ち上がって自慢げに女の子たちと話している。

飛夫が由美子の様子をうかがうと、「いいよ。私の感想はあとで言うから、自分の中でまとめとくね」と笑顔を作った。

「じゃあ、楽しみにとっとくわ」

飛夫がそう言って皆の方向に向き直ると、人だかりの一番先頭に立っていたギャル風の女の子が「超、面白かったんですけど、マジで」と言って飛夫に喋りかけてきた。

それから、カラオケボックスの貸切り時間いっぱいまで、カラオケを歌う人間は一人もおらず、飛夫と龍平はデブタクに集められた女の子たちの感想をずっと聞いていた。

「龍平君たちと飲みに行かなくてよかったの？」

カラオケボックスから出ると、飛夫はデブタクからの二次会の誘いを断って、由美子と家路についていた。

「もう、充分飲んだよ」飛夫はそう言うと軽く笑顔を作ってみせて、由美子の手を握った。

「なんか飛夫変わったね」由美子が手をギュッと握り返して言った。

「変わった？」

「うん」

「どこが？」

「前は手なんか握らなかったよ」

「そうだっけ」

「うん」

「気持ち悪い？」

「気持ち悪くないよ」由美子が小さく笑いながら、もう一度手にギュッと力を込める。

「嬉しいよ」

「じゃあ、これからは手握るようにするよ」

「うん」

　飛夫もギュッと力を込める。

「やっぱ変わったね」

「手握るようになっただけだろ」

「それだけじゃなくて」

「あとどこ？」

「よく笑うようになったし、なんかいつも楽しそう」

「前からこんな感じじゃなかったっけ」

「全然違うよ。いっつもすっごい不機嫌そうな顔してたよ」

「ごめん」

「そんな風にすぐに謝ってくれなかったしね」

飛夫が噴き出すと、由美子も一緒に笑った。

「龍平君とデブタク君に会ったからかな」

「確かに、あいつらがいつもすっげえ楽しそうだから、なんかあいつらのペースになるんだよな」

「うん。すごい楽しそう」

「なんかさ、この世界入ってから、お笑いやってるのに自分自身は全然笑ってなかったもんな。自分が笑ってねえのに人のこと笑わせるなんて、やっぱちょっと無理あったのかな」

「好きだよ」由美子が突然立ち止まった。

「なんだよ、急に」飛夫も立ち止まって由美子の方を見る。「酔ってるの？」

「ううん。飲んでないもん……」と言って由美子はお腹に手を当てた。

「ああそうか。じゃ、どうしたんだよ」

「前は飛夫と付き合ってても、なんか私だけが好きな気がして、片思いみたいだったけど」

「そんなことないよ」

「今、やっと両想いになれた感じ」

「前から好きだったよ」

「好きって言ってくれなかったじゃん」由美子は顔をくしゃくしゃにした。泣きだしそうな、笑うのを堪えているような、そんな表情をしていた。

「思ってたんだって」

「思ってるだけじゃわかんないもん」

「好きだって」

「ほら、今はそうやって言ってくれるじゃん」

「わかったよ。じゃあこれからは言うようにするよ」

「ずーっとだよ」

「ずっと言うよ。二年ぐらい」

「ずっとじゃないじゃん」

二人はしばらく笑ってからキスをした。

「うえええええっ」

「お前、調子に乗って飲みすぎなんだよ」と言いながら、龍平はデブタクの背中をさすった。二人はカラオケボックスの近くにある小さな公園にいた。

「結局あゆにフラれたな」龍平がデブタクの背中をさすりながら言った。

「まだ、フラれてねえよ。うええええ〜」

食べたものを全部吐き出してしまったようで、デブタクの口からは胃液で酸っぱくなったテキーラサンライズが吐き出されていた。

「だってよ、家に誘って断られたんだろ」

「それはジュリアがあゆの家に泊まりに行くとか言うからよ。あのブス空気読めっつうんだよな」

デブタクはなんとか起き上がると、公園の水道で顔を洗った。

「家に友達が泊まりに来るなんて、女が誘い断る常套句《じょうとうく》じゃねえかよ」

「あの子はそんな子じゃねえ」

二人はベンチに座った。

「――にしてもよ。龍ちゃん本当にすげえな」デブタクが酒で半分開かなくなった目を龍平に向けてしみじみと言った。

「もう、何回も聞いたよ」

「絶対売れるよ」呂律の怪しい口調でデブタクがもう一度言う。

「売れるかどうかはわからねえけどよ。今日初めて人前でやってよ。バーンって笑いが起きたとき、めちゃくちゃ気持ちよくてさ、これはもうやめられねえなって思ったよ」龍平は小さい男の子が自慢をするときにするように人差し指で鼻の下を擦った。

「――にしてもよ。龍ちゃん本当にすげえよ」デブタクは酔っ払いらしく同じことを繰り返した。

「でもよ。飛夫が元の相方とやってってたブラックストーンの漫才、ビデオで見たんだけどよ。すげえんだよ。石井保って奴、俺なんかより全然ツッコミがヤバくて渋くて、上手いんだよ。まいったぜ」

「だって十年もやってたんだろ。龍ちゃんは今日が初舞台なんだからしょうがねえよ」

「しょうがねえじゃダメなんだよ。早くあいつより上手くやれるようにならなきゃ、飛夫

について け ねえだろ」

「そんなこと飛夫に言ったら、あいつまた絶対に泣くぜ」

「だろうな。あいつ涙腺ぶっ壊れてっからよ」

公園に二人の笑い声が響き渡った。

「――でも、やっぱ、龍ちゃんはすげえよ」

「何回言うんだよ」口ではそう言いながらも、龍平も悪い気はしなかった。自分が進むべき道を見つけたことを、デブタクが自分のことのように喜んでくれているのが伝わった。

「本当すげえって」デブタクはぐったりと下を向いて、もはや独り言のように呟いた。

「お前だってすげえよ」龍平はまっすぐ前を向いたまま答えた。

「俺なんか、なんにもすごくねえよ」

「すげえじゃねえかよ。コックになりてえって夢見つけて、ちゃんと貯金して、もうすぐ本格的に調理師の学校通うんだろ。ちゃんとやりてえことに向かってんじゃねえかよ」

「そんなのお笑い芸人で売れるのに比べたら、ちっちゃい夢だよ」

「バーカ、夢に小さいも大きいもねえだろ」

龍平がそう言うと、デブタクは「ありがと」と小さい声で言って下を向いた。

「俺なんかよ。今まで努力とかってしたことねえんだよ。中卒だから受験もしたことねえし、部活で汗流したこともねえ。必死で頑張ってる奴を横目に見て、本当はうらやましいくせに、くだらねえとか言ってよ。何かやりてえんだけど、何やっていいかわからねえし、だから結局、お前とツルんで喧嘩ばっかやって、それはそれで刺激あって楽しかったけどよ。いい大人になってきて、とうとうお前までコックになりてえって夢見つけちゃったからよ。俺、なんか焦ってたんだよな。俺も何か見つけてえっていうか、お前みたいに何かに向かって努力してえっていうか。だから、留置所で飛夫に会って、漫才やろうって言われたとき、こいつに賭けてみようって直観的に思っちゃったんだよな。それに、あいつが言うには、人は変われるらしいからな」と龍平は一気に言ってから、「悪《わり》ぃな。俺、完全に酔ってんな。ダセエな」と照れたように笑ってデブタクを見た。

「ぐう〜」デブタクはいびきをかいて眠っていた。

「寝てんのかぃ！」思わず大きな声が出た。「テレビドラマのワンシーン的なタイミングで眠ってんじゃねえよ」

そう言うと、龍平はデブタクのポケットからやめていた煙草を抜き取り、火をつけた。

「やっぱ、旨《うめ》ぇな」煙を吐き出して独り言を呟《つぶや》くと、久しぶりのニコチンが体に染みわたり、頭がクラクラした。

そのとき吐き出した煙の向こう側に無数の人影が見えた。公園の入り口までその人影が近づいてきたとき、一人の顔がハッキリと認識できるようになった。

「ちぇっ、城川」龍平は煙草を投げ捨てると足で揉み消した。

「おう、テメエか」城川が自分の後ろにいる三十人ほどの仲間に顎で合図を送ると、スカルキッズの面々は龍平と未だに眠っているデブタクのまわりを取り囲んだ。「男二人で、深夜の公園でイチャついてんじゃねえよ。気持ち悪《わり》ぃな」城川はトカゲのような顔をニヤつかせながら言った。

「うるせえな。ほっとけよ」

「ほっとくわけねえじゃねえかよ」城川が拳を握り指の関節をポキポキと鳴らしていく。

「ぐ〜ぐ〜」まだ自分が危機的状況に追い込まれていることに気がつかないデブタクは、幸せそうな顔で眠っている。

「呑気に寝てんじゃねえぞ、デブ！」城川が叫びながらベンチを蹴った。

「んがっ」デブタクは目を覚ますと首をぶるぶると振り、「ん？」とキョトンとした表情でまわりを見渡して状況を把握すると、龍平の方を見て「もしかしてピンチ？」と言った。

「来いよ」城川が余裕の表情で二人を手招きする。

「なんだ、テメエ」デブタクはすぐに立ち上がり、城川に向かって行こうとしたが、龍平がデブタクの腕を後ろから摑んだ。

「待て」

「どうしたんだよ、龍ちゃん」

「喧嘩すると飛夫がうるせえんだよ。芸人っつうのは喧嘩しちゃダメらしいからよ」龍平はデブタクに笑顔を作ってみせた。

「龍ちゃん……」デブタクの体から力が抜ける。

「どうした。テメエらビビってんじゃねえぞ！」城川は小石を蹴飛ばして叫んだ。三十人の輪はジリジリと詰め寄り、その円を小さくしていく。

「隙見て逃げるぞ」そうデブタクに囁《ささや》いて、龍平は人の輪の一番薄いところを探す。

「完全に囲まれちゃって隙なんてなさそうだけどね」デブタクもまわりを見渡した。

「やるぞっ」城川の号令で三十人が一斉に龍平とデブタクに襲いかかった。

「そこだ！」龍平はチラリとデブタクを見て合図を送ると、両腕で顔をかばうように隠して、公園の出口とは反対側のフェンスに向かって走りだした。デブタクも慌てて龍平のあとを追う。

「テメエ、何逃げようとしてんだ。コラッ」

出口側に比べてフェンス側には人は少なかったが、それでも五人がすぐに龍平の行く手を阻《はば》んだ。龍平はかまわず、顔を隠したまま突っ込んだ。

「オラッ」

「痛っ」

ガードした腕ごと蹴られたが、かまわずフェンスに向かって突き進む。

「オラッ」「オラッ」「オラッ」

次々に蹴りやパンチが肩や腕、足、脇腹に突き刺さる。それでも龍平は足を止めずにフェンスに向かってひた走った。足を引っかけられて片膝を地面につけたがすぐに立ち上がり、再びフェンスを目指す。出口側にいた連中も加勢して、走り抜けようとする龍平とデブタクにパンチやキックを浴びせたが、二人は止まらずに走り続けた。

まるで、逃げ出したイノシシを警察官や村人が捕まえるニュース映像のようだった。

「よっしゃあー」フェンスにたどり着くと、胸までの高さのフェンスに素早くガシッガシッと音を立てて登り、龍平はヒラリと道路に飛び下りると大通りめがけて走りだした。

「待て、コラッー」

「待つわけねえだろ、バーカ」と言いながら振り返ると、フェンスの向こう側でデブタクが捕まっているのが見えた。

「龍ちゃん、逃げろ！」デブタクは叫ぶと同時に腹を蹴られた。

「やめろ」龍平は立ち止まり拳を握り締めた。

「ほらっ、ドジなお友達がまた捕まっちゃったぞ。戻ってこいよ」城川はフェンスに肘をついてその上に顎を乗せた。「まあ、逃げてもいいけどよ。このデブがどうなるかわかんねえけどな」

「テメエ」龍平は一歩一歩公園に向かって歩きだす。

「やめろ、龍ちゃん。来なくていいって！」

必死に叫ぶデブタクの髪を城川が摑んで顔をフェンスに押しつける。

「友達想いの龍平君が逃げるわけねえじゃねえかよなあ？」

「その手を離せ」

フェンスを隔てて龍平と城川が睨み合う。

「どうしたんだよ。いつも気ぃ狂ったみたいにつっかかってくんのに、なんで手も出さねえで逃げようとしてんだよ。今さら更生でもするつもりか？」

「喧嘩はやめたんだよ」

「はあ？　オメエらが喧嘩やめたとか関係ねえんだけど」

デブタクの顔をさらにフェンスに強く押しつけると、赤味を帯びたデブタクの頰の肉は網目から飛び出してチャーシューのようになった。

「頼むから、そいつを離してくれ」

「離してほしかったらフェンス越えて、俺の前で土下座してくれよ」

龍平は黙って頷くと、フェンスを飛び越えて両膝をついた。

「やめろ、龍ちゃん！」フェンスに押しつけられて変形したチャーシュー顔でデブタクが叫んだ。

「デブタク、巻き込んで悪かったな」

「何言ってんだよ」

「悪《わり》ぃな」と言うと地面に両手の拳をつけた。

すると城川がデブタクの髪を離してしゃがみ込むと、龍平に顔を近づけた。

「謝る相手が違うだろうがよ。ちゃんと俺に謝ってくれよ。今まで迷惑かけてすいませんでした。僕はもう真面目になったのでイジメないでくださいってよ」

「謝ったら、もう俺らには手ぇ出さねえんだな」

「敬語使えよ」

龍平は歯を食いしばり、「謝るんで、もう俺らには手を出さないでください」と言った。

「わかったよ。ちゃんと謝れたらイジメないでやるよ」

龍平は城川から視線を外して頭を下げる。

「今まですいま――」

「頭《ず》が高けえよ。もっとちゃんと頭下げろや」城川が時代がかった台詞を吐きながら龍平のドレッドヘアーを摑み、額を地面につけさせる。「ほらっ、謝れ」

小石が頬に突き刺さったが、怒りで痛みは感じなかった。

「今まですいませんでした」絞り出すように龍平が言うと、

「許さねえ」城川は立ち上がり龍平の後頭部を踏みつけ、高笑いをした。「テメエらが喧嘩やめようが、どうしようが俺らの知ったこっちゃねえんだよ」

後頭部に乗せていた足で今度は背中に何度も何度も蹴りを入れた。

「そいつもやれ」城川が指示を出すと、スカルキッズの面々は一斉にデブタクと龍平を袋叩きにした。特に龍平には多くの人員が割かれ、丁寧にボコボコにされたが、龍平は亀のように体を丸くして両腕で顔を隠し、耐え続けた。やがて、豪雨のような暴力が収まると、城川は龍平の前にしゃがみ込み龍平のドレッドヘアーを摑んで顔を上げさせた。

「お前がなんで喧嘩しねえのか知らねえけどな、俺らはこれから先もお前らのこと見つけるたびにぶっ飛ばしてやるからよ。それが嫌なら家から出るんじゃねえよ」

城川は立ち上がるとチノパンのジッパーを下ろし、どす黒いチンコを出して、龍平めがけて小便を放出した。酒を飲んでいたのか、ビールとアンモニアが混ざり合った悪臭が鼻をついた。

「お前らも小便しとけよ」まるで遠足のバスに乗る前に担任の先生が言うような調子で城川は仲間に呼びかけた。

それに応えるように、夜の公園に何本ものチンコが姿を現し、龍平とデブタクに小便を浴びせた。

「おいおいおい、気をつけろよ。ちょっと足にひっかかったじゃねえかよ」城川が笑う。

ほとんどの奴らが小便をかけ終わると、城川とスカルキッズの面々はゲラゲラと笑いながら公園からいなくなった。

公園に静けさが戻る。

「うっ」動こうとするとあちこちに打撲の痛みが走り、体中が熱を帯びているのがわかった。龍平はなんとか仰向けになると空を見上げた。「大丈夫か、デブタク」

「なんとかね」

デブタクは龍平に比べるとまだ動けるようで、体を起こしてフェンスにもたれかかった。

「マジでごめんな。お前は芸人でもなんでもねえんだからよ。好き勝手に殴られなくてもよかったのによ」

「きっとさ、コックも喧嘩しちゃダメだろ」

「お前、それ格好良すぎだろ」

「まあな」

二人は力なく笑う。

「じゃあ、あとよろしく頼むわっ。俺、もう限界」そう言うと龍平は目を閉じて意識を失った。

「また喧嘩したのかよ！」病院の前で待っていたデブタクを見つけるなり、飛夫は声を荒げた。

「違うよ」

「何が違うんだよ」

デブタクは気絶した龍平のために携帯電話で救急車を呼び、病院に着くと、今度は飛夫に電話して「スカルキッズの奴らにやられた」と病院の名前だけ言って電話を切ったのだ。

「龍ちゃんは手ぇ出してねえよ」

「どういうことだよ」

「喧嘩すると飛夫がうるせえからって言って、黙って袋叩きにされたんだよ」

デブタクの話を聞いて、飛夫は言葉が出なかった。

ここに来るまで、龍平がまた喧嘩をしたのだとばかり思っていた。大事な舞台を目前に喧嘩なんかをした龍平に腹を立ててもいた。

しかし、実際は違っていた。龍平は飛夫との約束を守り、手を出さずに袋叩きにされたというのだ。なのに自分は、龍平を信じてやれず疑ってしまった。苦い気持ちが込み上げるのと同時に、本当に喧嘩をやめてくれたことに対しての感動もあった。

そして、そんな龍平に対してしつこく喧嘩を仕掛けてくる城川らスカルキッズに腹が立った。苦さと感動と怒りがごちゃまぜの感情だった。

「で、容態は？」

もちろん龍平自身のことも心配だったが、初舞台までに回復できるのかどうかも気がかりだった。

「念のため今日一日だけ入院して、明日には退院してもいいってよ」

「そっか」飛夫の口から思わず安堵《あんど》の息が漏れる。ひとまずは安心した。

病室に入ると、龍平は大部屋の一番手前のベッドを斜めに起こしてもたれかかりテレビを見ていた。

「大丈夫かよ」飛夫がベッドに駆け寄る。

「楽勝だよ。っていうか、こんな入院とか全然必要ねえんだけど」と言いながら、龍平は立てた親指を突き出した。

「心配かけんなよ」

「心配なんかしてんじゃねえよ」

「正直、また喧嘩したのかと思ったよ」飛夫は自分が龍平を疑っていたことを正直に白状した。

「バーカ、こっちはプロの芸人なんだからよ。喧嘩なんかするわけねえだろ。喧嘩なんていうのは、素人の中でも馬鹿な奴がするもんだよ」龍平が笑顔で答えた。

飛夫はまた感激したが、それを悟られないように、「ついこのあいだまで素人で、しかも相当な馬鹿だったじゃないかよ」と、からかう口調で言った。

デブタクも一緒になって笑った。三人の笑い声が病室に響き、隣に寝ていた頑固そうな中年男性がチラリとこちらを見て、また正面に向き直った。それで飛夫と龍平は笑うのをやめたが、デブタクだけは手を叩いて笑い続けていた。

「でも、あれだな。顔はほとんど傷ついてないんだな。目の上がちょっと腫《は》れてるくらいじゃん」

　入院していないデブタクの顔が結構腫れているのに、龍平の顔はほとんど無傷だった。

「舞台まであと二日だからよ。顔に痣作ったらヤベエと思って、顔だけは必死でガードしたんだよ」

「お前……偉いな」思わず飛夫の本音が口をついて出てしまった。

　短気な龍平は黙って殴られるだけでも相当に悔しかったはずだ。そんな状況の中でちゃんと初舞台の日のことを考えていたとは、本当に物凄い変化だ。まだ、芸人になって日が浅いというのに。というより、まだ初舞台すら踏んでいないというのに、本当にプロとしての自覚が芽生えていることをあらためて感じた。

「偉いってなんだよ。親かっ」龍平は、飛夫の父親のような言い草に思わず噴き出した。

「いや、偉いっていうか、まあ、喧嘩なんてしないのが当たり前なんだけどね」飛夫は自分で言っておきながらも、急に恥ずかしくなって、適当にごまかした。

「何か変だぞお前」と言いながら龍平は笑った。

「どうもありがとうございました！」

飛夫と龍平はセンターマイクの前で同時に頭を下げた。

その日はテレビに出ている芸人も多数出演しているとあって、キャパシティ四百人の「ルミネス the よしき」が満員になっていた。ドラゴンフライの漫才は一分間でその四百人を笑いの渦に巻き込んだ。二人は手ごたえを感じながら舞台を降りた。

ゴングショーの結果はライブが終了したのち、お客さんのアンケートを回収・集計してから舞台の裏の廊下に張り出される。

二人は、客席にまわって他の芸人のネタを見てから、劇場と同じビルの中にある喫茶店で結果を待つことにした。

「おい。劇場ってすげえな。カラオケボックスなんかでネタやるのと全然笑いの量が違うのな」初舞台の興奮が冷めない龍平は、異常にテンションが高かった。

「そりゃ、やっぱ、劇場の方が気持ちいいだろ」飛夫は少し先輩風を吹かして、そう言った。本当は飛夫も久しぶりの舞台と、龍平のお披露目に興奮していた。

「めちゃくちゃ気持ちいいよ。これヤバイな」

「やめられないだろ」

「やめられるわけねえよ。ウケる気持ち良さに比べたら、喧嘩もマリファナも糞だな」

「だろ?」飛夫は笑いの魅力にはまり出した龍平を満足げに見ながら、アイスティーを飲んだ。

「でも、大丈夫かな」龍平はアンケートの結果が気になりだしたのか、不安な声を出した。

「あんだけウケたんだから大丈夫だよ」飛夫は自分自身に言い聞かせるようにそう言った。

「そうだよな」龍平もその言葉を無理矢理信じようとする。

「大丈夫だって」飛夫が頷く。

「大丈夫だよな」龍平が頷く。

「大丈夫だよ」飛夫が頷く。

そして龍平が黙って頷いた。

「でもよ」龍平のテンションが突然上がる。「すげえよな。やっぱ、ナマでネタ見ると、みんな面白《おもしれ》えな。テレビ見てても思うけど、やっぱナマで見るとすげえな」龍平は遊園地で乗り物に乗った直後の子供のように目を輝かせて言った。

「そうだな」

飛夫もそう感じていた。もちろん今まで何千何万回と、いろいろな芸人のネタをナマで見てきた。それだけでなく、ネタ番組もすべてチェックしていた。しかし、それまでの飛夫はあまり人のネタを見て笑うことがなかったのだ。笑ったとしても、スベった芸人や、自分とあまりスタイルのかぶらない芸人を見てたまに笑うくらいだ。人の漫才を見て笑うことはほとんどなかった。心のどこかでライバルを面白いと認めてしまったら、負けてしまうような気がしていたからだ。人を認めないことで、自分が一番だと信じようとしていた。

それが今日、久しぶりに劇場でネタを見てみると、不思議と普通に笑ってしまった。「みんな面白い」と素直に感じた。それはライバルたちに対して負けを認めたからではなく、お笑いは勝ち負けではないのだと気づいたからだった。もちろん、その日出ている芸人の中で一番の笑いを取りたいという気持ちはあるし、コンテストがあればやはり優勝したい。しかし、そもそも自分も芸人になる前は、お笑いファンだったのだ。ネタを見ることが好きだったし、だからこそお笑いをやりたいと思ったのだ。

それを思い出したのは龍平のおかげのような気がした。

本番前には緊張して顔をこわばらせ、出番が終われば、さっきまで舞台の上で漫才をしていた男が、同じ舞台の上でネタをやっている芸人を見て無邪気に大笑いしている。龍平につられて一度笑ってしまうと、次々に笑いが込み上げてきた。涙が出るほど笑えた。腹を抱えて笑った。自分がお笑いを好きだということを再認識させられたような、そんな思いだった。

「あのさ、あいつらいたじゃん。般若とか、フルーツパンチとか、しずくとか」龍平はテレビに出ている若手の名前を鼻息を荒くして次々に挙げた。

「そりゃいるだろ」ミーハーな龍平に少し呆れ気味に答える。

「お前さ、あいつらの知り合いなの？」

「知り合いっつうか後輩だよ」

「えええええっ。だってテレビ出てんじゃん」

「テレビに出てても、俺の方が先に吉木興業に入ってんだから、俺の方が先輩なんだよ」

「ってことは、俺もあいつらの先輩になんの？」なぜか得意そうに龍平が言う。

「ならねえよ」

「なんでだよ。お前の後輩だろ」

「そうだよ」

「お前は俺の相方だろ」

「そうだよ」

「じゃあ、俺の後輩じゃん」

「そうはならねえよ」

飛夫は、龍平はこんなこともわからない素人なんだと思うと、なんだかおかしくなってきた。

「なんなんだよ」

「だから、俺はあいつらより先に入ってるから先輩。龍平はあいつらよりあとに入ったから、後輩」

「お前はあいつらの先輩で、俺はあいつらの後輩になるわけ？」

「そうだよ」

「ややこしいな」龍平は大きく溜息をついた。

「そういうもんなんだよ。だから、あいつらにも敬語使えよ」

「マジかよ。俺って基本的には敬語使わない主義なんだけどな」

「どういう主義だよ」今度は飛夫が溜息をつく。

「でもよ。もしかしてあの劇場に出てたら、タモリとかにも会えるのかな？」またしても、龍平のテンションが上がる。

「会えないよ。タモリさんは事務所違うから」

「なんだよ、つまんねえな」

「売れればテレビで会えるよ」

「マジかよ。うわー早くタモリに会いてえ」龍平のテンションはジェットコースターのように上がり下がりしていた。

「お前、さっきからタモリタモリって呼び捨てにしてるけど、〝タモリさん〟て、ちゃんとさん付けで呼ばないとダメだぞ」

「タモリはタモリだろ。会ったこともねえのに、〝タモリさん〟って逆に気持ち悪くねえか。なんか知り合いぶってる感じすんじゃん」

「べつにそんな風に誰も思わねえよ」

「無理だよ。なんか芸能人をさん付けで呼ぶのとか恥ずかしいよ」

「慣れろっつうの」

龍平には一から芸人としての礼儀を叩き込まなければならないと思い、その大変さを覚悟した。

「おーう」

入り口からガラの悪い声が聞こえたので振り向くと、金井と河原が飛夫たちの方に歩いて来ていた。

約束通り、初舞台のことを電話すると本当に見に来てくれて、終演後は喫茶店で落ち合うことになっていた。

「おい、ヤベエなお前ら、めちゃくちゃ面白《おもしれ》ぇじゃねえかよ」金井はソファーに座るなり、ピースに火をつけて煙を吐き出しながら一気に言った。「なんだよ。もっと全然つまらねえと思ったらよ、普通に面白《おもしれ》えじゃねえかよ」

「だから言ったじゃねえかよ」龍平は自慢げにソファーに寄りかかった。

「お前はその生意気な口のきき方を直せねえのかよ」

ネタを見たあとだからか、龍平の態度に対する金井の苦言も、心なしか若干愛情が込められているように感じられた。

「俺は敬語は使わねえ主義なんだよ」龍平が胸を張ってそう言うと、

「そんなの通用しねえんだよ。俺は二十五だぞ。年上だぞ」

「え？　二十五ですか？」飛夫が思わず聞いた。

「そうだよ」

「思ってたより若いっていうか……」

「そんなことねえだろ」

「っていうか、僕より年下……」

「だからなんだよ」

「飛夫に敬語使ってねえじゃん」龍平がツッコむと、

「だって、こいつはうちで借金してたんだからよ。取り立てはタメ口使う主義なんだよ」

と金井は言った。

「なんだその主義」龍平が呟いた。

　金井は大きく煙草の煙を吐き出すと、ウェイトレスを呼びアイスコーヒーとコーヒーを頼んだ。

　そしてウェイトレスがテーブルからいなくなるのを待って、飛夫は「河原さんどうでした？」と尋ねた。

「よかったんちゃうか」河原は素っ気なく答える。

「もうちょっと具体的に言ってくださいよ」龍平が口を挟むと、

「おい、普通に敬語使ってんじゃねえかよ」とすかさず金井が言った。

「この人にはなんか使っちゃうんだよ」龍平は頭をかいた。

「俺にも使っちゃえっつうんだよ」金井は面白くなさそうに呟いた。

「ほんまにおもろかったわっ。芸人やめた俺なんかがエラそうに何か言えるレベルちゃうわ」

　口調は相変わらず素っ気ないが、語っている内容は飛夫にとって嬉しいものだった。

「ありがとうございます！」飛夫は深く頭を下げる。

「芸人やめてから、劇場でネタなんか見てなかったけど、今日お前らのネタ見たら、たまには劇場来るのもええなあって思ったわ」

河原はハイライトを取り出すと火をつけ、それと同時に金井は自分の煙草の火を灰皿で揉み消した。

「めちゃくちゃいい感じの褒め言葉じゃないですか」龍平が無邪気に笑う。

「お前らよ。借金だけはすんじゃねえぞ。せっかく面白《おもしれ》ぇんだからよ。芸人続けられなくなんぞ」

金井がガサツな笑い声を上げたそのとき、飛夫の携帯にメールを知らせる着信音が鳴った。携帯を開くと、メールの送り主は由美子だった。

ちょ〜面白かったよ。笑いすぎて隣の人に変な目で見られちゃった。今日は龍平君と飲んで帰るんでしょ？　ご飯作らなくてもいい？　結果が出たらメールちょうだい。

幸せを感じつつ、ネタの合否が出てから返信しようと携帯電話を閉じた。すると金井が「誰からだよ」と聞いてきた。

「いや、言っても知らないと思うんですけど」

「見せろ」

この人にはプライバシーという言葉は通用しないらしい、と飛夫は思った。

「なんで見せなきゃいけないんですか」

「いいから見せろ」

「嫌ですよ」

「じゃ逆に聞くけど、なんで嫌なの？」

「普通、嫌ですよ」

「じゃあ、なんかエロい写メとか持ってねえのかよ」

「ねえよ」飛夫は思わずタメ口でツッコんだ。

「お前、俺が年下ってわかって今タメ口《ぐち》使ったな」

「あっ、すみません」

飛夫が慌てて謝ると、またしても金井はガサツに笑った。

金井たちと別れて劇場に戻り、舞台裏に張り出された紙を見ると、「ドラゴンフライ合格」と書かれていた。

飛夫と龍平はガッツポーズをキメると握手をした。

その後も、飛夫と龍平はドラゴンフライとして、一分ネタ、二分ネタ、三分ネタと順調にクリアしていった。

ちょうどその頃、お笑い界にとても大きなニュースが舞い込んだ。

「優勝賞金一千万だってよ」龍平は劇場の廊下に張り出されたポスターを食い入るように見ながら言った。

そのポスターは日本一の漫才師を決めるコンテスト、ＭＡＮＺＡＩ　ＯＮＥグランプリのポスターだった。

プロアマ問わず、コンビを組んで十年以内の芸人なら誰でも参加することができる。ルールは簡単で、センターマイクの前で四分以内の漫才をして、半年かけて行われる予選に勝ち抜き、年末にテレビでゴールデンタイムに生放送される決勝戦で優勝すれば、一千万円がもらえるのだ。

「優勝賞金もすごいけど、ナマで全国放送だろ。これで優勝すれば一気にテレビの仕事増えるかもしれねえぞ」飛夫の鼻息も荒くなる。

鼻息が荒くなっていたのは飛夫と龍平だけではなかった。一千万という賞金。そしてこのグランプリで優勝すれば、芸人としての道が開けるという期待——。ＭＡＮＺＡＩ　ＯＮＥグランプリ開催の発表に、日本全国の芸人が色めき立った。

「どうする？」龍平は、答えは決まっているだろうが一応確認するぞ、というトーンで飛夫に問いかけた。

「出るに決まってるだろ」飛夫は龍平の期待通りの答えを口にした。

「よっしゃー。どうすりゃ参加できんだよ」

「二週間後にエントリー開始で、三カ月後から予選スタートだってよ」飛夫がポスターに書かれた日付を指差す。

「三カ月後か」龍平はすでに緊張しているのか、硬い声を出した。

「ネタ作らねえとな」飛夫は腕組みをしながら、大きく息を吐き出す。

「ゴングショーでやった三分のネタをちょっと延ばして出ればいいだろ」

「そんなんじゃダメだよ。一本でも多くネタ作って、一回でも多く客前でかけて、一番ウケるネタを仕上げていかないと」強い口調で飛夫が言うと、

「お前は本当に慎重派だよな」難しい顔をしながら龍平は答えた。

「みんな必死で来るはずだからさ、俺らも必死でやらないと優勝なんてできねえだろ」

「なるほどな」龍平も飛夫の真似をするように腕組みをした。

二人とも興奮していて、このまま帰っても落ち着かないということになり、渋谷の居酒屋に飲みに行った。そして優勝したあとの夢のような生活を語り合った。

龍平のあくびが増えてきた頃、居酒屋を出て、飛夫が「どうする?」と言うと、「店に寄って、デブタクと帰るわっ」と龍平が答えた。

何度もあくびが出るほど眠くても、デブタクにMANZAI ONEグランプリの話を聞かせたかったのだろう。龍平はフラフラとメイド性感ドールに向かって歩きだした。

「明日、また連絡するわ」

飛夫が龍平の背中に声をかけると、龍平は振り返らずに手をゆらゆらと揺らしながら、脇道に消えていった。

飛夫は龍平が見えなくなるとコンビニに立ち寄り、大学ノートを五冊と「肩がこらないシャーペン」という売り文句のドクターグリップ、シャーペンの芯、消しゴムを買った。ノートもシャーペンも消しゴムも家にあったが、飛夫は、「ネタを書くぞ」と気合を入れるときは必ず新しい文房具を買った。新品のノートを開き、新品のシャーペンを握ると、不思議とやる気が出るのだ。

気合の表れともいえる文房具が入ったコンビニの袋を手に、渋谷駅に向かって公園通りを下りながら、早くもネタの設定を考えはじめていた。

刑事ドラマの殉職シーン、銀行強盗、先生と生徒……次々と頭の中に設定を並べて、設定に合ったボケを考える。これ面白いな、と思わず自分で考えたネタで噴き出して笑ってしまったそのとき——突然頭に衝撃が走り、焼けた鉄を押しつけられたような痛みに襲われた。

「ううーっ」あまりの痛さに思わずその場でうずくまり、衝撃の走った場所を手で押さえた。髪が濡れていた。粘着質で生暖かい液体がどくどくと溢れ出し、首筋まで流れてきていた。血だ。見るまでもなく、その液体が血であることがわかった。

「見つけたぞ」

頭上で声がしたので見上げると、見たことのあるような、まったく知らないような、三人の男たちが飛夫を取り囲んでいた。一人が鉄パイプを持っていたので、自分を殴ったのはこの男だろうと簡単にわかった。

「金なんかないぞ」

瞬間的に、いわゆるオヤジ狩りだと思った。俺はまだオヤジじゃねえだろ、いまだにオヤジ狩りなんてあんのかよ——とも思ったが、それ以外にいきなり暴力を振るわれる覚えは飛夫になかった。

「いいから来い」鉄パイプを持った男が飛夫の着ているパーカーのフードを乱暴に摑む。もちろんついて行く気のない飛夫は引っ張られた方と逆に逃げようとしたが、ただパーカーが脱げていくだけだった。

「オラッ」目の前にいた長髪の男が、腹を蹴飛ばした。

「うううっ」とうずくまって、目の前にコンクリートの地面が見えたかと思うと両腕を摑まれた飛夫は、あっと言う間にコンクリートの地面から離れ、車道に連れて行かれた。

飛夫が現れるのを待っていたかのように、ドアを開いたワゴン車が停まっていた。

「乗れ、オラッ」一人の男が飛夫を蹴り込み、中で待っていた男が飛夫を引っ張り無理矢理座らせた。続いて素早く鉄パイプの男が飛夫の隣に滑り込んできて、飛夫は男たちに挟まれて座るような形になった。

「どこに連れて行くつもりだよ」飛夫は頭の激痛に耐えながら言葉を出した。血は止まったようだが痛みはむしろ増していた。ここまでするオヤジ狩りなど聞いたことがない。黙っていると余計恐怖が増しそうだった。

「黙って座ってろ」と言うと男は手にした鉄パイプを飛夫に見せつけた。

これ以上は殴られたくなかったので、飛夫は言われた通りにして外を見た。

車は渋谷駅のスクランブル交差点に差しかかっていた。もう十二時をまわっているというのに、まだまだ夜はこれからという雰囲気で、ミニスカートの女の子の集団がゲラゲラと笑いながら歩道を横に並んで歩いている。その女の子の集団を見ながら、「あの子カワイくない？」などと言いながら男の集団がナンパするタイミングを見計らっている。カップルが道の端でキスをしている。

こちらからはそんな風景が見えるのに、黒いスモークに隠された車内で血を流した飛夫が拉致されかけていることなど、誰も気づく様子はない。

二十分ほど走ると、車は再び人気《ひとけ》のない路地裏に入り、つぶれたらしい病院の前で車は止まった。スライド式のドアが開き、飛夫は車から引きずり降ろされた。

鉄パイプで飛夫を殴った男が緊急の患者が搬送されてきたときに使っていたらしい扉を開く。錆ついた金属が擦れ合い、ギギギッと悲鳴を上げた。

両腕をがっつりと摑まれたまま、飛夫はその廃病院の中に連れ込まれた。

真っ暗な廊下を無理矢理歩かされ、階段を上がる。二階に上がると、一部屋だけ明かりの洩れる部屋があり、飛夫はその部屋へと連れて行かれた。

中では、厳つくてガラの悪い連中がいたるところで煙草を吸っていて、病室はバルサンを炊いたように白くなっていた。

「おう、お疲れさん」壊れたベッドの上に座ったトカゲのような顔をした男がニヤついた顔で出迎えた。「こっち来いよ」男はそう言うとピョンとベッドから降りて、飛夫に向かって手招きをした。

「お前かっ」男を一目見て飛夫は龍平をボコボコにした城川だと気がついた。飛夫の中で城川に対する憎しみが一気に込み上げてきた。

「一回しか会ってないのによく覚えてんじゃん」

恐怖よりも怒りの方が大きかった。

「お前だろ、龍平やったの」

「おう、やったやった。無抵抗だったからよ。ボコボコにしてやったよ。って言うかしょんべんかけてやったよ。ここにいるほぼ全員の」

白い煙の向こうから何人ものニヤけた顔が見える。

「お前っ」飛夫は拳を握り締めた。

「おっー、俺のこと殴りたいってか、いいぜ殴っても」城川が飛夫の方に顔を突き出して自分の頬をペシペシと叩いた。

「でもよ。鬼塚はお前とお笑いやりたくって喧嘩やめたんだろ。お前が俺のこと殴っちゃったら、元も子もねえよな」

体中が熱くなった。血管を通って怒りが体中を駆け巡るようだった。

「あいつが無抵抗なんておかしいと思って調べさせたんだよ。そしたら、漫才師だってよ。ふざけんじゃねえっつうの」城川は飛夫の襟首を摑んだ。「だからぶっつぶしてやろうと思ってよ」

「そんなことして何が面白いんだよ」怯まずに飛夫も言い返す。

「俺とあいつはいろいろあってよ。この前歯だってあいつに折られて全部さし歯なんだよ。八〇万かかってんだぜ」

「それはお前が先にデブタクさらって、龍平の足刺したからだろ」

「喧嘩でどっちが先とか、それは水かけ論って奴でさ、要は俺としてはスッキリするまで、あいつをイジメちゃいたいんだよね」

「もう充分やっただろ」

「それがさ、だいぶ殴ったのは殴ったんだけどさ、目がムカつくんだよ。負けてねえぞ、みたいな目しやがってよ……だから、何が一番あいつにとってダメージ残るかって考えたらよ、お前がやられたら責任感じちゃうだろ」城川は楽しそうに笑うと、同意を求めるように飛夫に向かって、「な?」と言った。

「ま〜た、面倒臭いことしちゃって」ベッドの上であぐらをかいている坊主頭に不精髭の男が、煙を吐き出しながら言った。

「岩崎、人が楽しんでのに水差すんじゃねえよ!」城川が振り返り叫ぶ。

「どう考えても面倒臭いでしょ」

「なんだ、テメエ」

「だって、鬼塚には土下座させてケリついたんでしょ。なんでワザワザこんな奴さらって来させるんですか」

「文句があるなら出てけよ」

「ここはあんただけの溜まり場じゃねえでしょ」

「テメエ、佐山にかわいがられてっからって調子に乗ってんじゃねえぞ」

「佐山さんから預かってっからって調子に乗ってんのはあんただろ」

「つだと、テメエ」城川は岩崎に向かって走り顔面を殴りつけた。

岩崎は口から唾と血を一緒に吐き出すと、

「佐山さん、もうすぐムショから出てきますよ。こんなんしていいんすか」と言った。

「気に入らねえ奴は、トコトンやってやんだよ！」城川が叫ぶと、岩崎は「勝手にしろよ」と呟《つぶや》き、呆れたように横を向いた。

「二度とあいつに手ぇ出すんじゃねえ！」城川を睨《にら》みつけながら飛夫が叫ぶ。

「はあ？」

「あいつは、もう、お前らみたいな奴とは違う。漫才師なんだよ。自分が前に進まないのはかまわないけどな、前に進もうとしてる人間の邪魔をするな」

「暑苦しいな、テメエは金八先生かっつうの」城川はわざとらしく大袈裟に笑ってみせたが、スカルキッズのメンバーは誰一人笑っていなかった。

「さすが漫才師、笑わせてくれるじゃねえかよ」

「二度とあいつに手ぇ出すんじゃねえっつってんだよ」腕を摑まれながらも飛夫はかまわず城川ににじり寄る。

「どうせ喧嘩もろくにしたことねえんだろ。イキがってんじゃねえぞ」

城川のパンチが鼻にぶち当った。ミシッと音がして鼻血がボタボタと滴り落ちる。

「ぐっ痛っ」思わず口にしてから、飛夫は鼻血など気にならないといった怒りの表情で城川に近づこうとしたが、両腕を摑まれているので前に進むことができなかった。それでも顔だけを前に突き出していたので、首には針で突けば血が噴き出しそうなぐらい血管が浮き出ていた。

「あいつに手ぇ出すんじゃねえ」

「とりあえず、テメエもさし歯になっとけ」城川は腕を折り曲げると、肘を思いきり飛夫の口に打ち込んだ。

「ぐはっ」強烈な痛みが走り、舌の上に小石のようなものを感じた。城川の予告通り飛夫の前歯が一本折れたようだった。

飛夫は前歯を城川の胸の辺りに吐き出すと、「手を……出すん……じゃねえ」と言った。

城川のジャケットに、赤い絵の具を歯ブラシで飛ばしたような斑点がついた。

「テメエ」城川の顔が怒りでみるみる赤くなっていく。「オラッ」城川は飛夫の頭を両手で押さえると、何度も何度も飛夫の顔面に膝を叩き込んだ。

「死んでろ、テメエこの野郎」

城川が頭から手を離すと同時に、両脇の男たちも手を離す。すると飛夫は力なく膝を地面に落としたが、城川のズボンを摑み、上半身が倒れるのをこらえた。

「龍……平に……手を出すん……じゃねえ」血と痣でバスケットボールのように膨れ上がった状態の顔を上げ、ほとんど開かなくなった目で城川を睨みつけた。

「なんなんだ、テメエは」

城川はそのバスケットボールのような顔に拳を振り下ろす。それでも飛夫は城川のズボンを摑んだまま離さなかった。

「手……出す……んじゃ」

存分に暴力を加えられた顔は、すでに痛みに加えて熱を帯びはじめていた。唇も腫れ上がってしまい上手く喋ることができない。

「あああああっ」城川は、殴られても殴られてもしがみついてくる飛夫に恐怖を感じたのか、必死で足を動かしたが、それでも飛夫はズボンを離さなかった。離すどころかゾンビのように少しずつ上がって行く。

「りゅう……へい……に……近づ……くな」

「貸せ」城川は隣にいた男から鉄パイプを取り上げると、飛夫の背中に振り下ろした。

「うっ」一発殴られて、ついに飛夫は地面に崩れ落ちた。

「こいつ、気持ち悪《わり》ぃな」城川が飛夫の背中に唾を吐く。

「ううっ」飛夫は最後の力を振り絞って仰向けになり、「手……を……出す……な」と言うと目の前に霧がかかって頭の中が真っ白になった。

薄れゆく意識の中で、「ナイスガッツ」と坊主頭で不精髭の男が笑いながら拍手をする姿が見えた。

龍平は数日前に自分が入院していた病院に駆け込むと、病室でベッドの上に横たわる飛夫の姿を見つけた。

「飛夫」ベッドに駆け寄り声をかけたが、飛夫に意識はなく、返事は返ってこなかった。

「渋谷のごみ捨て場で倒れてたって」由美子が目に涙を溜めて説明した。

飛夫が病院に運ばれたと携帯電話に連絡をしてきたのは由美子だった。しかし、なんで飛夫が？　という質問の答えは、由美子にもわからなかった。だから龍平は、病院に着くまで飛夫に何があったのか、事故なのか病気なのか、運ばれた理由もまるでわらなかった。

でも、飛夫の姿を見て一つだけハッキリとわかったのは、暴力の痕跡が顔中に残っているということだった。それは、事故や病気が原因でここにいるのではなく、誰かに圧倒的な暴力を振るわれてここにいるということを意味していた。

漫才を愛する飛夫が、暴力に対して暴力で対抗するはずがないし、拳を見ると殴った形跡もない。つまり一方的にボコボコにされたということだった。龍平の頭の中に、すぐに城川の顔が浮かんだ。

「城川……」龍平の全身を怒りが支配していく。

「馬鹿なこと考えるんじゃないぞ」

背後から声が聞こえたので振り返ると、病室の入り口に門倉刑事が立っていた。

「城川がやったんだろ」

「そんなことはわからん」門倉はポケットからショートホープを出しかけたが、自分のいる場所が病室であることを思い出したようで、手を止めた。

「こんなことすんのあいつしかいねえだろが！」龍平が叫ぶ。

「だったらどうするんだ」門倉は小さな声で言った。「また仕返しすんのか」

「あいつらにわからせてやんだよ」龍平は完全に町の不良の目に戻って、怒りを爆発させていた。

「こいつはどうすんだ」門倉はゆっくりと飛夫を指差した。「お前が怒りにまかせて喧嘩するのはいいがな、またこいつが巻き込まれたらどうするつもりだ」

龍平は返す言葉を失った。

「彼女に聞いたよ」門倉は由美子の方をちらりと見て言葉を続けた。「お前、彼と漫才を始めたんだろ。だったら、もう喧嘩なんかするな」門倉はそう言ってポケットに手を突っ込んだ。

「でも、あいつらは、俺のことやるだけじゃなくて、関係ねえこいつまで的にかけてきやがったんだぞ。俺が喧嘩やめたって、あいつらがしつこくやって来る以上どうしようもねえじゃねえかよ。自業自得だよ。俺は確かに好き勝手やってきたから、やられんのもそのツケかもしれねえよ。でもよ、こいつはお笑いが好きで、お笑いだけやってきた奴なんだよ。そんな奴が、なんでこんなになるまでやられなきゃいけねえんだよ」龍平は一気に言って唇を噛んだ。

「あとは警察の仕事だ。警察に任せておけ」と言うと門倉は病室から出て行った。

龍平は飛夫の顔を見つめた。自分のせいで飛夫をこんな目に遭わせてしまったと、自らを責めた。

「ごめん。ごめんな、飛夫」龍平の目から涙がこぼれて、飛夫の布団を濡らした。

「飛夫ね、すごい変わったんだよね」ベッドの横で由美子が飛夫の手を握ってそう言った。

「由美子ちゃん……俺……」龍平が由美子に向かって謝ろうとすると、由美子がそれを遮って、

「龍平君やデブタク君と知り合ってから、すごく明るくなったの。あいつらといるとなんかあいつらのペースに巻き込まれるって言ってた」と言った。

「俺だってあいつと会ってなかったら……」龍平はバスケットボールのように膨れ上がった飛夫の顔を見つめた。

「おかげで私にまで優しくなっちゃって、龍平君効果抜群だよ」由美子は泣きながら笑顔を作った。

「俺は、なんにもしてねえよ」

「ううん」由美子は首を横に振って、きっぱりと答えた。

「俺はこいつからたくさんもらったのに、俺はまだこいつに何も返せてねえ」

由美子がもう一度首を振る。

「龍平君は飛夫に笑顔をくれたじゃない」

龍平は子供のように泣き崩れた。いくら殴られても、どんなに蹴られても、子供の頃から喧嘩で泣いたことなど一度もなかった。しかし、自分のせいで殴られた友人を見たら涙が止まらなかった。それは龍平にとって、自分が殴られるより何倍も痛いことだった。

「飛夫が起きたら伝えてくれ」龍平は涙を拭うと立ち上がり、「悪かったな。それと、ありがとうって」と言うと病室から出て行こうとした。

「龍平君」由美子は龍平の背中に向かって声をかけた。

龍平は立ち止まって振り向くと、「何、心配そうな顔してんだよ。ちょっと用事があるから出てくるだけだよ」と言って病室から出て行った。

「なんで石井保に会いたいんだよ」金井がピースをふかしながら龍平に尋ねた。

「どうしても会って話したいことがあるんだよ」

龍平は病院を出ると、金井に電話して話があるからと言って、立花金融の前の喫茶店に呼び出した。

「だから、会って何話すんだよ」金井はコーヒーに砂糖を入れながらもう一度尋ねた。

「あんたには関係ねえ」

「関係ねえ奴に頼みごとしてんじゃねえよ」

「関係ねえけど、あんたに頼むしかねえんだよ」

「めちゃくちゃな理屈こねてんじゃねえぞ」

「頼む」龍平は机に額がつきそうなほどに頭を下げた。

いつも自分に向かって生意気な態度をとる龍平が頭を下げたのを見て、金井は一瞬息を呑んだ。

「お前は人に頭下げるような人間じゃねえよな」金井は勢いよく首を左右に曲げてボキボキと関節を鳴らした。「どうしても会いてえんだな」

金井の言葉を聞いて龍平はもう一度頭を下げた。金井はしばらく考え込むように黙ってから、口を開いた。「顔上げろ」

龍平は言われた通りに顔を上げて、まっすぐに金井を見た。

「条件がある」金井はさっきまでとは少し違った口調で言った。

「条件？」

「今後、漫才やるときは俺に知らせろ」

「そんなことでいいのかよ」

「お前は嫌いだけど、お前らの漫才は好きなんだよ」と言うと金井は立ち上がり、伝票を持ってレジに向かった。

龍平が事態を呑み込めず、呆けたように後ろ姿を見ていると、金井が振り返り、

「何してんだよ。早く来いよ、俺の車で連れてってやるからよ」と言った。

龍平は急いで立ち上がると、金井のあとを追って店を出た。

「ここかよ」

金井に案内されたアパートは平成の東京にこんな酷い建物があったのかと目を疑うようなボロアパートで、ライターで火をつければたちまち燃え上がり、地震があれば一瞬にして崩れ落ちそうだった。

「行くぞ」金井が勝手知ったるといった雰囲気でアパートの中に入って行く。龍平は未開の地に踏み込むような気分であとを追った。

二階に上がると床が軋《きし》んで、今にも一階まで突き抜けそうな脆《もろ》さだった。

金井は一つの部屋の前で立ち止まると、ノックもせずに戸をガラガラガラと横にスライドさせた。

「金井さん。ノックしてくださいって――」

中から高い声が聞こえてくる。

龍平が部屋を覗き込むと、ご飯の上にシーチキンが盛られた丼を持った男が、怪訝《けげん》そうな顔で龍平の顔を見た。ビデオで何度も見た男だった。

「あんたが石井保か」龍平は金井を押しのけて入り口らしきところまで進んだ。

「そうだけど……」知らない人物にいきなりフルネームを呼ばれた保は、不思議そうな顔で、「誰ですか？」と金井に尋ねた。

「黒沢飛夫の、今の相方だよ」

金井が質問に答えると、保は複雑な表情になった。それは、現在の自分を恥じている表情のように龍平には見えた。

「なんで、俺のところに？」保はそう言いながらシーチキン丼を床に置いた。

「どうしても会いたいって言うからよ」金井は靴を脱いで部屋に上がり込むと、「ここまで連れて来たんだからよ、俺も話、聞かせてもらうぞ」と言ってポケットからピースを出して火をつけた。

龍平は金井に目もくれず、まっすぐに保を見ていた。

「何かな？　話って」保は、龍平のそのまっすぐな視線に圧倒されたように、オドオドした様子で言った。

「もう一度、飛夫と漫才やってくれ」龍平が言うと、

「何、言ってんだよ、お前」保より先に金井が煙草の煙にむせながら反応を示した。保は唖然として龍平を見ている。

「頼む」龍平は頭を下げた。

「ちょっ、ちょっと待ってよ。君と飛夫でコンビ組んでたんでしょ。なんでそこに俺が出てくんだよ」我に返ったように保が言うと、金井も、

「そうだよ。このあいだ初舞台やったばっかじゃねえかよ。なのになんでだよ」と質問を重ねた。

「俺といるとあいつに迷惑かかるんだよ。だから俺はもう、あいつとはやってけない」そこで龍平は大きく息を吸い込んでから、「解散する」と、すでに決めていたことを保に向

かって言った。さらに、「だから、あんたがあいつと漫才をやってくれ」と付け加えた。

両手の拳は固く握られ、足は肩幅まで広げられ、まさに仁王立ちといった感じで、保が首を縦に振るまではそこを動かないという気迫があった。

「いや、いきなりすぎてわけがわからないんだけど」

龍平は戸惑う保に今までの経緯を説明した。

自分が渋谷でデブタクとツルんで不良をしていたこと、それを面白く思わないスカルキッズの城川と対立していたこと、それに巻き込まれて飛夫が重傷を負い、病院に入院していること——。

「きっと城川はこの先も俺に対していろいろ仕掛けてくるはずだ。俺は飛夫の足を引っ張りたくねえ」

「でも、飛夫は君とやってくって決めたんだろ。今さら俺なんか」

「俺は飛夫と組んでから、何度もブラックストーンの漫才をビデオで見たよ。あんたと飛夫の漫才は最高に面白《おもしれ》ぇよ。短いあいだだったけど、俺の目標はあんただった」

「お前らの漫才も面白かったけどな」

金井が思わず口を挟んだが、龍平は見向きもしなかった。

「でも……」

保の煮えきらない態度に龍平は、「でもじゃねえんだよ！」と叫んだ。「あいつはすげえ奴なんだよ。あいつには才能があんだよ。腐らせたらダメなんだよ」

龍平が言うと保は俯いたまま、「知ってるよ」と答えた。「あいつに才能があることは、俺が一番よく知ってるよ」

「だったら──」龍平の苛立ちが保に向かう。

「でも、俺が、俺から、あいつに解散告げたんだよ。あいつが必死でネタ作ってるあいだにギャンブルして酒飲んで、借金作って、どの面《つら》下げてあいつに、もう一回漫才やらせてくれって言えんだよ」

「その面下げて言えばいいだろ」

「えっ」保が顔を上げて龍平を見る。龍平もまっすぐに保を睨みつけている。

「格好つけてねえで、その情けない面下げて、もう一回やってくれって言えよ」

龍平は今までの人生で見せたことがなかったような真剣な顔で保を見つめ、一語一語嚙んで含めるように言った。

「漫才が好きなんだろうが」

「好きだよ」黙って聞いていた保は、その質問に即答した。

「だったら、こんなとこで腐ってんじゃねえよ」たたみかけるように龍平が言うと、

「いくら漫才が好きでも、俺はここで借金返すしかねえんだよ」と泣きそうになりながら、保は金井をチラリと見た。

金井は煙草を灰皿で揉み消し、頭をボリボリとかいた。

保の気持ちが傾けば、あとは借金の問題だけだと理解した龍平は、「なんとかできねえのかよ」と、しゃがみ込んで金井の両肩を摑んだ。

金井はその手を振りほどくと、一気に話しはじめた。

「ったくよ。さっきから人のこと蚊帳の外にしやがって、頼みごとがあるときだけ頭下げてんじゃねえよ。いくらな、頭下げられたって借金はチャラにならねえんだよ。借金取りやってりゃな、この程度の三流ドラマなんていくらでも転がってんだよ。そんなクッセエ友情物語見せられたってな、一円も返済したことになんねえぞ」と言うと金井は両足を前に放り出す。

息の詰まるような沈黙が三人のあいだを流れた。龍平が次の言葉を探していると金井が大きく溜息をつき、「でもまあ、ここで返済を続けながら漫才やるって方法はあるけどな」と言った。

「なんだよ、それ」再び龍平は金井の両肩を摑み、何度も強く揺すった。

「興奮してんじゃねえよ」金井が龍平の腕を振りほどく。「デパートとか銀行とかオフィスビルとかよ、営業しながら一フロアずつ改装したりすんだけどよ。そういう現場は営業が終わってから、夜から朝までだったりするんだよ。深夜手当も付くし、意外と昼間働くよりもいい金になったりすんだよ」

「それなら漫才できんじゃねえかよ」龍平が笑顔を浮かべる。

「その代わり、昼間普通に生活しながら、夜中肉体労働すんのは、今より相当キツイぞ」

「それぐらい楽勝だろ」

龍平と金井が返事を待つように保を見た。

「本当に君は、漫才続ける気ないの？」保は複雑な気持ちのまま龍平に尋ねた。

龍平は一度保から目線を外して俯いてから、もう一度顔を上げて、まっすぐに保の目を見据え、「ねえよ」と答えた。

その答えを聞いた保はしっかりと龍平を見つめ返しながら一度息を吐き、「もし……飛夫が許してくれるなら……」と下を向いて言った。

「やるんだな」と龍平が念を押すように言うと、今度はハッキリと頷いた。

それを見て、龍平は立ち上がりながら、「一つだけ、約束してくれ」と言って腕組みをし、大きく息を吐くと、「劇場に出るときは、この男に連絡してやってくれ」と言って金井を指差した。

表に出るなり、金井は後ろから龍平の肩口を摑んだ。

「約束破りやがったな」

「何がだよ」

「俺はテメエらの出番のときに電話してこいって言ったんだよ」

「悪《わり》ぃな」

「素直に謝ってんじゃねえよ。似合わねえぞ」金井は摑んでいた龍平の肩を押すように離した。「本当にいいのかよ」

「しょうがねえよ。俺じゃ飛夫の邪魔になるだけだ」寂しそうに龍平が言うと、

「そうか……でもよ、突然解散なんてよ、あいつが納得するのか？」と金井が聞いてきた。

龍平は鼻をすすり、「飽きたって……伝えといてくれ」と言って地面を睨みつけた。

「俺が伝えんのかよ」金井は呆れたように言うと続けた。「第一、飽きたとか言って、未練たらたらの顔してんじゃねえかよ」

「うるせえよ」

「なんだったら俺とやるか？　俺が相方になってやるよ」

「はあ？」

「俺が相方になってやるよ」

「それ笑えないんだけど」

「それが人にもの頼む奴の態度かよ」

「もう一つ頼みがあんだよ」

「どんだけ頼むんだよ」

「きっと一人じゃ顔出しづらいだろうから、あいつのこと飛夫のとこに連れてってやってくれ」と龍平は親指で保の部屋の方を差しながら言った。

「あのな、俺は取り立て屋だぞ。お前のパシリじゃねえんだからよ」

「でも、頼まれごとは嫌いじゃねえタイプだろ」龍平は口の右側を上げてニヤけてみせた。

「頼まれごとなんて好きな奴いねえだろ」

「好きじゃなきゃ、わざわざ俺のこと車に乗せてこんなとこまで来ねえだろ」

金井は舌打ちをしてから、「面白そうだったからだよ」と言って同じように口の右端を上げようとしたが、両端が上がってしまい、ただの笑顔になった。

「で？　いつ行くんだよ」

「えっ」龍平が驚いたように金井の顔を見る。

「飛夫をやった奴をやりに行くつもりだろ」

「なんで？」

「バーカ、なめんなよ。俺はな、頼まれごとなんかより、揉めごとの方が好きなタイプなんだよ」

「飛夫には──」

「言わないでくれだろ。わかってるよ」

「悪《わり》ぃな」龍平は軽く頭を下げた。

「素直に謝ってんじゃねえぞ。似合わねえな」

「ふう～」
太っているのにキムタクみたいな髪形をしているいつもの店員に見送られて、小淵川はメイド性感ドールを出ると、期待と喜びを吐息に乗せて吐き、スキップに近い足取りで歩きだした。
「さ～て、予約の時間までどうしようかな。メイドカフェに行きたいのは山々なんですが、今日はマスターグレードガンダムシリーズを三体も購入しちゃったからな。残りはドールで支払う分だしどうしようかな。もう普通の喫茶店に入るお金もないからな」

長い独り言を呟きながら財布を見て、小淵川の足取りは徐々に重たくなる。しかし、近くに公園があったことを思い出し、「そうだ。公園に行って、缶コーヒーでも飲みながらマスターグレードガンダムを眺めよう」と自分の考えに気分が良くなると、再び足取りも軽く公園に向かった。

自販機でＭＡＸコーヒーを買って公園に入り、椅子に座ると紙袋の中からプラモデルを三つ取り出し自分の横に置いた。

積み上げたプラモデルを満足そうに眺め、ＭＡＸコーヒーを口に含んでその甘さを満喫してから飲み込んだ。ＭＡＸコーヒーの缶をベンチに置いて、プラモデルの箱を一つ手に取り、膝の上で蓋を開けると説明書を取り出した。

「また長い戦いになりそうだな」

プラモデルのものとは思えない厚めの説明書をパラパラとめくりながら、説明書と部品を交互に見つめた。

「にしても、これ買っちゃって、ドールに行ったら今月は残り一週間、白ご飯だけで過ごさないとダメだな。まいったな。まあ、でも、男という生き物は、時にすべてを犠牲にしてでも手に入れなければならないものがある。それがこれだ」

プラモデルを見つめて小淵川は不敵な笑みを浮かべた。そしてプラモデルの部品に頬ずりをして、うっとりと目を閉じた。

「なんだ、あのデブ。気持ち悪《わり》ぃな」

学生時代の経験と勘で、自分に対して向けられた悪口だと判断した小淵川は、反射的に声の方を見た。するとトカゲ顔の男を中心に、見るからにタチの悪い風貌の男が五人ほどこっちに向かって歩いて来ていた。急いで説明書をプラモデルの箱に納めて蓋を閉めるのと同時に、

「おい。デブ、何焦ってんだよ」と言いながら男たちが小淵川を取り囲むように立った。

「べつに焦ってないですよ」男たちを見ないようにして、小淵川はプラモデルを急いで紙袋にしまおうとした。

「何隠そうとしてんだよ。見せてみろよ」

「あっ、ちょっと」

トカゲ顔の男はいかにも意地の悪そうな笑みを浮かべて紙袋ひったくると、中からプラモデルを取り出した。

「なんだこれ。なんで三個も同じの買ってんだよ」と言うと、トカゲ顔の男はプラモデル

を一箱ずつ両脇の二人に渡した。坊主頭に不精髭の男が面倒臭そうに受け取り、長髪の男がニヤニヤしながら受け取ると、トカゲ顔の男は最後の一箱を小淵川の前でカシャカシャと振ってみせた。

「べっ、べべべつにいいじゃないですか」

プラモデルを取り戻そうと手を伸ばすと、その箱で鼻を突かれ、眼鏡が外れそうになる。

「痛っ」鼻の奥がツーンと痛む。鼻をさすりながら、眼鏡を元の位置に戻した。

「いいから質問に答えろよ、デブ」トカゲ顔の男が言った。

「それは、その三体でザク・バージョンの、黒い三連星を作ろうって思ってたんですよ」

「意味がわかんねえんだけど」トカゲ顔の男がもう一度プラモデルの箱で鼻を突いた。

「痛っ」

眼鏡がずれて、トカゲの顔が歪んで見えた。

「わかるように説明しろよ、豚」

「ドムで三体並んでジェットストリームアタックってあったじゃないですか。マチルダさんが死ぬシーンで出てくるやつです。あの三体を黒い三連星って言って、その黒い三連星は昔ザクに乗って……」

「意味わかんねえって言ってんだろ」再び鼻を突く。

「痛っ」

鼻から一筋の血が流れて口に入った。

「ちょっと、やめてくださいよ。知らないなら、いくら説明してもわからないじゃないですか」

殴られた痛みと、黒い三連星を知らない奴に対する小馬鹿にした気持ちと、プラモデルが壊されるかもしれないという心配で、恐怖心が薄れていた。

「お前さ、イジメられてたろ。一言一言、なんかムカつくんだよな」

「イジメられてなんかないですよ。学校の同級生なんて、会話のレベルが低くて話をする気にもならなかったですよ」小淵川は鼻を膨らませて反論した。

「そういう態度がイジメられんだよ」

「イジメられてないですよ」さらに小淵川の鼻は倍に膨らんだ。

「おい。お前みたいな弱そうな奴には城川さん容赦しねえぞ」坊主頭がプラモデルの箱で小淵川の頭を叩くと、トカゲ顔の男は、

「岩崎、テメエは余計なこと言ってんじゃねえぞ」と言ってから、「まあ、どうでもいいけど、このプラモデルもらっていいかな」と続けた。

「黒い三連星も知らないぐらいだったら、もらっても意味ないじゃないですか」

「ザクぐらいは知ってっからよ。一人一体ずつもらっとくわ」

「ダメですよ」小淵川が立ち上がってプラモデルに手を伸ばそうとすると、素早くトカゲ顔の男が小淵川の腹に蹴りを入れてきた。

「うっ」息が詰まって苦しくなった小淵川は、ベンチに尻をついた。

「そんなに大事なら、俺たちからこのプラモデル買ってくれよ。一体一万円でいいや」

「そんな、もともと私の物じゃないですか」

「今は俺のもんなんだよ」

「めちゃくちゃなこと言わないでくださいよ」

「いいから財布出せ、コラッ」トカゲ顔の男が小淵川の髪を摑んで無理矢理立ち上がらせると、隣にいた長髪の男が小淵川の尻のポケットに入った財布を抜き取ろうとした。

「やめてくださいよ」小淵川は必死に尻を振って財布を抜き取られないようにする。取られてしまったらメイド性感ドールに行けなくなると思うと尻に力が入った。

そのときトカゲ顔の男の股のあいだから、こちらに向かって物凄い勢いで走ってくる人物の足元が見えた。

「テメエ、城川！」

男が叫ぶのと同時に、小淵川の髪からトカゲ顔の男の手が離れ、体に自由が戻った。小淵川は上半身を起き上がらせると、自分を助けてくれた人物の顔を見た。

「あっ、ドールの受付の……」

そこにはメイド性感ドールで受付をしている、ドレッドヘアーに赤いタンクトップを着た男が立っていた。左右の腕には鬼と龍の刺青が彫られ、トカゲ顔の男より強そうな気がした。

「もしかして……助けに来てくれたんですか」

すがるように言うと、城川と呼ばれた男を睨《にら》みつけていた赤いタンクトップの男は、小淵川を一瞥《いちべつ》して、「誰だ、お前？」と言った。

違ったようだ。と言うよりも顔すら覚えていないようだった。

「どうしたんだよ、おっかない顔して」トカゲ顔の男がニヤケ顔で言う。

すると隣にいた岩崎という男が続けて言った。

「だから言ったじゃないっすか。せっかくケリついてたのに、あんな奴さらっちゃうからでしょ。めちゃくちゃ怒ってんじゃないっすか」

「岩崎、テメエは余計なこと言ってんじゃねえ！」城川が怒鳴り声を上げる。

龍平という男は、その声をかき消すようにさらに大きな声で叫んだ。

「城川、テメエ。飛夫やったろ！」

そして物凄い形相で城川を見た。

「だったらどうするつもりだよ。ノコノコこんなとこに現れてよ。オメエはお笑い芸人なんだろ」

お笑い芸人という言葉に小淵川はピクリと反応したが、口を挟める雰囲気ではなかった。

「やめたよ」

「なんだよ。もうやめちゃったのかよ」

「暴力解禁だ。テメエだけは絶対にぶっ殺す」

「まあ、待てよ」岩崎という男が龍平の前に立ちはだかった。

「なんだ、テメエ」

「城川さん、俺がやっていいっすよね」岩崎は顔だけを城川の方に向けて言った。

「珍しいじゃねえか。俺のやり方が気に入らねえんじゃねえのかよ」

岩崎は龍平に向き直り、首をまわしながら言った。

「お前といい、このあいだの奴といい、妙に頑張っちゃってんじゃん。きっと佐山さんならサシでやんだろうなって思ってよ。もうすぐ佐山さん出てくっから俺もこのへんで格好つけとかないとヤバイっしょ」

「テメエらの内部事情なんて知らねえんだよ」龍平は一歩前に出るとブーツを岩崎の脇腹

めがけて打ち込んだ。

　ガシッ！

　脛と脛がぶつかり合う音が響いた。

　岩崎は、「よいしょ」と言って足を上げて龍平の蹴りを受け止め、プラモデルを放り投げた。「思い出しちゃったよ。そういえば渋谷の不意打ちの借りがあったよね」

「テメエ」龍平が目を見開く。

「オイオイ、おっかねえ顔してんな」岩崎は左右に首を曲げてボキボキと関節を鳴らすと、「俺って結構強いよ」と続けた。

　二人のやり取りを見ていた小淵川はちょろちょろと小走りでプラモデルを拾いに行くと、ベンチの横に戻った。

「オラッ」龍平は右腕を振りかぶり岩崎の顔面めがけて放つ。

　しかし龍平の拳は岩崎の堅いガードに阻まれ、カウンターで岩崎の右ストレートを喰らい尻もちをついた。

「だから言ったじゃん……結構強いって」

「があああっ」龍平はすぐさま立ち上がり、岩崎にタックルをキメるが、岩崎の膝が龍平の腹に刺さる。「うっ」

龍平は息が詰まりながらも強引に岩崎の足を摑みひっくり返した。岩崎は龍平の肩口を蹴り飛ばし、後転をしてそのまま立ち上がる。

「すげえ気合入ってんね」と言って岩崎が首をまわすと、龍平は、

「黙ってろ！」と叫び、岩崎に向かってがむしゃらにパンチを打ち出していく。

岩崎は龍平とは対照的に格闘技を習得しているような洗練されたパンチで迎え撃つ。壮絶な打ち合いになった。野生のオオカミと訓練を積んだ血統書付きのドーベルマンが戦っているようだった。

徐々に龍平のスピードが加速していく、岩崎のパンチをいくら受けても、赤いタンクトップから生えた鬼と龍が怒りを乗せ岩崎の堅いガードごと殴りつけていく。

「通常の三倍の動き、赤い彗星シャアだ」小淵川は龍平の動きを見て思わず呟《つぶや》いた。

ベチッ、ベチッ、ベチッ！

肉と肉とがぶつかり合う音が公園に響き、汗と血しぶきが舞い上がる。

「オラアアアッ」龍平はフラフラになりながらも岩崎の顎に強烈なアッパーを打ち込み、そのままバランスを崩して倒れた。

「お前……めちゃくちゃ……強《つえ》ぇじゃん」岩崎はそう言いながら膝から崩れ落ちた。

龍平は息を切らしながら、ケガで自由の利かない足を気合で前へ前へ動かしていく。

「ちぇっ、格好つけといて負けてんじゃねえよ」城川は岩崎に対して吐き捨てるように言うと、「何、ぼさっとしてんだよ。もうフラフラじゃねえか。とどめ刺せよ」とベンチの後ろにまわった。

長髪の男がプラモデルを捨て龍平に襲いかかる。

「うざってえんだよ」龍平のカウンターが顔面を捉え長髪の男は倒れ込んだ。

龍平に見とれていた小淵川は、はっと我に返り、龍平の横からチョロチョロと出て行ってプラモデルを拾うと、ベンチに戻った。両手に抱えた二つのプラモデルをベンチに置く。

「あと一つだ」小淵川はまるで戦場で地雷を回収する兵士のような口調で呟いた。

「何やってんだ、捕まえろ」ベンチの後ろから城川が叫ぶ。その手にはまだプラモデルがある。

「どこまでテメエは汚ねえんだ、クズ野郎」

龍平が再び城川に向かって一歩一歩足を出すと、長髪の男が立ち上がり、無傷の男とともに両サイドから龍平の動きを止め両腕を押さえた。

「テメエら、絶対離すんじゃねえぞ」と言いながら、城川はベンチの背もたれを跨いだ。

グシャ。

城川の足元には、さっき岩崎から取り返した方のプラモデルがあった。

「ぶうあああああああああああああー」小淵川がまるで断末魔のよな声で叫ぶと、城川は振り返り、

「なんだテメエはこんなもん」と言って自分の持っていたプラモデルを投げつけ、さらに自分が踏みつけていたプラモデルを蹴り飛ばした。

「ザクが……私の……ザクが……」小淵川はつぶれたプラモデルの箱に駆け寄り、膝をついて拾い上げると、そのあまりに無残な様に涙を流した。

「気持ち悪《わり》ぃデブだな。あとでまた相手してやっから待ってろよ」城川はそう言いながら、ポケットからナイフを取り出した。

「またそれかよ」うんざりしたように龍平は言った。

「今度はどこ刺されてえんだ。リクエストに応えてやるよ。それとも顔に傷でもつけてやろうか」

「テメエは大勢でツルんで、何かっていやナイフ出して、腐りきってんな。オメエに比べたら飛夫の方が百万倍、堂々とツッパってんだよ」

「おい、寝かせろ」城川が言うと、両脇の男が龍平の肩を沈めて寝かせた。

「離せ。コラッ」

両腕を押さえられた龍平の上に城川が跨り、顔にナイフを近づける。

「やっぱ、あれだよな。顔に傷のあるお笑い芸人なんて笑えねえよな」

「テメエ」龍平は目を見開き城川を睨みつける。

「ああそう言えば、お笑い芸人やめたんだったな。二度と下らねえ夢見れねえようにしてやるよ」城川はナイフの腹を龍平の顔に押しつけた。

「傷でもなんでもつけろ。その代わり、絶対にテメエの顔にも同じ傷つけてやっからよ」

「言いてえことはそれだけか？」

「ありすぎるからよ、テメエをぶっ飛ばすたびに言ってやるよ」

「じゃあ、やっちゃおうか」城川がナイフの刃を龍平の目の前に立てた、そのとき、

「ぶうあああああああああああああああ——」という狂ったような叫び声を上げて小淵川が城川にタックルをした。

城川は龍平の上から転げて、握っていたナイフを落とした。

「よくも、よくも、私のザクを——」小淵川は城川の上に馬乗りになった。小淵川の目は怒りのために血走り、涙を大量に噴き出していた。

「重てえ」苦しそうに城川が呻《うめ》く。

「ザクの敵だ」まるで小学生のイジメられっ子がキレたときのように小淵川は泣きながら、めちゃくちゃに城川の顔面に拳を振り下ろした。

呆気にとられて手が緩んだ隙に、龍平は自分を押さえていた二人を振り払って立ち上がった。

「オラッ」すかさず右手を押さえていた男の髪を摑み、連続で膝蹴りを打ち込んだ。

立ち上がってきた男が龍平の腰にタックルすると、今度はその男の髪を摑み膝のあたりまで頭を持ってきて、後頭部に踵落としをキメた。

「おいおい、まだそんなに動けんのかよ」岩崎がゆっくりと立ち上がり、城川に向かおうとする龍平の行く手を塞いだ。

「どけ」龍平が凄味を利かせる。

龍平を睨《にら》み返していた岩崎は、体から力を抜くと体をずらして道を開けた。

「こんなデブにまでやられちゃって……」岩崎が見下したように城川をチラリと見る。

「来週には佐山さんが出てくっから、もう終わってるでしょ、こいつ……」

「こいつを終わらせせんのは佐山じゃねえ、俺だよ」龍平は唾を吐くと城川の落としたナイフを拾った。

「おーい」岩崎が龍平に呼びかける。「そいつはどうなってもいいんだけどよ。俺、結構お前のこと気に入っちゃったんだよね。佐山さんに会わせてえんだけどな」

「会えねえかもしれねえな」龍平は振り返らずに答えると、小淵川に言った。「どけ、デブ」

城川の上で鼻水と涙をダラダラと流していた小淵川が龍平の声に振り返った。

「どけ」

啞然とした小淵川は、ぜえぜえと息を切らしながら城川から降りて、すぐ側にしゃがみ込んだ。

「あいつは俺らとは違うんだよ」龍平がゆっくりと城川に近づいていく。城川はダメージが大きいのか、逃げようともせずに呻いていた。

「必死に何年も何年も、自分の才能とか可能性とか信じて、漫才だけやってきた奴なんだよ。そんなあいつの夢を、俺やお前がぶっ壊していいわけねえだろ」龍平は怒りで震える拳をグッと握り締め、ナイフを持つ手に力を込めた。

「テメエだけは許せねえんだよ」

飛夫の腫れ上がった顔が脳裏に浮かんでは消え、客席の拍手が聞こえたような気がした。

「あああああっ」龍平は何かを振り払うかのように叫ぶと城川に襲いかかろうとした。

「やめろ！」小淵川が龍平に負けないぐらいの大きな声で叫んだ。「取り返しのつかないことになるだろ。もう元に戻せなくなるだろ。だから……やめて……」

小淵川が涙を拭きながらもう一度言った。

「戻せなくなる……」

　龍平の脳裏に、今度は舞台から見た光景が広がり、ハッキリと観客の拍手が聞こえた。龍平はナイフを自分の足元に投げた。その横には、つぶれたプラモデルの箱が落ちていた。

「それ以上踏んだらザクが……戻せなくなる」

　うつろな目をした小淵川が、その箱を見ていた。

「これのことかよ」思わずツッコミ口調で龍平が言うと、耳鳴りのような拍手は消えて、代わりにサイレンの音が聞こえてきた。


「煙草もらっていいかな」

　このあいだデブタクの煙草をもらって以来、龍平の禁煙は完全に終わっていた。

「ふざけるな」と言うと門倉はショートホープを一本抜き取ってくわえ、灰色の机の引き出しを開けて、そこに煙草の箱を放り込んだ。「こんなことしてあいつが喜ぶと思ってんのか」

「あいつのためじゃねえよ。俺は城川がムカついたからやっただけだ」龍平は足を投げ出し、ポケットに手を突っ込むと、「じゃあ、調書作っちゃおうか」と言った。

「お前が言うな」門倉は溜息をついて煙草に火をつけた。

「名前は鬼塚龍平、一九八八年五月五日のこどもの日生まれの二十一歳、B型で、親父は海外出張で……」

「もういい」門倉は煙草の煙を吐き出しながら顔の前で手を振った。

「いつも言わせるでしょ」

「調書は他の刑事に任せる」

「あっそう」龍平は頭をボリボリとかいてから、「煙草もらっていいかな」ともう一度言った。

「ったく」門倉は煙を大きく吐き出すと、引き出しからショートホープの箱を取り出し、煙草一本とライターを投げた。

　龍平は煙草の煙を思いきり肺に吸い込み、ゆっくりと吐き出した。

「旨《うめ》ぇ〜」

「もうこれで本当に最後にしろよ」

「えっ、いや禁煙やめたばっかなんだけど」

「煙草じゃねえよ」

「じゃあ何？」

「喧嘩だよ」

「ああ」つまらなそうに龍平は答えた。そんなことを言われる気分ではなかった。自分も本気で喧嘩をやめるつもりだったのだ、このあいだまでは。

「ああ、じゃねえぞ。このままいったら――」

「人を殺すか、誰かに殺されるか、でしょ」

「わかってるなら、どうして」

「馬鹿だからですよ。俺は結局どうしょうもない馬鹿だから……」投げやりに龍平は呟いた。

「そんなことあるはずがないだろ！」門倉は愛情のこもった大声を上げた。「確かにお前は馬鹿だ。大馬鹿だよ。でもな、人は変われるんだよ」

門倉は飛夫と同じことを言った。飛夫のことを思い出すと龍平の胸は痛んだ。

「もう……遅《おせ》えよ」

「まだ、二十一だろ。これからいくらでもやり直しできるだろ」

「もう、終わったんだよ」龍平は一点を見つめて鼻をすすった。

門倉はしばらくその様子を見てから、「留置所に戻れ。二週間の勾留だ。これからのことをよく考えて頭を冷やせ」と言った。

龍平は黙って頷いた。


「入れ」

龍平は警官に言われるがままに慣れ親しんだ鉄格子のドアをくぐり、留置所の中に入った。

「はぁ〜あ」溜息をつきながら壁に寄りかかって座ると、図書室から持ってきた漫画を開いた。二ページほど漫画を読み進めてからパシと漫画を閉じると、「いつまで泣いてんだよ」と同じ部屋の隅で泣いている、赤いTシャツに眼鏡の太った男に言った。

「だって、なんで私が留置所になんか入れられなきゃいけないんですか、そのせいで私はリンゴさんのところに行けなかったんですよ。リンゴさんは私が急に来なくなって心配してるかもしれない」

「リンゴって……あ〜お前、うちの店によく来る奴じゃねえか！」龍平はようやく眼鏡のデブが自分の店の常連であることを思い出した。

「そうですよ。もう一人の髪の長いデブの人に予約して、公園で時間つぶしてたら、あのトカゲ顔の軍団にからまれて、殴られて、財布取られそうになった挙句にマスターグレードガンダムシリーズのザクを一体壊されたんですよ。完全に被害者だっていうのに、なんで私が捕まらなきゃいけないんですか」

「あのな。いくらお前が先に殴られても、あんなに殴り返しちゃったら正当防衛にならねえんだよ。この国では大体喧嘩両成敗なんだよ」

「何言ってんですか！　私は何もしてませんよ」怪訝そうな顔をして、眼鏡の太った男が強い口調で言った。

「はあ？　城川の上に馬乗りになってボコボコにしてたろ」

「私がですか？」

「覚えてねえのかよ」

「あ〜、またか」眼鏡の太った男はそう言うと頭を振った。

「なんだよ、またかって」

「学生時代、放課後の教室で同級生の松林君と竹林君のハヤシーズにズボンとパンツ脱がされて、股間に煙草を押しつけられて気が遠くなって、気がついたら、教室の机と椅子がひっくり返ってたことがあったんですよ。あとから聞いたら私がやったって」

「お前危ねえな、それ。キレるイジメられっ子タイプだな」呆れるような怖いような複雑な気持ちで龍平は言った。

「何言ってんですか。べつにイジメられてなんてないですよ。だってそれ以来、私には誰も近づいて来なかったですし」

「キレるからだろ」

「話しかけてこなかったですし」

「無視されてんじゃねえかよ」

「何言ってんですか。私はもともと一人が好きでしたし、と言うよりも、あんな低能な連中とはもともと話なんかしたくなかったですから」

「そういうこと言うからイジメられんだぞ」

「だから！　べつにイジメられてないですよ。靴を隠したり、机に花瓶置いたり、椅子に画鋲置いたり、低能でくだらない悪戯《いたずら》ばっかりしてくるから、こっちから無視してやったら逆ギレしてきただけですよ」

「がっつりイジメられてんじゃねえかよ。って言うかある意味、すげえ精神的に強いな」

「そんなに褒めないでくださいよ」

「褒めてはいねえよ」

龍平は眼鏡の太った男にツッコミを入れながら飛夫との出会いを思い出していた。この留置所で飛夫と出会い、今と同じようにツッコミを入れてコンビを組むことになったのだ。

「まったく、なんで私がこんな目に遭わなきゃいけないんだよ」眼鏡の太った男はいつまでも一人でブツブツと呟いている。「今日もリンゴさんと会ったあとに、家でネタを撮ってYouTubeで配信しようと思ってたのに」

「ネタ？」

「ネタですよ、ネタ。コントですよ」

「お前、芸人なの？」

龍平が留置所で出会う、二人目の芸人だった。

「そうですよ。まあどこかの事務所に所属とかはしてないんですけどね。フリーの芸人ですね。フリー芸人」自慢げに眼鏡の太った男が言う。

「お前もか」

「お前もかって、もしかして……」

「このあいだまで芸人だったんだけどな」

「やっぱり！　だった、ってことはやめちゃったんですか？」

「まあ、いろいろあってな」龍平の胸がまた小さく痛んだ。

「コンビですか？」

「まあ一応な」

「解散したんですか？」

「まあな」そろそろ答えるのが面倒になってきたと感じていると、

「ボケですか、ツッコミですか？」と前のめりになって眼鏡の太った男が聞いてきた。気味の悪さもあって龍平は少し後ろに下がった。

「ツッコミだけど」

龍平の言葉を聞いて、眼鏡の太った男の目が眼鏡の奥で光った。そして鼻息も荒くなる。

「運命って信じますか」

「何言ってんだよ」

「あなたは公園でピンチの私を助けてくれた」

「べつに助けたわけじゃねえよ。あいつら探してたら偶然お前がからまれてたんだろ」

「そうですよ。偶然ですよ。そしてまたここで偶然にも再会を果たした」

「それがなんだよ」

「しかも、これまた偶然にも二人とも芸人です」

「だからなんだよ」

「偶然にも同じ赤いTシャツと赤いタンクトップで、同じ公園で会って、同じ留置所に入って、同じシャア好きで――」

「べつに、シャアは好きじゃねえよ」

「もう一度芸人をやってみませんか」

「はあ？」

「さっきからの会話の中で時折みせるツッコミのセンス。ピンときたんですよ」

太った男の鼻息はもっと荒くなり、鼻毛が物凄い勢いで飛び出していた。

「しかも、これからの芸人にはルックスも大事です。そのインパクトのあるドレッドヘアーは武器になる。なんだったら私もその髪型にしたっていいんですよ」

太った男の鼻息がもっともっと荒くなり、鼻の中の鼻毛という鼻毛がすべて飛び出しているかのようだった。

「いや、やめた方がいいよ」

龍平は太った男とのあいだに距離を取りたかったが後ろは壁で、これ以上は下がれない。

「私と……」

「ちょっと落ち着けよ」

「私と……」

「落ち着けって」

「私と……コンビ組みませんか」眼鏡の太った男はそう言い切ると、鼻毛を飛び出させたまま血走った目で龍平を見つめた。

そのとき、鉄格子の向こうから自分を呼ぶ声がした。振り返るといつの間にか警官がすぐ側まで来ていた。

「面会だ」

「面会？　俺に？　誰が？」

「黒沢飛夫さんだ」

「飛夫……」

さっきまでしばらく忘れていた胸の痛みが甦り、龍平は眉間に皺を寄せた。

「私と……コンビ組みましょう」

龍平は眼鏡の太った男を無視して立ち上がり、警官とともに面会室へ向かった。


「時間はどれぐらいですか？」飛夫は携帯で時計を確認してから警官に聞いた。

「五分ほどですね」

「それだけですか」

そんな短い時間で何を話せばいいのだろうか……飛夫は不安に負けそうになる自分を励ましながら警官の後ろを歩いた。

警官が鉄の扉を開くと四、五畳ほどの広さの部屋があり、真ん中で仕切られた強化ガラスには、丸く点々と穴がいくつも開いている。

飛夫はパイプ椅子に座って龍平を待った。頭の中で何を話すか何度も何度もシミュレーションを繰り返した。

ガチャ。

「龍平」思わず名前を呼んだ。少しのあいだ会わなかっただけなのに、何年かぶりに会ったかのような感覚にとらわれた。龍平の顔には青痣がいくつもできていた。

「酷い顔してるな」龍平が、まだ腫れの引かない飛夫の顔を見て笑いながら言った。

「人のこと言えないだろ」飛夫も笑顔を作ろうとしたが、無理だった。

「悪《わり》ぃな。また捕まっちゃったよ」龍平はそう言うとガラスの向こう側のパイプ椅子に座った。龍平の後ろの扉は少し開かれていて、奥には警官が立っていた。

「なんで……」頭の中で繰り返したシミュレーションは役に立たず、言葉が出てこなかった。

「だってよ、あいつムカつくじゃん」

そう答える龍平は少し不自然なぐらいに明るい雰囲気だった。嫌な予感が飛夫の胸をかすめた。

「俺がやられたからだろ」

飛夫は病院で十五時間ほど眠って意識を取り戻した。病室で医師から、打撲による熱が引けばすぐに退院できると説明を受けたあと、デブタクが病室に駆け込んできて、龍平が城川を殴って捕まったと言った。飛夫は退院してすぐに警察署に来たのだった。

「関係ねえよ。前に俺とデブタクがやられたじゃん。あんときから、次会ったらぶっ殺すって決めてたんだよ」

「嘘つけよ」

「嘘じゃねえよ」

「だってお前、お笑い始めて喧嘩なんかって……」

「俺……やめるわ」

「何をだよ」

「お笑いだよ」

「何言ってんだよ」

嫌な予感が的中した。

「解散しようぜ」

「何言ってんだって」

「やっぱ向いてねえよ、お笑いなんて」龍平は力なく笑ってみせた。

「もうすぐMANZAI ONEグランプリのエントリーがあんだぞ」

「そうそう。俺、二週間留置所の中だから無理だわ。あれって二人揃ってエントリーしないとダメなんだろ」

「そんな……」

「一千万はほしかったけどな」

「いいよ、また来年もあるだろ。俺、龍平が出てくるの待ってるよ」飛夫は固い決意を込めてそう言った。来る途中、ずっと考えていたことだった。

「いやいや、お笑い芸人ってさ、いろいろ我慢しなきゃいけねえじゃん。俺さ、我慢とか嫌いなんだよな」わかりやすく嫌そうな顔をしながら、龍平が言った。

「なんでそんなこと言うんだよ。嘘つくなって」

「だから嘘じゃねえって、マネージャーにもやめるって電話しちゃったからさ」

「何勝手なことしてんだよ！」飛夫が声を荒げると、警官がチラリと部屋の中の様子を覗いた。

「せっかく漫才できたのに、お前もかよ。どうしたらいいんだよ……」

「あのさ……」龍平が飛夫の作り出した重たい空気を壊すように、軽い口調で喋りだした。

「もう一回、石井保とコンビ組んだらどうかな」

「お前……」飛夫の中に怒りが込み上げる。勝手に喧嘩して勝手に事務所をやめておいて、
勝手にやめた奴ともう一度コンビを組めと言う――あまりに勝手だ。

「なんでそんなこと言えんだよ」

「だってさ、前にビデオでネタ見せてもらったけど、すげえ面白かったじゃん。俺とやる
より、そっちの方が全然いいよ」

「無理に決まってんだろ。あいつはもう……」

「そんなことないんじゃないかな。きっと心のどっかでまだやりたいって思ってると思う
よ」

「そんなわけないだろ！」飛夫は思わず叫んでいた。なぜこんなに軽く、無責任なことを
言うのだろうか。

「何かありましたか？」警官がドアから顔を出す。

「あっ、面会終わりました」龍平は立ち上がると相変わらず軽い調子でそう言った。

「待てよ」

「じゃあな」龍平は後ろを向いて手を上げると、ドアに向かって足を踏みだした。

「待てって」飛夫も立ち上がる。

「グランプリ、決勝まで行けよな。テレビで見てっからよ」龍平はそう言ってから振り返り、飛夫の顔を見ながら、「それと前歯一本抜けてんの間抜けで面白《おもしれ》ぇな」と言って、あくびをしながら面会室から出て行った。

「なんなんだよ」飛夫は再びパイプ椅子に力なく座り込み、呟いた。頬が涙で熱くなるのも気にならなかった。

ドン、ドンドン！
「泡盛のロックと生ビール二つです」店員の鈴木はグラスを三つ、テーブルの真ん中に置くと無愛想に言った。

「なんだよ、あいつ愛想悪いな」金井はそう言いながら生ビールのグラスを手にした。

「相変わらず無愛想だな」飛夫も泡盛のロックを手にする。

「本当だな」保も生ビールのグラスを手にする。

「うん……」飛夫は泡盛を一口飲むと保の方をチラリと見てそう言った。

「うん」保は飛夫の方を見ることができずに、生ビールのグラスを見つめたまま答えた。

隣の席では、合コンをしている大学生が自己紹介を始めていて賑やかだったが、三人のテーブルには沈黙が続いていた。

「まあ、俺のはからいでこうして二人が会うのが実現したわけなんだけども、ビックリしただろ」沈黙に耐えきれずに話しはじめたのは金井だった。「電話であれこれ説明するよりも、いきなり会わせた方が話が早《はえ》ぇだろって思ってよ。なあ」金井は保に向かって同意を求めた。

「ごめんな」保は金井の言葉には答えず、飛夫に対して頭を下げた。

「何が？」飛夫は保が何に対して謝っているのかはわかっていたが、そう答えた。

「自分勝手に解散しようって、お前からの電話も全然出なかったし」

「もういいよ」飛夫は力なく首を振った。「警察に来てくれたんだろ。保が来てくれなかったら留置所から出られなかったよ。ありがとな」

「やめてくれよ」今度は保が首を振った。そして心配そうな表情になり、「そんな顔で酒なんて飲んで大丈夫なの？」と言った。飛夫の顔にはまだ城川の暴力の痕が残っていた。

飛夫は抜けた歯を舌で確認してから、「こんなもん楽勝だよ」と龍平のような口調で言って、親指を立てた。

「龍平君からいろいろ聞いたよ」

保の言葉を聞いて、飛夫は思わずグラスを落としそうになるほどに驚いた。

「龍平に会ったのかよ!?」

「あいつにどうしても会わせてくれって頼まれてよ」金井が口を挟んだ。

「なんで龍平が保に会いたがるんですか？」飛夫は思わず大きな声を出したが、隣の席の合コンでは、芸能人だったら誰に抱かれたい？　という話題で盛り上がっていて見向きもされなかった。

「お前をやった奴に仕返ししに行く前に、こいつに会っときたかったんだろ」金井は珍しく神妙な顔をして言った。

「なんで……」飛夫は身を乗り出して保に聞いた。

保はしばらく考え込むように黙ってから、「コンビ組んでると飛夫に迷惑がかかるから、解散するって」と一気に言った。

「なんで解散することをわざわざお前に伝えに行くんだよ」

「それは……」保は言葉を探すように周囲を見渡した。

「なんだよ」飛夫が問い詰めるように言う。

「俺にもう一度、飛夫とコンビ組んでやってくれって」

保の言葉を聞いて飛夫は息を呑んだ。

「……龍平」飛夫の胸のあたりに熱いものが込み上げてきた。

「龍平君にいろいろ言われて俺も考えたんだけど、自分で解散しようって言っといて、こんなこと今さら言える立場じゃないと思うんだけど……」そこまで言うと保は顔を上げ飛夫の目を見た。「もう一度俺とコンビ組んでくれないかな」

保の言葉を飛夫は黙って聞いていた。なんと答えればいいのかわからなかった。

「わかってんだよ。すげえ勝手なこと言ってるって、どの面下げて言っていいのかって思ったよ。でも龍平君が、そのみっともねえ面下げて言えばいいって言ってくれてさ」

「龍平らしいな」飛夫はそう言うと机の上にあるグラスを黙って見つめた。

再び二人のあいだに沈黙が流れた。するとそれまで黙っていた金井が耐えかねたように喋りだした。

「こいつもよ。ただお前のことほっといたわけじゃねえんだよ。俺がよ、お前にゲロかけられたろ。そのことでお前に一〇〇万慰謝料としてもらおうとしてたんだよ」

「金井さん」保は金井の言うのを止めようとしたが、

「いいんだよ」金井はかまわず続けた。「それをこいつが、これ以上はお前に迷惑かけられねえつって、肩代わりしてんだよ」

「保、お前……」今度は金井の言葉に息を呑んだ。飛夫は初めて聞かされた事実に驚いて、保の顔を見た。

「いいんだって、それは」保は恥ずかしそうに顔を背けた。

「よくねえだろ。なんでそんなことしたんだよ」

「だって、俺が解散しようなんて言ったから、酒飲んで家に来てそんなことになったんだろ」

「だからって……」

「せめて飛夫には漫才続けてほしかったからさ」小さな声で保が言う。

「なんで言ってくれなかったんだよ」

「そんなこと言ったら負い目に感じるだろ」

「当たり前じゃねえかよ」

「だから言わなかったんだよ」

「だけどさ――」飛夫がなおも言おうとすると、

「まあよ――」埒《らち》があかないと思ったのか、金井が口を挟んだ。「こいつもお前のこと考えてたってことだよ。まあ、すれ違いって奴だな」

金井はエラそうに言うとピースに火をつけて煙を吐き出した。

「人のために一〇〇万出すなんてことは、なかなかできることじゃねえぞ。ましてやゲロの慰謝料だなんていう理不尽な金だ。それをこいつはお前の知らないとこで肩代わりしてたんだよ。こいつの気持ちもわかってやれよ」と諭《さと》すように言った。

「理不尽って自分で言っちゃったよ」保は思わずツッコミを入れてしまった。

「確かにそうだな。ハッハッハッハッハッ」

金井は大笑いをしていたが、二人はまるで笑わなかった。

「なんだよ、この雰囲気。どうすんだよ」金井は二人の顔を交互に見て言った。そして再び神妙な顔をすると、「お前さ、龍平のことはもう諦めろ。あいつも自分でやめるって決めたんだからよ。そんでせっかくこいつも、もう一度やりたいって言ってんだから、もう一回コンビでやりゃいいじゃねえかよ」と言った。

「少し……考えさせてもらっていいかな」飛夫は小さな声でそう言った。

「なんだよ、煮えきらない奴だな。何を考えるんだよ」何も考えていないような顔をして金井が睨みを利かす。

「いろいろなことがいっぺんにありすぎて、ちょっと……」

「そうだよな。そんなに簡単に決められることじゃないよな」保も小さな声でそう答えると、生ビールを一口飲み込んだ。

ドン！

「鳥の軟骨の唐揚げです」と言って店員の鈴木が料理の載った皿をテーブルの中央に乱暴に置いた。隣の席の合コンは、舐めるのと舐められるのどっちが好き？　という会話で盛り上がっていた。

金井は急に立ち上がると、合コンの集団に向かって「俺は断然舐める派だな」と言い放つと、「ハッハッハッハッハッ」と一人で笑いながらトイレに歩いて行った。

「どうしたらいいですかね」

飛夫が話し終えてそう聞くと、河原はつぶっていた目を開いた。飛夫は居酒屋に行った次の日に、相談があるので会ってほしいと立花金融に電話して、事務所の前の喫茶店に河原を呼び出していた。そして城川に拉致されてボコボコにされたこと、龍平がその仕返しに一人で行って留置所に入れられたこと、龍平に解散を告げられ、保からはもう一度コンビを組もうと言われていることを話した。

「お前、そんなことで呼び出したんか」河原は不味そうに目の前のアイスコーヒーを一口飲んだ。

「はい」

「あのな、俺は借金取りや」

「でも、もともとは芸人じゃないですか」

「そんなもん、現役の先輩に相談せえや」と河原は面倒臭そうに言った。

「話せる先輩がいないんですよ」飛夫は情けなさそうに答えた。

「だからって、なんで俺やねん」

「河原さんだったら、芸人の気持ちもやめた奴の気持ちもわかるじゃないですか」

「だからってな……」

「もう俺、どうしたらいいかわからなくて」

「俺かて人のことなんかわからへんわ」

「どうしたらいいんですかね」

「俺の言うこと聞いてないんかい」

「はい……どうしたらいいんですかね」

河原は一つ溜息をつくと、諦めたかのように、「何をそんなに悩んどんねん」と言った。

「龍平を待つべきか、保ともう一度やるかです」

「そんなもん、もともと石井保とコンビ組んでたんやろ。だったらそいつと、もう一回やったらええがな」

「でも、龍平は俺の仇《かたき》とって留置所に入れられたわけだし、それにあいつと会ってからまたお笑いが楽しくなったっていうか……好きになったっていうか……」

「それやったら鬼塚龍平が出てくるの待って、やったらええがな」

「でも、保は保で知らないあいだに俺の慰謝料肩代わりしてくれてたんですよ。それに十年来コンビ組んできた奴だし、ずっとあいつともう一回やりたいって思ってたから……」

「だったら、石井保と組んだらええがな」

「でも龍平は、すげえいい奴で……」

「なんやねん！」河原は軽くテーブルを叩いて続けた。「女子高生かっ。二人に同時に告白された女子高生みたいにグチャグチャ言いやがって」イライラしたように河原が怒ると、

「でも……」と飛夫は泣きそうな顔をした。

「でもちゃうわ」河原はもう一度大きく息を吐くと、飛夫を正面から見据えた。

「あのな、お前の話を聞く限りでは、お前がどっちと組んでも、二人とも文句言う奴ちゃうやろ。それにな、保って奴は、みっともないのをわかった上でもう一度やりたいって言うてんねやろ。そんで龍平はお前のために自分から身ぃ引いたんやろ。それやったら答えは決まってるやないか」

「どっちですか？」飛夫は、すがるような目で河原を見つめる。

「なんやねん、お前は」

「いや、本当にわからないんですよ」

「お前のしたいようにしたらええがな」

飛夫は黙って俯いた。

「こんなもんな、誰かが決めることちゃうやろ。お前が決めることや。二人はちゃんと答え出してるんやろ。そしたらお前も自分で答え出したれや。じゃないとどっちにも失礼や」

飛夫は喫茶店をあとにして家に帰った。ドアを開けると柔軟剤のダウニーの香りが飛夫を出迎える。　部屋は一人で住んでいたときとは別世界のように、きれいにかたづけられていた。

「おかえり」シャワーを浴びていたのか由美子が風呂場の方からスウェットにTシャツ姿で現れた。

「うん」飛夫はベッドに横になりながら、部屋に入ってきてドライヤーで髪を乾かしはじめた由美子をなんとなく見つめた。

「どうしたの？」その気配に気がついた由美子が、振り返って尋ねた。

「俺も自分から別れといて、また自分から付き合ってくれって言ったんだよな」

「どうしたの急に」驚いた様子で、由美子はドライヤーを止めた。

「勝手だよな」

「本当にどうしたの？」

「よく俺のこと許してくれたなって思ってさ」

「許すとかはわからないけど、飛夫のところに戻ったのは、飛夫ともう一度やり直したいって思ったからだよ」由美子は小さく息を吸って、「それだけ」と付け足した。

「それだけか……」飛夫はベッドに横になり天井を見上げた。

しばらくするとドライヤーの音が聞こえ、すぐあとにシャンプーの香りがした。

三カ月後――。

「もういいよ！」

飛夫が肩口を軽くパシッっと叩かれたのをきっかけに、「どうもありがとうございました！」と二人同時に言って深く頭を下げると、舞台をあとにした。

「お疲れ様です！」飛夫が楽屋に入り大きな声で挨拶をすると、

「おう。どうだった？　スべった？」吉木興業の先輩芸人である信濃川ヒロシが、飛夫に向かってガサツな言葉を投げかけてきた。

「いや、なんでスべったかどうか聞くんですか。普通ウケたかどうか聞くでしょ」

「でっ？　どれぐらいスべったの？」

「めちゃくちゃスベりましたね。ってコラッ」

「下手クソ。ノリツッコミ下手すぎるだろ」

「すいません。慣れてないんで」飛夫が照れながら言うと、

「なんなの最近のお前、やけに明るくなったよな」と信濃川が不思議そうに聞いた。

「はい」

「気持ち悪《わり》ぃな。何？」

「人は変われるんですよ」飛夫はキメ顔を作って信濃川を見た。

「歯抜けが何格好つけてんだよ」信濃川は笑いながら楽屋を出て行くと、入れ替わりに
「いやー、やっぱ緊張した」と言って、ジャケットを脱ぎながら保が入ってきた。

「なんで緊張してんだよ」飛夫もジャケットを脱いでハンガーにかけながら笑って言った。

「いや、ブランクがあったからさ」

「大したブランクじゃねえだろ」

「いや、でも復帰して、いきなりすぐにMANZAI ONEグランプリだもん」

「まだ一回戦じゃねえかよ」

「そうだけどさ」

コンビを復活してから、飛夫と保は見違えるように二人で話すようになっていた。ネタも保の意見を取り入れ、コンビを組んだ十年前のように笑いながらネタを作った。龍平と過ごした日々でもう一度お笑いを好きだと認識した飛夫と、お笑いから離れて、笑いを渇望していた保だからこその変化だった。あらためて自分たちには「笑い」しかないと痛感

したからだった。

「すいません」

声をかけられドアの方を見ると、女性スタッフが立っていた。

「黒沢さんの奥様がご挨拶したいそうです」

「あ～じゃあ、外出ます」

飛夫と保は楽屋を出ると、ロビーと舞台裏をつなぐ連絡口に行った。鉄の重たい扉が開き、女性スタッフに導かれて由美子が入ってきた。

「わあ～、すげえな。めちゃくちゃお腹大きくなってんじゃん」保が由美子のお腹を見て大袈裟に驚いてみせる。

「うん。もうね、たまに動くんだよ」

「マジで？　すげえな」またもや保が大袈裟に言うと、

「動く気がするだけだろ。そんな早く動かないでしょう」と飛夫は言って由美子と微笑み合った。

「あのね。さっきロビーでみんなに会ったから連れて来ちゃった」

「おう、入ってもらいなよ」飛夫がそう言うと、待ち構えていたかのように金井が顔を出す。

「お～めちゃくちゃウケてたじゃねえかよ。一回戦は完全にイケたろ」

「まあ、イケるといいんですけどね」飛夫が金井に答えると、

「弱気じゃねえかよ」と言いながらデブタクが中に入ってきた。

「お～久しぶり」飛夫はデブタクに向かって満面の笑みを見せた。

「久しぶり」デブタクは昔のキムタクのようにした髪をかき上げながら笑顔で答えた。

「今、何やってんだよ」

「イタリア料理屋で修業しながら、どこの調理師学校に通うか探してるよ」

「そうなんだ」と言いながら飛夫はデブタクの後ろに龍平の姿を探す。

それを察したようにデブタクは、「龍ちゃん、バイトで来れないってさ」と言った。

「そっか……」来ないだろうとは思っていたが、それでも飛夫はがっかりした。

「龍ちゃんも金貯めて、なんかやるらしいよ」

「何やんだよ」

飛夫は思わず身を乗り出した。お笑いをやめた龍平が昔のような生活に戻ることを密かに心配していた飛夫は、デブタクの言葉を聞いて心底嬉しかった。何かを始めると言うなら、どんなことでも応援したいと思った。

「俺も知らないんだよね。驚かしたいから今は言わねえって」

「なんだよ、それ」飛夫はガッカリして肩を落とした。「あのさ、龍平に電話ぐらい出ろって言っといてくれないかな」

龍平とは面会に行った日から一度も会っていなかった。留置所を出たときにその報告の電話があったきり龍平からは連絡がなかったし、飛夫の電話にも出ることはなかった。

「なんか、今のままじゃみっともなくて飛夫に会えねえから、そのうち自分から会いに行くって」

「なんだよ、それ」飛夫は再び肩を落とした。龍平に会いたかった。

「まあさ、龍平にだってやりたいことくらいあんだよ」金井が自慢げに言った。

「なんで金井さんが知ってるんですか」

「まあ、いろいろな。あいつだって夢くらい持たないとな」金井がもったいぶった言い方をしたので飛夫は少しイラッとした。

「〝夢とか言ってる奴は気に入らねえ〟って言ってたじゃん」保は小声で責めるように言ったが金井に無視された。

「あっ、そうそう重大な話があったんだよ。城川がパクられました」デブタクがまるでトップニュースの発表のように、丁寧な言葉で言った。

「えっ、なんで？」

「スカルキッズのリーダーの佐山って奴が出所してきて、城川がやってた汚いこととか全部、岩崎って奴にチクられたんだってよ。そんでボコボコにされてチームから追い出されたんだけど、逆ギレしてその岩崎って奴刺して、岩崎は全治二カ月の重傷。でっ、さすがに城川は逮捕」

「よく、わかんねえけどとにかくパクられたんだ。よかったな。しばらく出られないんだろ？」

「おう」と答えたデブタクに、飛夫がハイタッチをキメると、

「人がパクられてハイタッチって、第三者が見たらどういうことだよってなるだろうな」

横で聞いていた保が思わず笑いながら言った。

さらに八カ月後――。
飛夫と保はＭＡＮＺＡＩ ＯＮＥグランプリの本選に出場して惜しくも四位で終った。
しかし、そこで見せた漫才がテレビのプロデューサーやディレクターに買われ、少しずつネタ番組や深夜番組に出るようになっていた。
そして、現役の芸人であるブラックストーンに、この春からＪＳＣに入った生徒を教える特別講師としての仕事が入った。

「おはようございます！」

白いビルに入りエレベーターホールを右に曲がった途端、長い廊下に若者がびっしりと並んでいる。まるで軍隊のような挨拶に度肝を抜かれた。

「すげえな。今のＪＳＣ」

飛夫は思わず保と目を合わせて苦笑いをした。

飛夫と保が入った頃のＪＳＣはもう少しゆるくて自由だった。礼儀や挨拶は芸人になってから先輩に叩き込まれたものだったが、数年前から方針が変わったようで、ＪＳＣでしっかり教えるようになったらしい。厳しくなったと噂には聞いていたが、ここまでとは思っていなかった。

服装や髪形は最近の若者と同じでさまざまだが、みんなきっちりと頭を下げている。茶髪、金髪、シンメトリー、アシンメトリー、坊主頭、アフロ、ドレッド――。

ドレッド！　飛夫の視線がドレッドヘアーに釘付けになり、思わず早足で近づいてしまった。

「龍平」

ドレッドヘアーの青年が顔を上げる。

「全然違うじゃねえか」

飛夫の横で保がツッコミを入れる。そこには龍平とは似ても似つかない太った男が立っていた。その顔に見覚えがあった飛夫はしばらく見つめてから、「あーっ」と思わず声を上げた。

「あーっ」保も思わず声を上げる。

「私も、そろそろ事務所に所属しようと思いましてね、一つの組織に属するのは好きではないんですけどね」ドレッドの太った男が眼鏡を上げながら鼻息を荒くして喋る。

「シャアデブじゃねえかよ」

保の部屋に行ったとき、隣の部屋から出てきた赤いTシャツの男だった。

「隣のオタクデブじゃねえか」

隣の部屋に住んでいた保も、当然顔見知りのようだった。

「ちょっと、デブデブ言わないでくださいよ。この事務所では先輩かもしれませんけどね。フリーでやってきたキャリアがありますからね。それなりの扱いがあると思うんですけど」

「なんだよ、この頭」飛夫がシャアデブのドレッドヘアーを軽く触る。

「髪型、変えたのわかりました?」

「これだけ変えたらわかるに決まってんだろ」

「私を助けてくれた人が、この髪形をしていたものですからね」

「何言ってんだよ」飛夫は呆れて笑った。

そのとき飛夫の背後から扉の開く音が聞こえた。

「最悪だよ。ズボンにしょんべんひっかけちゃったじゃねえかよ」

聞き覚えのある声に、飛夫と保は同時に声の方を見た。

「何してんだよ……」飛夫はまるで幽霊を見るような目でトイレから出てきた男を見た。

「あ〜お久しぶりです」

そこには龍平が立っていた。龍平が不自然なぐらいに丁寧に頭を下げる。

「何してんだよ」

龍平らしからぬ態度に飛夫はたじろいだ。

「何してんだよって、ＪＳＣに入学したんですよ。ビックリしました？」

「驚かせるって、これかよ」

「そうですよ」

「って言うか、なんだよそれ」

「何がですか？」

「その敬語だよ。敬語は使わない主義じゃねえのかよ」

「だって芸人は先輩に敬語使わなきゃいけないんですよね。飛夫さんが教えてくれたんじゃないですか」龍平は真面目な顔を作ってみせた。

「やめろよ気持ち悪《わり》ぃ。いきなり変わりすぎだろ」

「人は変われんだよ……ですよね」と龍平が言うと、二人は顔を見合わせて思いきり笑った。

「久しぶり」しばらく様子を見ていた保が二人のあいだからそっと言った。

「あっ、どうも久しぶりです」

「やっぱ俺にも敬語なんだ」

「そりゃそうですよ」

「あのさ、ピンでやるの？　コンビ？」

「コンビでやろうと思ってんですよ」

「もしかして……」保がそう言うと、飛夫はシャアデブの方を見た。

「違いますよ」龍平が大袈裟に手を振る。「あんな奴とコンビ組むわけないでしょ」

「私はね、ＪＳＣで彼と再会して、これはもう完全に運命だと思って髪型まで一緒にしたっていうのに彼は断ったんですよ」

「勝手に人の髪型マネしてんじゃねえよ」龍平が吐き捨てるように言った。

「じゃあ、誰と？」

「誰とやるんだよ？」

保と飛夫がたて続けに聞く。

「まあ、いいじゃないですか」龍平は一人で笑った。

「誰？」飛夫と保の声が重なる。

「まあ、ちょっとした知り合いですよ」

「じゃあ、楽しみにしとこうか」保は諦めて飛夫に同意を求めた。

「いやいやいや無理無理無理、気になるじゃん、教えてよ。誰？」

「楽しみにとっておいてくださいって」龍平が悪戯っ子のように笑う。

「いや、誰？」飛夫は諦めない。

「デブタク？」

「まあまあ」

「もしかして金井？」

「まあまあまあ」

「河原さんじゃないよね？」

「まあまあまあまあ」

「じゃあ誰なんだよ！」

「もういいじゃん。全然言う気ないみたいだからさ」保が飛夫を諫《いさ》めるが、飛夫は諦めない。

「よくないよ。元相方なんだから、ちゃんとした奴と組んでくれないとさ。どこの馬の骨ともわからない奴と組んでもらっても困るんだよな。誰？」飛夫はどうしても相方を知りたくて、龍平に詰め寄った。

「花嫁の父親みたいになっちゃってんじゃん」保が飛夫にツッコミを入れる。

「そいつとで本当に大丈夫なのかよ」飛夫が本当に娘に言うように聞くと、龍平はどこか楽しそうに、「楽勝だよ」と言って親指を立てた。

「タメ口じゃねえかよ」飛夫が思わず龍平の肩口を叩く。

「痛っ。ツッコミ強いですよ、先輩」龍平が肩をさすりながら言った。

「やかましいわ！」飛夫が大きな声でそう言うと、三人の笑い声が廊下に響く。

やがて笑いが収まり、飛夫が息を吸い込んで、「でっ誰？」と聞くと龍平と保は声を揃えて、「もういいよ」と言った。

あとがき

最後まで読んでいただいて、ありがとうございました。

僕は二十三歳でＮＳＣ東京という吉本の養成所に入学して、二十四歳で銀座七丁目劇場という吉本の劇場でデビューしました。ぼちぼちテレビに出られるようになったのが二十八歳だったと思います。下積み期間は四年ほどですから、今思えばそんなに苦労人ってわけでもないですが、それでも借金二〇〇万円、給料五万円という、利息も払えない極貧生活を味わっています。あと一年テレビに出られたのが遅かったら……と思うとぞっとします。

実際に、借金生活に耐えきれずにやめていってしまった芸人を山ほど見てきました。

そして、コンビ歴十年目までが参加できるＭ－１グランプリができてから、芸歴十年目は芸人にとって大きな節目となりました。

もしも僕が借金まみれのまま、まったく売れずに芸歴十年目を迎えて、しかも相方に解散を告げられていたらどうなっただろう。そんなところがこの小説のスタートです。

この小説はフィクションですが、芸人が芸人の小説を書いているので、実際に経験したこと、見てきたこと、聞いてきたことが、盛り込まれています。特に飛夫は僕の若い時がモデルとなっています。

若いころの僕は飛夫と同じように、他の芸人とはあまりツルまず、横柄で生意気で、仕事が増えないことにふて腐れていました。笑うことも少なかったです。

小説の中でも書いていますが、人を笑わせる職業を選んでおいて、自分が笑わないのは無理がある。僕がそう気づかされたのは、先輩だったり、後輩だったり、芸人仲間の存在でした。それと単純に年をとって丸くなったのもあります。飛夫はそれを龍平に気づかされます。龍平もまた飛夫に出会って、初めて努力する喜びを知ります。これも僕がモデルになっています。僕は吉本に入るギリギリまで、人に迷惑ばかりかけていました。お笑いという職業に出会えて初めて不良を卒業して更生できました。つまり僕はお笑いのおかげで仲間の大切さに気づいて、お笑いのおかげでなんとかまともな人間になれたのです。

飛夫と龍平は僕の分身です。僕の若い時を二つに割って、出会わせて、初めて一つの僕になる。それを三十七歳の僕が書いているって感じです。

とかなんとかいろいろ書きましたが、要は、僕は芸人をしている自分も、他の芸人も好きで好きでしょうがなくて、不良の話も好きで好きでしょうがないから、芸人と不良の話を一緒にしたら面白いかなって思ってやってみました。そんな感じです。

二〇〇九年八月十九日

品川ヒロシ

文庫版あとがき

山ほどある小説の中から僕の小説を選び、そして素人のつたない小説を最後まで読んでくださってありがとうございました。

この「漫才ギャング」という話はフィクションではありますが、漫才師の話なので、主人公の飛夫は、自分がモデルになっています。

もちろん、解散をしたことなどないし、不良グループに拉致されたりはしていません。でも、若手のころからの心の変化は、まさに僕そのものです。

いつもイライラしていて、笑顔が少なく、態度のでかい若手芸人でした。それが芸歴を重ね、悔しい想いを何度も繰り返し、優しい言葉をたくさんかけてもらい、何度もキレて、何度も泣いて、少しずつ笑顔が増えていきました。

もしも、この本を読んで芸人に興味をもたれた方は、ぜひ、ルミネtheよしもと、ヨシモト∞ホール、なんばグランド花月など、劇場に足を運んでください。売れている芸人、売れていない芸人が、一年三六五日どこかで誰かを笑わせています。

でも、どうしても劇場まで行くのが面倒だという方は、DVDで映画の「漫才ギャング」でも観てください。

そちらも芸人がたくさん出ていて笑える仕上がりになっています。

二〇一二年十二月七日

品川ヒロシ

編集協力　品川実花
本文挿画　中島基文

この作品は二〇〇九年九月リトルモアより刊行されたものです。

漫才《まんざい》ギャング

品川《しながわ》ヒロシ

平成25年1月20日　初版発行

発行人——石原正康
編集人——永島賞二
発行所——株式会社幻冬舎
〒151-0051東京都渋谷区千駄ヶ谷4-9-7
電話　03(5411)6222(営業)
　　　03(5411)6211(編集)
　　振替00120-8-767643
印刷・製本—図書印刷株式会社
装丁者——高橋雅之
　　　　米谷テツヤ

幻冬舎よしもと文庫

ISBN978-4-344-41969-8　C0193　　Y-1-3

幻冬舎ホームページアドレス　http://www.gentosha.co.jp/
この本に関するご意見・ご感想をメールでお寄せいただく場合は、
comment@gentosha.co.jpまで。